Mord im Leichenhaus

EIN 1920ER-JAHRE COSY-KRIMI

EIN FALL FÜR GINGER GOLD
BUCH FÜNF

LEE STRAUSS

ÜBERSETZT VON
ULRIKE PROPACH

Urheberrecht auf Deutsch © 2025 by Lee Strauss (Auf Englisch © 2018)

Die Originalausgabe erschien erstmals 2018 unter dem Titel

»Murder at the Mortuary « bei La Plume Press, Kanada

Umschlaggestaltung: Steven Novak, Illustrationen: Tasia Strauss

Library and Archives Canada Cataloguing in Publication

Title: Mord im Leichenhaus / Lee Strauss.

Other titles: Murder at the Mortuary.

Names: Strauss, Lee (Novelist), author.

Description: Series statement: Ein fall für Ginger Gold ; 5|

Translation of: Murder at the Mortuary.| Text in German.

Identifiers: ISBN 978-1-77409-538-6 (softcover) | ISBN 978-1-77409-539-3 (EPUB) | ISBN 978-1-77409-540-9 (Kindle) | ISBN: 978-1-77409-541-6 (d2d) | Subjects: LCGFT: Detective and mystery fiction. | LCGFT: Novels.

Kapitel Eins

Es war unklar, wie lange Angus Green schon tot war.

Ginger Gold studierte die Obduktionsfotos, die auf ihrem Schreibtisch lagen. Mr. Green, ein junger Mann aus privilegierten Verhältnissen, war unerwartet und plötzlich verstorben. Felicia, Gingers Schwägerin, hatte den jungen Mann kennen gelernt, als er in demselben Theaterstück mitspielte. Felicia war es, die Ginger gebeten hatte, den Vermisstenfall zu übernehmen - einen Fall, den sie nicht lösen konnte.

Ginger schaute sich im Arbeitszimmer ihres Vaters um, das nun ihr Büro war. Irgendwie bezweifelte sie, dass sie sich jemals daran gewöhnen würde, das Erbe ihres Vaters ihr Eigen zu nennen. Als sie in Daddys übergroßem Stuhl saß, fühlte sie sich wieder wie ein kleines Mädchen, überwältigt von seiner Größe und den Erinnerungen, die der Schreibtischstuhl barg. Sie konnte sich vorstellen, wie ihr Vater sich zurücklehnte, seine Füße samt Lederschuhen auf den Schreibtisch legte und seine

Hände auf seiner Brust verschränkte, während er über die tiefen Geheimnisse des Lebens nachdachte.

Ginger lenkte ihre Gedanken wieder auf das Geheimnis, das vor ihr lag. Sie gab nicht vor, eine Privatdetektivin zu sein - keinenfalls offiziell. Es war nur etwas, das sie oft und gerne tat - vielleicht ein Überbleibsel ihrer Arbeit für den Geheimdienst während des Ersten Weltkrieges. Manche Dinge konnte man sich nur schwer wieder abgewöhnen.

Der Gedanke an Felicia schien die Anwesenheit der jüngeren Frau heraufzubeschwören, denn sie schlenderte uneingeladen in Gingers Arbeitszimmer und setzte sich auf einen leeren Stuhl vor dem Schreibtisch. Boss, Gingers schwarz-weiß gefleckter Boston-Terrier, hob den Kopf von seinem Platz neben dem Kamin, um sie zu begrüßen.

Felicias dunkles Haar, das mit zurückgesteckten Fransen frisiert war, müsste gewaschen werden. Ihre normalerweise rosige, jugendliche Haut wirkte gezeichnet, und unter ihren Augen lagen dicke Schatten. „Immer noch nichts?" Ohne zu lächeln, verschränkte Felicia ihre Arme sowie Beine und starrte Ginger an.

Ginger seufzte. „Manche Fälle brauchen länger, um gelöst zu werden als andere."

„Und manche werden überhaupt nicht gelöst", schimpfte Felicia.

„Das ist leider richtig."

Eine steife Stille schied sie voneinander wie ein Stacheldrahtzaun.

„Es tut mir leid, dass ich dich nicht ernst genommen

habe, als du das erste Mal zu mir kamst", kam Ginger ihr entgegen.

„Du hättest nicht aufhören sollen, nach ihm zu suchen."

Ginger schluckte einen dicken Kloß hinunter. Felicia gab ihr die Schuld - was Ginger für fair hielt. Schließlich gab sich Ginger auch selbst die Schuld. Wenn sie nicht von einem anderen Fall besessen gewesen wäre, wäre Angus Green vielleicht noch am Leben.

„Ich weiß, dass du wütend auf mich bist", sagte Ginger. „Obwohl Haley sagt, dass es durchaus möglich ist, dass Angus getötet wurde, bevor du überhaupt erfahren hast, dass er vermisst wird."

Haley Higgins, eine gute Freundin und Dauergast in Gingers Haus, dem Hartigan House, war Studentin der forensischen Pathologie an der medizinischen Fakultät. Sie hatte Ginger Kopien der Fotos von Mr. Greens Leiche zur Verfügung gestellt, die nun auf dem Schreibtisch verstreut lagen.

„Natürlich würde sie das sagen", antwortete Felicia knapp. „Sie ist deine Freundin. Sie verteidigt dich." Ohne Ginger eine Chance zur Antwort zu geben, sprang Felicia auf und stürmte aus dem Arbeitszimmer. Boss wimmerte erschrocken.

Ginger fuhr sich mit langen manikürten Fingern durch ihren rothaarigen Bob und atmete ein. Sie hatte Angus Green nicht das Leben gerettet, aber sie konnte seinen Mörder vor Gericht bringen. *Sie musste seinen Mörder zur Rechenschaft ziehen*. Sie starrte wieder auf die Fotos.

Angus Green auf dem Theaterplakat: lebendig, jung und attraktiv.

Angus Green in der Leichenhalle, flach auf einer Keramikplatte liegend, geisterhaft weiß mit einer tiefroten Schusswunde in der Mitte seiner sonst makellosen Stirn. Obwohl das Foto schwarz-weiß war, erkannte Ginger die Färbung der Leiche - sie hatte sie kurz nach ihrer Entdeckung selbst gesehen.

London im Jahr 1924 war nicht der Wilde Westen. Gewöhnliche Bürger besaßen keine Waffe. Ginger, eine Ausnahme von dieser Regel, fühlte sich sicher, wenn sie ihre kleine, silberne Remington Derringer bei sich trug - übrigens ein Geschenk ihres verstorbenen Mannes.

Ohne die Kugel, die Mr. Green tötete, oder ihre Hülle war es unmöglich festzustellen, welcher Pistolentyp bei der Hinrichtung verwendet worden war. Die Kopie des Obduktionsberichts, unterzeichnet von Dr. Manu Gupta, Arzt im Praktikum in der forensischen Pathologie, war durch die häufige Handhabung stark abgenutzt. Ginger las ihn noch einmal durch.

Der Bericht von Dr. Gupta enthielt genaue Messungen und Gewichte aller Organe. Trotz des Durchschlags der Kugel zwischen dem rechten sowie linken Hirnlappen und einer entsprechenden Austrittswunde an der Rückseite von Mr. Greens Schädel, hatte Angus Green ein gesundes Herz, gesunde Lungen, Nieren und Milz. Auch die Eingeweide und die unteren Bauchregionen waren durchschnittlich gewachsen. Da die Leiche bereits gewaschen und einbalsamiert worden war, ehe sie diese gefunden hatte, gab es keine Rückstände von Schießpulver, obwohl der Umriss der Wunde auf eine nahe Entfernung hindeutete.

Schürfwunden am Handgelenk deuteten darauf hin, dass Angus Green die Hände gefesselt worden waren. Haley, der Dr. Gupta assistiert hatte, hatte Spuren von dunkler Erde unter den Fingernägeln gefunden. Seltsam, denn Angus Green war der vornehme Typus eines Gentlemans, der seine Nägel sauber und ordentlich gepflegt hielt.

Die Laborberichte für die Bodenprobe waren noch nicht eingetroffen, aber die toxikologischen Berichte bestätigten das Vorhandensein von Kokain im Blut von Mr. Green. Es schien, als ob Angus Greens Art, sich zu amüsieren, weit überschritten worden war. Ginger lehnte sich zurück, und der alte Stuhl gab fast unter ihr nach.

„Verfluchter Stuhl!" Ginger fasste sich ans Herz. „Ich hätte fast einen Herzinfarkt bekommen."

Boss kläffte und rannte quer durch den Raum, als er den Kummer seines Frauchens hörte.

„Oh, Bossy." Ginger schloss ihn in ihre Arme. „Mir geht's gut, aber ich weiß deine Tapferkeit trotzdem zu schätzen."

Das Telefon - neu installiert, schwarz mit modernem quadratischen Design - klingelte in tiefen, sich wiederholenden Tönen. Ginger setzte Boss auf dem Boden ab und schob den unmöglichen Stuhl zur Seite.

Ginger nahm den Anruf an: „Mallowan 1355".

„Lady Gold?" Der Anrufer war weiblich und hatte einen französischen Akzent.

„Guten Tag, Madame Roux. Ist alles in Ordnung?"

Madame Roux leitete Gingers Kleiderfachgeschäft in der Regent Street, Feathers & Flair.

„*Oui, oui*. Ich rufe nur an, um Ihnen mitzuteilen, dass die Lieferung von Stoffen aus Indien eingetroffen ist. Soll ich Emma bitten, sie zu sortieren, oder möchten Sie sie erst ansehen?"

Emma Miller war Gingers hauseigene Designerin, und Ginger hatte volles Vertrauen in sie. „Bestelle Emma, sie soll weitermachen."

„Das wird sie freuen, Madam. Sie kann es kaum erwarten, mit dem Nähen anzufangen."

Nachdem sie sich verabschiedet hatte, warf Ginger noch einmal einen langen Blick auf die Fotos auf dem Schreibtisch, bevor sie sich auf den Gang begab und nach ihrem langjährigen Butler rief. „Pippins?"

Die Fähigkeit von Clive Pippins, auf Zuruf zu erscheinen, hat Ginger immer wieder verblüfft. Der freundliche Mann, ein Siebzigjähriger mit hängenden Schultern und durchscheinender Haut, verfügte über erstaunlich viel Energie und Lebensfreude. Seine Augen blieben klar und so blau wie Kornblumen. Sie funkelten erfreut, als sein Blick Ginger erfasste.

„Madam?"

„Pips, tu mir einen großen Gefallen und kaufe bitte einen neuen Bürostuhl für mich. Vaters alter Stuhl hat mich fast umgehauen."

„Gewiss, Madame. Gibt es sonst noch etwas?"

„Ja. Sag Clement, er soll sich bereit machen, mich zur medizinischen Fakultät zu fahren. Ich werde in dreißig Minuten abfahrbereit sein. Und sag Lizzie, dass sie auf

Boss aufpassen soll." Lizzie war Gingers junges Dienst-mädchen und eine begeisterte Hüterin des kleinen Boston-Terriers.

Ginger sah auf die Uhr. Sie musste sich beeilen, wenn sie nicht zu spät zu der Vorlesung über Spurensicherung kommen wollte. Sie hatte Haley schon lange darum beneidet, dass sie sich weiterbilden konnte - eine Möglichkeit, die sich für Ginger mit ihrer Heirat erübrigt hatte -, aber die Verwaltung sah kein Problem darin, dass sie an dem Kurs teilnahm, vor allem, nachdem sie ein finanzieller Gönner der Einrichtung geworden war. Tatsächlich hatte Ginger eine mit Spannung erwartete Wohltätigkeitsgala für die Schule organisiert, die am Wochenende stattfinden sollte.

DER UNTERRICHT zum Thema Spurensicherung fand in einem mittelgroßen Raum mit weißen Wänden und Holzfußboden statt. In der Mitte befand sich ein Eichen-tisch mit zwölf Plätzen. Ein Drittel der Plätze war besetzt, da sich laut Haley nur eine Handvoll der Oberstufen-schüler für die forensische Pathologie als Berufswahl interessierte. Die meisten Studierenden interessierten sich für die Lebenden und wie man sie am Leben erhalten konnte. Wie Haley fand auch Ginger die forensi-sche Wissenschaft ungeheuer spannend. Sie entdeckte Haley und schlüpfte auf den freien Platz neben ihr.

„Du hast es geschafft", sagte Haley mit ihrem ameri-kanischen Akzent.

„Clement ist gefahren", antwortete Ginger zur Erklä-

7

rung. Sie fand, dass der Mann mittleren Alters ein quälend langsamer und vorsichtiger Fahrer war, was zweifellos daran lag, dass er keine Erfahrung mit dem Fahren in der Stadt hatte. Er hatte gerade erst begonnen, sich mit Gingers altem Daimler von 1913 vertraut zu machen, bevor er bei einem Autounfall beschädigt wurde. Von dem schüchternen Mann konnte sie nicht allzu viel erwarten. Von Beruf Gärtner, war er mit Gingers verschwiegerter Großmutter gekommen, als sie einzog.

Ginger hatte erwartet, dass Dr. Watts - der leitende Pathologe und Verwalter des Colleges - die Klasse unterrichten würde, aber anstatt des stämmigen, weißhaarigen Mannes schritt ein jüngerer und schlankerer Herr selbstbewusst nach vorne in die Nähe des Tischendes.

„Guten Tag", sagte der Mann mit einem starken irischen Akzent. „Für diejenigen unter Ihnen, die mich nicht kennen, ich bin Dr. Sean Brennan. Da Sie jetzt meinen Namen kennen und ich noch nicht das gleiche Privileg hatte, stellen Sie sich bitte vor."

Es folgten höfliche Vorstellungsgespräche:

„Florence Jennings." Eine geradlinig wirkende Frau in einem schlichten Tageskleid und einer Bügelbrille sprach ihren eigenen Namen leise aus.

„Matilda Hanson", sagte ein hübsches Mädchen mit einem herzförmigen Gesicht und schmollenden Clara-Bow-Lippen. Tatsächlich ähnelte sie der berühmten Hollywood-Schauspielerin mit ihren kurzen brünetten Locken und ihren dunklen, seelenvollen Augen. Auf den ersten Blick eine ungewöhnliche Kandidatin für die

Pathologie, wenn man diese nur nach dem Aussehen urteilen würde.

Dann sagte eine Frau mittleren Alters mit strengem Blick: „Agatha McPherson".

„Haley Higgins".

„Lady Georgia Gold".

Wie von Gingers Titel aufgeschreckt, blinzelte Dr. Brennan und legte den Kopf leicht schief.

Hatte er irgendwie von ihr gehört? fragte sich Ginger.

„Sehr gut", sagte er und lächelte. „Dann wollen wir mal loslegen. Ich bin begeistert von den Fortschritten in der modernen forensischen Wissenschaft, die sowohl für Mediziner als auch für Kriminalbeamte von großem Nutzen sind. Die jüngsten Fortschritte bei der Blutgruppenbestimmung helfen nicht nur den Ärzten bei der richtigen Diagnose und Behandlung, sondern auch unseren Freunden bei Scotland Yard, die mit Hilfe der Blutanalyse Verbrechen aufklären können. Als forensische Pathologen werden Sie eng mit der Polizei zusammenarbeiten. Heute werden wir über Spuren sprechen und darüber, wie die kleinste Sache ein großer Hinweis sein kann."

Ginger lehnte sich zu Haley und flüsterte: „Wo ist Dr. Watts?"

Haley flüsterte zurück: „Seine Frau ist sehr krank. Er hat sich kürzlich Urlaub genommen, um bei ihr zu sein."

„Es tut mir leid, das zu hören." Ginger mochte den älteren Mann, fast so sehr wie Haley selbst. Dr. Watts war ein hochgeschätzter forensischer Pathologe und ein ausgezeichneter Mentor für Haley.

Ginger beobachtete Dr. Watts' Nachfolger mit Interesse. Er trug einen grauen Anzug aus Wolle und Kaschmir mit einer Hose mit Manschettenbund. Sein blondes, gewelltes Haar, das an der Seite gescheitelt war, hatte er mit Haaröl hinter den kleinen Ohren zurückgestrichen. Der Enthusiasmus in seinen Augen verriet seine Vorliebe zum Unterrichten, und die Falten in seinem Gesicht bewiesen, dass er oft lächelte.

„Die forensische Wissenschaft ist ein aufstrebendes Gebiet, und die Auswirkungen auf die Aufdeckung und Lösung von Verbrechen sind aufregend", sagte Dr. Brennan. „Stellen Sie sich vor, ein einfacher Fingerabdruck führt zu einer Verurteilung. Unter den gleichen Umständen wäre der Täter früher mit einem Mord davongekommen."

Dr. Brennan griff in die Tasche seiner Weste und holte ein Vergrößerungsglas heraus. „Unser fiktiver Freund, Sherlock Holmes, ist nie ohne eine solche aus dem Haus gegangen." Er präsentierte sie wie eine Fahne. „Und das sollten Sie auch nicht. Bitte greifen Sie zu."

Ginger griff in ihre Handtasche und holte eine neue Lupe aus dem schützenden Samtbeutel. Sie konnte nicht glauben, dass sie sich nicht schon früher eine besorgt hatte.

Dr. Brennan hielt einen Zeigefinger in die Luft. „Drehen Sie sich zu der Person neben Ihnen und vergleichen Sie Ihre Fingerabdrücke. Welches Muster sehen Sie? Bögen? Kringel? Schleifen?"

„Ich weiß schon, was meine sind", sagte Ginger. „Und du?"

Haley spottete. „Natürlich. Meine Grate bilden Bögen."

Ginger lachte. „Und meine: Wirbel."

Ginger bot ihre Handfläche an, und Haley griff nach Gingers Fingern und untersuchte jeden einzelnen.

„Du hast recht", sagte Haley und bot ihre Fingerspitzen zur Untersuchung durch Ginger an.

Ginger studierte Haleys Rillen unter ihrer Lupe. „Ich finde es erstaunlich", sagte sie, „dass trotz der nur drei Grundmuster jeder einzelne Fingerabdruck völlig einzigartig für seinen Eigentümer ist."

Haley stimmte zu. „Das ist sehr bedauerlich für die Kriminellen um uns herum."

Als die Gruppe die Aufgabe erfüllt hatte, sagte Dr. Brennan: „Schauen Sie sich nun jetzt den Stoff Ihres Gehrocks an. Untersuchen Sie jede Faser und wählen Sie eine bestimmte aus. Welche Farbe hat sie? Ist sie hell und neu oder verblasst und abgenutzt? Ist die Textur glatt oder rau? Vielleicht gibt es einen kleinen Fleck - woher kommt der? Tee? Wein? Blut?"

Um sich unter die Studierenden zu mischen, entschied sich Ginger für ein zartrosa Coco Chanel mit einem Wollkleid mit fallender Taille, das mit Borten und Knöpfen aus demselben Stoff verziert war. Dazu trug sie einen weißen Cloche-Hut mit schwarzen Bändern, fleischfarbene Seidenstrümpfe und schwarze Mary-Jane-Lederschuhe. Unter dem Vergrößerungsglas sahen die Wollfäden wie Regenwürmer aus.

„Ich habe heute Morgen Kaffee auf meinem Ärmel verschüttet", sagte Haley und betrachtete den Fleck auf ihrer Viskosebluse mit der Lupe. „Obwohl ich dachte, ich hätte ihn gründlich mit Wasser gereinigt, kann ich unter der Lupe noch Spuren davon sehen."

„Lass mich mal sehen", sagte Ginger, und Haley streckte ihr den Arm entgegen. Ginger ließ ihr eigenes Lupenglas über den Bereich schweben. „Interessant. Was einst verborgen war, ist nun enthüllt worden."

Kapitel Zwei

~~~

Während die Studierenden damit beschäftigt waren, die Fäden ihrer Gehröcke zu untersuchen, schob Dr. Brennan eine Art Teewagen vor den Raum. Ein mittelgroßer Gegenstand war mit einem Tuch abgedeckt - Gingers Neugierde war geweckt.

Mit dem etwas exaltierten Gestus eines Zirkusdirektors zog Dr. Brennan das Tuch von dem geheimnisvollen Gegenstand ab. Ein Raunen ging durch den Raum.

„*Das* ist eine Victor Magic Lantern. Es ist ein Diaprojektor, den ich von einer Reise aus Amerika mitgebracht habe."

Der zylinderförmige Projektor sah aus wie ein waagerecht liegender Metallkanister mit einem Flaschendeckel, der die Linse bildete. Er war auf einer Metallplatte befestigt und hatte ein langes, dickes Kabel, vermutlich mit einem Spannungsadapter versehen. Den fügte Dr. Brennan in eine Steckdose ein.

Dr. Brennan hielt einen dicken schwarzen, rechteckigen Apparat hoch. „Ich lege einfach das Negativ der Fotografie in diese Karte ein und platziere sie in den Hohlraum zwischen dem Licht und der Linse. Die Laterne überträgt das Bild auf den Bildschirm an der Wand hinter mir. Auf diese Weise können wir alle gleichzeitig sehen, worauf ich mich in meinen Ausführungen beziehen werde."

Ginger hatte schon öfter Filmprojektoren gesehen. Obwohl sie schon von Projektoren für Standbilder gehört hatte, war dies der erste, den sie nun selbst erleben konnte.

„Jemand soll bitte das Licht ausschalten", bat der Professor.

Der Raum verdunkelte sich und Dr. Brennan zeigte die erste Fotografie auf dem Bildschirm hinter ihm.

„Ein Mikroskop, ein Instrument, mit dem jeder in diesem Raum vertraut ist."

Das nächste Bild war ein Glasobjektträger mit einem roten Punkt. „Und das ist ein Blutfleck." Er wandte sich an die Klasse. „Welche Dinge können wir feststellen, wenn wir einen Blutfleck unter dem Mikroskop untersuchen?

Haley hob ihre Hand. „Ob der Gesundheitszustand des Opfers normal oder beeinträchtigt war. Mit den richtigen Tests kann auch die Blutgruppe bestimmt werden."

„Sehr gut, Miss Higgins. Welche anderen Spurenelemente können untersucht und getestet werden?

Die Schüler begannen zu rufen.

„Haut."

„Speichel."

„Barbiturate."

„Narkosemittel."

„Ja", sagte Dr. Brennan. „Sonst noch etwas?"

Ginger hob eine Hand. „Boden?"

Zum ersten Mal seit der Einführung starrte Dr. Brennan sie direkt an. „Erdreich? Eine interessante Idee, Lady Gold." Sein Blick verweilte auf ihr - ein bisschen zu lange, wie Ginger fand -, bevor er fortfuhr. „Um Ihre Frage zu beantworten: Ja, Erdreich kann untersucht und getestet werden, sogar in Spuren. Welche Art von Informationen erhoffen Sie sich zu finden?"

„Ortsbestimmung", sagte Ginger. „Nehmen wir an, Sie finden eine Spur von Erde unter dem Fingernagel eines Patienten oder einer Leiche. Könnten Sie dann feststellen, woher die Erde stammt?"

Dr. Brennan brummte: „Ich könnte mir vorstellen, dass man ein allgemeines Gebiet finden könnte, zum Beispiel, ob der Boden von einem Strand oder aus einer Scheune stammt. Wenn Sie Glück haben, gibt es vielleicht etwas Spezifisches über die Region, beispielsweise den pH-Wert und die Mineralienkonzentration, mit dem man sie genauer bestimmen kann."

Dr. Brennan lächelte, wobei sich die Falten um seinen Mund vertieften. „Beantwortet das Ihre Frage, Lady Gold?"

„Ja", sagte Ginger. „Danke." Hoffnung stieg in ihr auf. Wenn die Laborergebnisse zeigen würden, woher die Erde unter Angus Greens Fingernägeln stammte, könnten sie vielleicht den Tatort finden.

Dr. Brennan schrieb an die Tafel, und die Schüler

holten Stifte und Notizbücher hervor, um die Aufgaben zu notieren.

„Jetzt weiß ich, warum du diesen Kurs belegen wolltest", sagte Haley zu Ginger, während sie ihre Papiere zusammenschob.

„Ich kann nicht zulassen, dass dieser Fall eingestellt wird, Haley", flüsterte Ginger. „Felicia spricht kaum noch mit mir."

„Es ist nicht deine Schuld." Haley richtete ihren dunkeläugigen Blick auf Ginger. „Das weißt du doch, oder?"

Ginger blinzelte.

„Ginger, es ist *nicht* deine Schuld", wiederholte Haley. „Angus Green steckte in irgendwelchen Schwierigkeiten, und ehrlich gesagt bin ich froh, dass du da nicht hineingezogen wurdest. Wenn ich nicht zur richtigen Zeit am richtigen Ort gewesen wäre, würde er immer noch als vermisst gelten."

„Aber, Felicia…"

„Felicia ist wütend und braucht jemanden, an dem sie es auslassen kann. Du bist zufällig diese Person. Sie wird sich wieder beruhigen."

„Ich hoffe es."

Dr. Brennan entließ nun die Klasse für heute, Ginger schaute auf ihre Armbanduhr. Die glänzende neue Schweizer Damen-Rolex war ein Weihnachtsgeschenk für sie selbst gewesen - selbst Wochen später konnte sie nicht anders, als diese zu bewundern. Das runde Zifferblatt befand sich in einer zierlichen quadratischen Form aus neun Karat Roségold und hatte ein zartes, passendes Armband.

„Ich habe noch etwas Zeit, bevor Clement mich abholen muss", sagte Ginger. „Was machst du jetzt?"

„Ich wollte eigentlich in die Bibliothek gehen."

„Ist jemand in der Leichenhalle?"

Haley runzelte die Stirn. „Ginger."

„Ich will nur noch einen Blick auf ihn werfen."

„Der Körper hat sich seit zwei Wochen nicht verändert."

„Wie lange wird sie hier sein?" Ginger befürchtete, dass der Fall eingestellt werden würde, sobald die Leiche abtransportiert war. Die Leichenhalle von Scotland Yard war ausgelastet, weshalb der leblose Körper noch in der Schule lag.

„Bis Scotland Yard sie zur Beerdigung freigibt", antwortete Haley.

„Das könnte jederzeit sein", sagte Ginger. „Vor allem, wenn Superintendent Morris den Fall abschließt und er offiziell eingestellt wird."

Haley rümpfte die Nase bei der Erwähnung des Namens des Superintendenten. Weder Ginger noch Haley waren Fans des obersten Beamten von Scotland Yard. Eine frühere Begegnung hatte bestätigt, dass er weder geschickt noch intuitiv war. Leider bekam man solche Positionen oft nur, weil man jemanden kannte, und nicht, weil man sich durch harte Arbeit und Einfallsreichtum nach oben gearbeitet hatte.

„Gut. Aber nur für fünf Minuten", bestimmte Haley.

Die Leichenhalle der medizinischen Fakultät befand sich im Keller des Gebäudes. Obwohl sie steril war, war die Außenseite der hohen Fenster mit Winterschmutz bedeckt, was einen dumpfen, unheimlichen Farbton erzeugte, selbst wenn das elektrische Licht eingeschaltet war. Das änderte sich, wenn die riesige Lampe über der keramischen Autopsieplatte angeschaltet wurde, aber im Moment war die Platte leer und sauber geschrubbt.

Eine Wand mit Kühltruhen säumte die hintere Wand. Haley öffnete diejenige, in der die Leiche von Angus Green lag.

Das erste Mal, als er noch lebte, hatte Ginger Angus Green auf der Bühne des Abbott Theatre gesehen, während er Felicia in einer Theaterrolle gegenüberstand. Er war energisch und entschlossen gewesen, mit einer augenscheinlichen Ausstrahlung voller Selbstvertrauen. Der Körper, der vor ihr lag, besaß nichts mehr von dem Wesen des jungen Mannes, an den sie sich erinnerte.

„Es muss sehr schwer für seinen Vater sein", sagte Ginger. „Als ich die Familie zu Hause besuchte, war er ziemlich hart zu seinem Sohn."

„Er schimpft wahrscheinlich mehr mit sich selbst als mit ihnen", meinte Haley.

Mr. Green Senior hatte das Verschwinden seines Sohnes als Tat eines verwöhnten, unverantwortlichen Jugendlichen abgetan. „Ich sollte ihn noch einmal besuchen", sagte Ginger. „Vielleicht kann er ein neues Licht auf den Fall werfen, jetzt, da er weiß, dass sein Sohn in echten Schwierigkeiten steckte."

Ein lauter Knall ließ sie beide aufschrecken und

Haley schob den Schrank zu. Ginger drehte sich in Richtung des Geräusches.

Matilda Hanson starrte zurück. Sie muss hinter der Tür gewesen sein, denn weder sie noch Haley hatten sie bemerkt, als sie beide hereinkamen.

„Oh, hallo", sagte Matilda. „Ich wollte Sie nicht erschrecken. Ich habe aus Versehen ein Buch fallen lassen."

„Guten Tag", sagte Ginger. „Obwohl wir erst die gerade vergangene Stunde zusammen verbracht haben, wurden wir uns noch nicht offiziell vorgestellt. Ich bin Lady Gold."

Matilda Hanson reichte ihr die Hand. „Ich bin Matilda Hanson. Nehmen Sie an dem Kurs teil?"

„Das tue ich."

„Dr. Brennan ist brillant, nicht wahr?" Miss Hansons Wangen erröteten, als sie über den Mann sprach, was Gingers Verdacht erhärtete, dass das hübsche Mädchen gegenüber dem Ausbilder Ambitionen hatte, die über die Medizin hinausgingen. So oft wurden die Arbeit und Ausbildung einer Frau der Suche nach einem geeigneten Ehemann untergeordnet.

„Was machen Sie in der Leichenhalle?" fragte Haley. Ginger fand ihre Frage ziemlich dreist, da auch sie und Haley keinen legitimen Grund für ihre Anwesenheit in diesem Raum hatten. Allerdings war Haley aufgrund ihrer fachlichen Leidenschaft und Intelligenz Dr. Watts' beste Studentin und Praktikantin.

Miss Hanson hielt ein Buch hoch. „Dr. Brennan hat mich gebeten, Ihnen das zu bringen." Sie zwang ein

Lächeln auf ihr Gesicht und ging zur Tür. „Es war schön, Sie kennenzulernen, Lady Gold. Auf Wiedersehen!"

„Nettes Mädchen", sagte Ginger, als Miss Hanson gegangen war.

„Sie ist intelligenter, als sie vorgibt", urteilte Haley.

„Um ein Medizinstudium zu beginnen, muss man intelligent sein", meinte Ginger. „Ich frage mich nur, ob sie wirklich hier war, um ein Buch zu holen."

„Glaubst du, sie hat in der Leichenhalle herumgeschnüffelt?"

Ginger zuckte mit den Schultern. „Oder schlimmer?"

„Was zum Beispiel?"

„Manipulation von Leichenregistrierungen?" bot Ginger an.

„Der Begleitumschlag *war* leer", sagte Haley. „Es fehlten die Papiere der Registrierung."

„Exakt."

„Oder vielleicht war sie auch nur hier, um ein Buch zu holen", plauderte Haley. „Ihre Zeit im Krieg hat Sie misstrauisch gemacht, Lady Gold."

Kapitel Drei

Ginger liebte das Tanzen, und so erschien es ihr, dass es eine großartige Idee wäre, der Verwaltung der „London Medical School for Women" die Durchführung einer Gala vorzuschlagen. Da sie sich bereit erklärt hatte, die Kosten zu übernehmen, waren Dr. Watts und sein Vorstand leicht zu überzeugen gewesen. Der Februar war stets ein trister Monat in London, und die meisten der Elite sehnten sich nach einer Abwechslung.

Lizzie half Ginger mit dem durchsichtigen schwarzen Tüll-Abendkleid, das sie über hautfarbener Wäsche trug. Einen eigenen Kleiderladen in der Regent Street zu haben, hatte seine Vorteile, und Ginger war von diesem neuen Kleid begeistert. Es hatte durchgehende vertikale Bänder aus Zinnpailletten, die sich mit Reihen schwarzer Bügelperlen abwechselten. Die Perlen und Pailletten bildeten ein florales Muster entlang des V-Ausschnitts und des Saums, der in der Mitte der Wade endete. Ginger trug schwarze T-Strap-Schuhe aus Lackleder. Sie drehte sich langsam vor dem Ganzkörperspiegel in ihrem Schlafzimmer. Das Glitzern des Kleides im elektrischen Licht war atemberaubend.

„Es ist überwältigend schön, Madam", sagte Lizzie, deren Augen vor Bewunderung leuchteten.

„Danke, Lizzie. Macht es dir nichts aus, auf Boss aufzupassen, während ich weg bin?" Ginger versuchte, ihren Hund so oft wie möglich auf Termine mitzunehmen, aber heute Abend wäre das unmöglich.

„Natürlich, Madam. Der Boss und ich sind beste Freunde."

Als er seinen Namen hörte, hob der kleine Terrier den Kopf und spitzte die Ohren in Richtung der Stimmen.

„Wenn Sie mich heute nicht mehr benötigen, Madam", sagte Lizzie, „kann ich ihn jetzt mitnehmen."

Ginger schmunzelte über Lizzies Enthusiasmus. Die Zuneigung des jungen Mädchens zu Boss war aufrichtig, und Ginger war dankbar, dass sie jemanden hatte, dem sie ihr geliebtes Haustier anvertrauen konnte.

Ginger klopfte auf ihren Oberschenkel: „Bossy, komm." Boss sprang sofort vom Bett und lief zu Ginger. Sie nahm ihn auf die Arme und achtete besonders darauf, dass seine Pfoten nicht an ihrem Kleid hängen blieben. „Sei ein braver Junge, Boss", sagte sie spielerisch. Sie küsste sein weiches Köpfchen und reichte ihn dann Lizzie.

„Ich hoffe, Sie haben einen schönen Abend, Madam", sagte Lizzie und knickste leicht.

„Danke, Lizzie. Pass auf meinen Kleinen auf."

„Das werde ich, Madam, ich verspreche es."

Obwohl Lizzie ihr hätte helfen können, zog es Ginger vor, sich selbst um ihr Make-up und ihre Frisur zu kümmern. Bevor sie sich vor ihren Schminktisch setzte, legte sie eine Bessie-Smith-Platte auf ihr Grammophon auf, um sich in Stimmung zu bringen.

Ginger schminkte ihre Augenlider mit dunkelviolettem Lidschatten, formte ihre Augenbrauen zu dünnen, dramatischen Bögen und tuschte ihre Wimpern. Der Effekt ließ ihre Augen größer und neugieriger erscheinen. Sie schürzte ihre Lippen und trug roten Lippenstift auf. Noch vor einem Jahrzehnt hätte ein derartig geschminktes Gesicht eine Frau wegen Unanständigkeit oder Schlimmerem ins Gefängnis bringen können, aber in diesen modernen Zeiten galt Ginger als kultivierte junge Dame.

Ginger wählte ein Diadem aus Perlen und Kristallen mit dekorativen glitzernden Spitzen, die sich nach oben hin auffächern, und setzte es in einem leichten Winkel auf ihre Frisur. Sie drehte die Spitzen ihres Bobs ein und ließ diese ihre Wangenknochen schmeicheln.

Voilà!

Angesichts von Felicias schlechter Laune in letzter Zeit war Ginger überrascht, dass sie sich bereit erklärt hatte, sie und Haley zu begleiten. Ginger hoffte, dass ein vergnüglicher Abend ihrer Schwägerin die dringend benötigte Ablenkung bringen und hoffentlich den Groll, den sie gegen Ginger hegte, mildern würde.

Sowohl Haley als auch Felicia befanden sich nun in der Eingangshalle, wo Pippins ihnen in ihre Mäntel half.

„Da bist du ja", sagte Haley. „Das Taxi wartet schon seit zehn Minuten."

„Ich bin sicher, dass er nichts gegen den Aufpreis hat", sagte Ginger. Pippins hielt ihr den langen, pelzbesetzten Mantel auf, und sie schlüpfte mit ihren schlanken Armen hinein. „Außerdem glaube ich, dass wir noch auf Großmutter warten."

Ambrosia Gold, die *Grande Dame* der Familie, tauchte auf. Sie hielt sich stur an das vergangene viktorianische Zeitalter, pflegte nach wie vor die démodé-Mode mit langen Röcken sowie Korsetts, und trug ihre grau glänzenden Haare in einem Dutt, den sie locker auf dem Kopf hochgesteckt hatte. Ginger reichte der älteren Lady Gold den Arm, begleitete sie den steinernen Weg hinunter und durch das eiserne Tor, wo das schwarze Taxi wartete.

Felicia, die neben Ambrosia saß, warf einen Blick aus dem Fenster, da sie sich offenbar auch nicht mit ihrer Großmutter verstand.

Haley murmelte in Gingers Richtung: „Ziemlich frostig hier drin."

„Ich stimme zu", antwortete Ginger.

Die Fahrt durch London war holprig, aber ereignislos. Ginger wäre lieber selbst gefahren, aber sowohl Haley als auch Ambrosia hatten sich dagegen ausgesprochen. Haley hatte protestiert, weil es nicht sicher war, im Dunkeln zu fahren - Ginger durchschaute diesen Trick.

Haley mochte es einfach nicht, wenn sie fuhr. Ambrosia meinte, Frauen sollten überhaupt nicht Auto fahren.

Ginger hatte mit einem gespielten Schmollmund nachgegeben. Auf diese Weise konnte sie wenigstens so viel Champagner trinken, wie sie wollte.

Die Gala sollte im Hotel Cecil stattfinden, einem luxuriösen Anwesen mit Blick auf die Themse. Der Boden des Speisesaals war mit einem exotischen roten Teppich ausgelegt. Runde Tische mit strahlend weißem Leinen, kontrastierenden roten Servietten, poliertem Besteck und weißem Porzellangeschirr füllten den Raum. Üppige rote Samtvorhänge umrahmten die hohen Fenster, und die hohe Decke war mit handgemalten Goldbändern verziert. Aus Afrika importierte Topfpalmen waren an den Eingängen des Saals aufgestellt.

Ein Großteil der Londoner Oberschicht war anwesend, ebenso wie Mitglieder der wissenschaftlichen und medizinischen Gemeinschaft. Als Ginger erfuhr, dass die medizinische Fakultät für Frauen auf der Liste der von der Stadt geförderten Gesellschaften ganz unten stand, wusste sie, dass sie sich einmischen und für Furore sorgen musste. Sie freute sich, bekannte Gesichter unter den Anwesenden zu sehen. Ihre übermäßig freundliche Nachbarin, Mrs. Schofield, die Ambrosia mit ihrer Fröhlichkeit und ihrer Neigung, alles zu wissen, als anstrengend empfand, war mit ihrem Enkel Alfred gekommen. Ambrosia tat so, als würde sie den älteren Schofield nicht sehen, und Ginger missachtete Alfred, der offenbar auf der Suche nach einer reichen Witwe war. Die mürrische

Lady Fitzhugh und ihre Tochter Meredith wurden gefolgt von Lord Fitzhugh. Ginger kannte die beiden nur flüchtig, so dass sie sich nicht verpflichtet fühlte, sich mit ihnen zu unterhalten.

Ein Pianist streichelte die Tasten eines Flügels, und später leitete ein kleines Orchester den Tanz im Ballsaal auf der anderen Seite des großen Saals an.

Lady Gold und ihr Gefolge gaben ihre Mäntel ab und begaben sich zu dem für sie reservierten Tisch in der Nähe des Podiums, an dem die Reden gehalten werden sollten.

„Gut gemacht", sagte Haley, während sie zwei Champagnerflöten vom Tablett eines Kellners rettete, der gerade vorbeikam, und Ginger eine davon reichte. Haley setzte sich neben Ginger, die sich neben Ambrosia setzte, die neben Felicia saß, so dass drei Stühle zwischen Felicia und Haley frei blieben.

„Was steht auf der Speisekarte?" sagte Felicia beiläufig. „Ich bin am Verhungern."

„Wir beginnen mit französischer Zwiebelsuppe, dann folgt Schellfisch mit scharfer Sauce, dann *Filet Mignon* mit Chateau-Kartoffeln und Rahmkarotten und zum Schluss *Clafoutis*".

„Klingt lecker", sagte Haley. „Hast Du vielleicht Frankreich vermisst, als du dieses Menü zusammengestellt hast?"

„Das ist möglich", gab Ginger zu.

„Was in aller Welt sind Klauenfüße?" fragte Ambrosia.

"Clafoutis", erklärte Ginger, „ist ein französisches

Dessert aus gebackenen Früchten und einem süßen Eierteig."

„Warum nennen wir es dann nicht einfach Fruchtkuchen?" echauffierte sich Ambrosia. „Die Franzosen sind so prätentiös."

Kapitel Vier

Damen in prächtigen Kleidern sowie mit stilvollen Kopfbedeckungen und Herren in Smokings füllten den Speisesaal. Die Stimmung hob sich und die Gespräche wurden lauter. Ein junges Paar näherte sich - der Herr trug eine runde Zwickelbrille auf seiner großen Nase und führte sanft seine ungeschminkte Frau, eine seriös aussehende Frau. Auch war sie schwanger.

Ambrosia schnappte unmerklich nach Luft. Die gesellschaftliche Etikette verbot es der Witwe, ihre Meinung laut zu äußern, aber Ginger war sich sicher, dass sie zu hören bekommen würde, dass die Frauen von heute keine gesellschaftlichen Umgangsformen und keinen Sinn für Schicklichkeit hätten. Eine Dame sollte sich niemals in der Öffentlichkeit in einem solchen Zustand zeigen!

Der Herr führte seine Ehefrau auf den Sitz neben Felicia und sagte: „Guten Abend. Ich bin Humphrey Roe, und das ist meine Frau, Dr. Stopes."

„Wie geht es Ihnen, Mr. Roe?" sagte Ginger fröhlich. Sie trug lange schwarze Satinhandschuhe, die ihr bis zum Ellbogen reichten, und reichte ihm die Hand. Und Dr. Stopes, wie schön, Sie persönlich kennenzulernen."

„Oh je!" Felicias Augen weiteten sich vor Staunen. „Sie sind *die berühmte* Dr. Stopes? Meine Freunde halten Sie für die Beste!"

Dr. Stopes lächelte. „Humphrey und ich tun, was wir können, um die Gesundheit der Frauen zu fördern."

Dr. Stopes setzte sich nicht nur für die Gesundheit von Frauen – also alles rund um eine Schwangerschaft - ein, sondern war auch wegen ihrer umstrittenen Agenda zur Förderung der Geburtenkontrolle berichtenswert, was in Anbetracht ihres aktuellen Schwangerschaftszustands ironisch anmutete.

Der Stuhl neben Mr. Roe wurde zurückgeschoben, und Ginger war überrascht, dass Dr. Brennan den freien Platz neben Haley einnahm.

„Lady Gold, Miss Higgins", sagte er und verbeugte sich mit dem Oberkörper. „Wie schön, Sie beide wiederzusehen."

„Gleichfalls", erwiderte Ginger.

Dr. Brennan lehnte sich zurück, während seine Augen Ginger von Kopf bis Fuß abtasteten. Sie zwang sich, nicht vor Entsetzen zu zittern. „Lady Gold, Ihr Kleid bettelt geradezu darum, verschlungen zu werden."

„Dr. Brennan!" Ginger errötete, weil sie vor ihren Schwiegereltern so pikant angesprochen wurde.

„Entschuldigen Sie meine Unverschämtheit. Ich wollte Sie nicht beleidigen. Ich bin nur überwältigt in der

Gegenwart von so viel Schönheit." Dr. Brennan lächelte den übrigen Tischbewohnern zu, bevor er sich setzte. „Miss Higgins, ich habe Sie in Ihrer normalen Tweed-Uniform kaum erkannt. Sie sind ziemlich hübsch, wenn Sie sich die Zeit dafür nehmen."

Ginger starrte den Professor entsetzt an. Haley starrte gleichgültig. Wenn Ginger nur die Fähigkeit von Haley hätte, das, was andere über sie sagten und dachten, wie Öl auf Wasser abperlen zu lassen. Ginger nippte an ihrem Champagner, bevor sie sich vorstellte. „Dies sind meine Großmutter und meine Schwägerin, die Witwe Lady Gold und Miss Felicia Gold. Neben Ihnen sitzen Mr. Roe und seine Frau, Dr. Stopes. Das ist Dr. Sean Brennan, ein Professor an der medizinischen Fakultät."

Dr. Brennan nickte den Damen leicht zu und reichte dann Mr. Roe die Hand. Zu Mr. Roes Frau sagte er: „Dr. Stopes, Ihr Ruf eilt Ihnen voraus."

Dr. Stopes war nicht der Typ, die sich von charismatischen Männern bezaubern ließ. „Hauptsache, die Botschaft kommt an."

Die französische Zwiebelsuppe wurde von einer Heerschar von Kellnern eingesetzt. Einen Moment lang herrschte Schweigen, als jeder die Vorspeise probierte, bevor das Gespräch wieder aufgenommen wurde.

Dr. Brennans Aufmerksamkeit richtete sich wieder auf Dr. Stopes. „Ihre Betonung der Eugenik löst bei einigen erhobene Augenbrauen aus, wie Sie sicher wissen."

„Ich versichere Ihnen, Dr. Brennan, dass ich mich darauf konzentriere, Frauen in ihrem Leben zu stärken.

Und die Entscheidung, wann sie Kinder bekommen, ist ein wichtiger Teil davon. Die Arbeiterklasse hat es am nötigsten, unterstützt zu werden."

„Oh je", beschwerte sich Ambrosia, „gibt es kein geeigneteres Thema, um es beim Abendessen zu besprechen?"

„Die Gesellschaft hat die Bedürfnisse der Frauen seit Anbeginn der Zeit unterdrückt, Lady Gold", sagte Dr. Stopes, unbeeindruckt vom Status der Witwe. „Unserem Geschlecht werden ständig unnötige Härten auferlegt, und es ist an der Zeit, dass der gesellschaftliche Maulkorb entfernt wird." Sie tätschelte sich den runden Bauch. „Die Funktion unseres Körpers ist ganz natürlich, und wir sollten uns nicht schämen müssen."

Ambrosia warf einen Blick über ihre Schulter und murmelte zu Ginger. „Ich nehme an, du kannst ihr keinen Maulkorb verpassen."

„Ich finde Ihre Arbeit faszinierend", schwärmte Felicia. „Wir sind moderne Frauen in modernen Zeiten."

„Ich bin ein großer Unterstützer", fügte Dr. Brennan hinzu. Sein Blick landete auf Ginger. „Ich habe gehört, dass Sie hinter dieser wunderbaren Veranstaltung stecken, Lady Gold."

Ginger hatte ihre Rolle bei der Organisation der Veranstaltung verschwiegen, so dass sie überrascht war, dass Dr. Brennan davon wusste.

„Ja", antwortete sie. „Ich bin der Meinung, dass Frauen alle Möglichkeiten haben sollten, sich zu bilden, genauso wie Männer."

„Offensichtlich stimme ich zu, denn ich habe jetzt

das große Vergnügen, hier zu unterrichten." Dr. Brennans Aufmerksamkeit richtete sich auf Haley. „Was ist mit Ihnen, Miss Higgins? Gefällt Ihnen das Studentenleben?"

„Das tut es, Dr. Brennan."

Die Suppenschalen wurden vom Servicepersonal lautlos entfernt und durch das Schellfisch-Gericht ersetzt. Felicia unterhielt sich mit Dr. Stopes, aber ihre Stimmen waren zu leise, als dass Ginger sie hätte hören können.

Das Gegenteil war der Fall bei Dr. Brennan und Mr. Roe. Sie unterhielten sich angeregt über die Pferderennen. Ginger hörte zu, denn sie hatte darüber nachgedacht, den Stall hinter dem Hartigan House zu renovieren und sich ein Pferd anzuschaffen. Sie liebte Pferde grundsätzlich und das Reiten.

„Ich habe gehört, dass einige der Rennen... kompromittiert wurden", sagte Roe mit einer Grimasse.

„Wie das?" fragte Dr. Brennan.

„Es heißt, die italienische Mafia sei darin verwickelt."

Ginger konnte ihre Überraschung nicht für sich behalten. „Es tut mir leid, dass ich Ihr Gespräch belausche, aber haben Sie gerade *Mafia* gesagt? Ich hätte nicht gedacht, dass es so etwas in England gibt." Ginger wusste, dass Gangs in Amerika ein wachsendes Problem waren, aber hier?

„Oh ja", sagte Mr. Roe in ernstem Ton. „Der Name des Anführers ist Charles Sabini. Er hält sich gerne bedeckt, aber viele glauben, dass er hinter einem Großteil des organisierten Verbrechens in London steckt."

„Ich nehme an, dass wir angesichts des Aufschwungs von ‚Little Italy' in Clerkenwell nicht überrascht sein sollten", fügte Dr. Stopes hinzu.

„Ich weiß nicht viel über das organisierte Verbrechen", sagte Dr. Brennan, „aber ich hatte das Vergnügen, Italienisch zu essen. Ich habe während des Krieges in Italien gedient. Ich habe viele gute Männer in der Schlacht von Caporetto verloren." Seine Miene verfinsterte sich, dann hellte sie sich wieder auf. „Aber das Essen - sie können diese wunderbaren Sachen mit den Nudeln. Das ist ihr Hauptgericht."

„Ist das so?" sagte Felicia. „Ich habe nur einmal Makkaroni mit Milch zum Nachtisch gekostet. Nicht meine Lieblingsspeise, möchte ich hinzufügen."

„Es gibt viele Italiener in Boston", sagte Haley. „Ich hatte Gelegenheit, es gelegentlich Italienisch zu essen. Ziemlich köstlich."

„Ich glaube, Sie haben recht, Miss Higgins", sagte Dr. Brennan eifrig, „sie kochen Nudeln mit Tomatensauce und geriebenem Käse."

Ambrosias faltiges Gesicht wurde noch furchiger. „Klingt für mich furchtbar."

„Das war bei mir auch so", sagte Dr. Brennan, „bis ich es probiert habe."

„Ich habe das Gefühl, dass ich etwas verpasst habe", sagte Ginger.

Dr. Brennan wollte gerade etwas sagen, als eine vertraute Stimme von vorne in den Raum sprach.

„Guten Abend, meine Damen und Herren." Dr. Watts stand hinter dem Podium und hielt ein kleines kupfernes Megaphon in der Hand. Seine Schultern hingen schlaff herab, und die Tränensäcke unter seinen Augen verrieten seinen Erschöpfungszustand. Hätte Ginger von der Krankheit seiner Frau gewusst, hätte sie nicht darauf bestanden, dass er an der heutigen Veranstaltung teilnahm.

Er hob das Megaphon an seine Lippen. „Für diejenigen, die es nicht wissen, ich bin Dr. Watts, der Chefverwalter der London School of Medicine for Women. Ich heiße Sie heute Abend herzlich willkommen."

Das löste höflichen Applaus aus.

„Ich freue mich, Ihnen mitteilen zu können, dass unsere Institution ihre Tradition fortsetzt, kluge, junge und talentierte Medizinerinnen hervorzubringen. Seit kurzem bieten wir auch eine Ausbildung für diejenigen an, die forensische Pathologie betreiben wollen, eine neue und wachsende Wissenschaft, die sowohl den Lebenden als auch den Toten zugutekommt. Da ich selbst Pathologe bin, freue ich mich über diese neue Richtung."

Er hielt inne, und ein weiterer leichter Beifall folgte.

„Ihr Beitrag wird geschätzt und trägt wesentlich dazu bei, den Fortbestand dieser wichtigen Einrichtung zu sichern. Im Namen des Personals und der Studierenden der medizinischen Fakultät danke ich Ihnen aufrichtig. Bitte genießen Sie den das weitere Menü und den anschließenden Tanz."

Die Rede war kurz, aber wirkungsvoll. Ginger beobachtete, wie Dr. Watts die Leute mit einem warmen Lächeln und einem Händedruck begrüßte, bis er zum

Ausgang kam und verschwand. Er war so traurig wegen seiner Ehefrau.

Und was war mit Angus Green? Würde die Wissenschaft helfen, seinen Mörder zu finden? Oder würde nur gute, altmodische Detektivarbeit erforderlich sein? Morgen würde sie den Vater von Angus Green besuchen.

Nachdem die vier Gänge serviert und verzehrt worden waren, brachten die Kellner Tee für diejenigen, die Tee bestellten, und Champagner für diejenigen, die etwas Stärkeres wünschten. Wie besprochen, begann das Orchester im Ballsaal zu spielen, und die Musik drang bis in den Speisesaal vor.

„Wenn wir in den Ballsaal gehen, werden die anderen zu uns stoßen", sagte Ginger.

Der Ballsaal war ähnlich eingerichtet wie der Speisesaal, allerdings ohne Teppichboden und Tische. Anstelle eines Podiums gab es eine große Bühne mit hohen Palmen an beiden Seiten.

Dr. Brennan stand vor Ginger und verbeugte sich leicht. „Darf ich um diesen Tanz bitten?", fragte er mit einem breiten Lächeln.

„Es wäre mir ein Vergnügen", antwortete sie höflich und bot ihre Hand zum Tanz an.

Das Orchester spielte eine Version des „Minutenwalzers" von Chopin. Die Paare tanzten ordentlich und synchron auf der Tanzfläche. Das war eine Tatsache, die Ginger der Elite zugute schreiben konnte – sie wusste, wie man Walzer tanzt.

„Sie sehen heute Abend exquisit aus, Lady Gold. Ich

habe vorhin dies wohl schon einmal übertrieben ange-
merkt, aber Ihr Kleid ist außergewöhnlich."

Dr. Brennan konnte wirklich charmant sein, dachte
Ginger. „Danke."

„Ich hoffe, das ist nicht zu aufdringlich", begann Dr.
Brennan.

Ginger spannte sich an. Dr. Brennan hatte ein Händ-
chen dafür, zu direkt zu sein.

Dr. Brennan fuhr fort: „Ich kenne ein italienisches
Restaurant, das offenbar der letzte Schrei ist. Pinocchio's,
so heißt es. Hätten Sie Lust, es einmal mit mir zu besuchen? Es wäre mir eine Ehre, Sie in das Konzept der
Spaghetti einzuführen."

Das Angebot von Dr. Brennan machte Ginger
neugierig. Eigentlich wollte sie die Einladung sofort
ablehnen, aber sie war auch neugierig. „In ‚Little Italy'?"

„Ja", antwortete Dr. Brennan.

War die Mafia wirklich in London präsent? Der Tod
von Angus Green im Stil einer Hinrichtung würde zu
einer Art Mafia-Mord passen, wenn Ginger den Nachrichten aus Amerika glauben durfte. Es schien weit
hergeholt, aber es gab Zeiten, in denen London klein
erschien. Man konnte nie wissen. Dr. Brennans Einladung anzunehmen, könnte für ihre Ermittlungen von
Vorteil sein.

Ginger lächelte. „Ich würde mich freuen, Ihnen
Gesellschaft zu leisten, Dr. Brennan."

Am nächsten Abend hatten sie beide Zeit, aber
Ginger bestand darauf, ihn dort beim Ristorante zu tref-

fen. Sie wollte nicht, dass es so aussah, als ob sie zusammen ausgehen würden.

Kapitel Fünf

Gingers brandneuer Crossley Sports Tourer war ein absoluter Traum. In dem Moment, in dem sie das Autohaus betreten und das cremeweiße Fahrzeug erblickt hatte, wusste sie, dass sie es einfach haben musste. Er hatte einen vernickelten Kühlergrill und besondere Scheinwerfer, und die Speichen der aufblasbaren Reifen passten zum weißen Fahrgestell. Einfach stilvoll.

Ginger ließ sich auf dem butterweichen roten Ledersitz des Wagens nieder und atmete tief ein. Das Fahrzeug roch noch immer neu. Verglichen mit der Komplexität des alten Daimler war der Crossley einfach zu bedienen. Das schwarze Verdeck war jetzt bei dem nassen Wetter aufgespannt, aber Ginger wartete sehnsüchtig auf den Tag, an dem sie es zurückklappen und mit dem Gesicht in der Sonne fahren konnte. Sie lächelte Boss an, der mit strahlenden Augen auf dem Beifahrersitz saß und sagte zu ihm: „Wenigstens schneit es nicht wie im guten alten Boston."

Ginger war vor weniger als einem Monat zum Anwesen der Greens in Battersea gefahren. Damals hatte sie den Eindruck gehabt, dass Angus Green, der freigeistige junge Mann, der er war, nur vermisst worden war, vermutlich aus eigenem Antrieb. Sein Vater, ein Witwer, hatte geglaubt, sein Sohn würde sich nur aufspielen, was seiner Meinung nach regelmäßig vorkam. Der arrogante Mann hatte Ginger seine Enttäuschung über seinen ältesten Sohn deutlich zu verstehen gegeben.

Als sich die dicke Holztür des großen, zweistöckigen Backsteinhauses auf ihr Klopfen hin öffnete, stand ein gebrochener Mann vor ihr. Seine steife Haltung hatte sich abgeschwächt, und seine Augen waren blutunterlaufen und die Haut hatte dunkle Ringe unter den Augen.

„Mrs. Gold", sagte er und winkte sie herein. „Ich habe mich gefragt, ob ich noch einmal das Vergnügen Ihrer Gesellschaft haben würde."

„Ich heiße eigentlich Lady Gold", betonte Ginger. Der Herr hatte bei ihrem letzten Treffen Interesse an ihr gezeigt, und Ginger hatte ihren Titel weggelassen, um ihn glauben zu lassen, sie sei verheiratet.

Mr. Green hielt inne und betrachtete sie. „Ich verstehe." Sein Blick fiel auf den Hund in ihren Armen.

„Es macht Ihnen nichts aus?" fragte Ginger anmaßend. Obwohl Lizzie sich gut um den kleinen Welpen kümmerte, wenn Ginger weg war, wollte sie ihn nicht zu oft allein lassen. Und in diesen letzten Wochen war sie sehr beschäftigt gewesen - entweder mit der Verfolgung falscher Spuren über Angus Green oder mit dem Besuch von Vorlesungen an der medizinischen Fakultät.

„Ist schon gut", brummte Herr Green. „Lassen Sie ihn einfach auf Ihrem Schoß."

Er führte sie in ein Wohnzimmer, das von einem schwach brennenden Feuer erwärmt wurde. Auf dem Tisch war ein Teeservice für zwei Personen eingedeckt. Ein junger Mann in teuren Hosen saß in einem Nadelkissenstuhl, die Beine übergeschlagen.

„Störe ich?" fragte Ginger.

„Keineswegs. Das ist mein Sohn, Andrew. Andrew, das ist Lady Gold. Wenn ich mich recht erinnere, war Ihre Schwägerin mit Ihrem Bruder bekannt."

„Das ist richtig", sagte Ginger.

Andrew stand auf, um Ginger zu begrüßen, und schüttelte ihre Hand, die mit einem Damenhandschuh bedeckt war. „Es freut mich, Sie kennenzulernen."

„Ebenfalls."

„Wie Sie sehen ", sagte Mr. Green, „wollten wir gerade Tee trinken. Sie müssen uns Gesellschaft leisten, Lady Gold. Andrew, hole bitte ein weiteres Gedeck."

Ginger setzte sich auf einen Stuhl neben Andrew und sah dann zu Mr. Green, der mit hohlen Augen ins Leere starrte. Der wütende, frustrierte Vater war verschwunden. Vor ihr saß ein Mann, der am Boden zerstört war über den Verlust eines geliebten Sohnes. „Ich bin gekommen, um Ihnen mein Beileid auszusprechen", begann sie freundlich.

„Danke", sagte Mr. Green und konzentrierte sich auf Ginger. „Ich wünschte nur, der Yard würde seine Leiche freigeben, damit wir eine ordentliche Beerdigung abhalten können. Meine Schwiegereltern sind in Schottland und warten auf Nachricht."

Andrew kehrte zurück und schenkte für alle drei Tee ein. Der jüngere Mr. Green unterstützte die Ansichten seines Vaters. „Es ist schwer, weiterzumachen, wenn wir nicht einmal eine Beerdigung durchführen können."

„Hat Scotland Yard Ihnen etwas mitgeteilt?" fragte Ginger. Sie wollte nicht verraten, was sie wusste.

Mr. Green schüttelte den Kopf. „Deswegen ist es ja so frustrierend. Sie wollen uns nichts sagen."

„Sie müssen doch wissen, *wie* er gestorben ist?" erkundigte sich Ginger.

„Nur, dass es sich um verdächtige Umstände handelt."

„Wissen Sie zufällig", begann Ginger vorsichtig, „ob Angus in etwas Illegales verwickelt war?"

Mr. Green betrachtete sie aufmerksam. „Warum habe ich das Gefühl, dass *Sie* etwas wissen, Lady Gold?"

„Ich bin bekannt dafür, dass ich privat Nachforschungen anstelle, mit einigem Erfolg, Mr. Green. Meine Schwägerin, Miss Felicia Gold, hat mich gebeten, der Sache nachzugehen."

Mr. Green beugte sich vor. „Wenn Sie etwas wissen, dann bettele ich bei Ihnen förmlich darum, es uns zu mitzuteilen."

Ginger zögerte. „Wenn sich die Polizei bei Ihnen nicht gemeldet hat, muss sie einen Grund dafür haben."

„Papperlapapp!"

Ginger war erschrocken über den plötzlichen Ausruf

des Mannes. Sie sah darin ein wenig von dem alten Mr. Green, als Wut in seinen Augen aufblitzte.

„Wir haben ein Recht darauf, es zu erfahren, Lady Gold", sagte Andrew beherrscht.

Ginger atmete tief ein. Natürlich stimmte sie zu. Bevor sie weitergeben konnte, was sie wusste, machte Mr. Green ihr ein Angebot.

„Wir werden Sie beauftragen. Sie sagten, Sie hätten gute Ergebnisse mit Ihren privaten Ermittlungen erzielt? Arbeiten Sie für uns."

Ginger nippte an ihrem Tee und achtete darauf, nichts auf Boss zu verschütten, der sich auf ihrem Schoß zu einem Ball zusammengerollt hatte. „Ich bin offiziell kein Privatdetektiv, Mr. Green."

Mr. Green brummte. „Offiziell, inoffiziell. Hauptsache, der Job wird erledigt."

Sie wandte sich an Andrew. „Was meinen Sie, Mr. Green?"

Er schmunzelte. „Es würde mich interessieren, was eine weibliche Ermittlerin tun könnte. Alles ist besser als das Nichts, das wir jetzt kennen."

Ginger beschloss, die geschlechtsspezifische Abweichung zu ignorieren. „Also gut, ich nehme den Auftrag an."

Sie nannte einen Preis, denn sie wollte nicht, dass die Herren dachten, sie arbeite umsonst. Sie plante, den gesamten Betrag an das Child Wellness Project zu spenden - eine Wohltätigkeitsorganisation, die sie und Reverend Oliver Hill gegründet hatten, um Straßenkindern zu helfen. Sie boten alle zwei Wochen kostenlose Mahlzeiten für die Armen an.

„Sagen Sie uns, was Sie wissen", bat Mr. Green.

Ginger erzählte ihnen von dem Körper, der in der Leichenhalle auftauchte, und von der offensichtlichen Todesursache. Beide Männer wurden bei dieser Nachricht blass.

„Deshalb haben Sie gefragt, ob Angus in etwas Illegales verwickelt war", sagte Mr. Green.

„Ja. Ich habe kürzlich erfahren, dass es in London die Mafia aktiv ist."

„Sie glauben, dass Angus mit der Mafia zu tun hatte?" fragte Andrew Green ungläubig.

„Ich weiß es nicht. Das will ich herausfinden."

Kapitel Sechs

Dies war Gingers erster offizieller Auftrag als Privatdetektivin, und sie war mehr denn je entschlossen, den Mörder von Angus Green zu finden. Sie bremste den Crossley hinter einem überfüllten, holzgetäfelten und leuchtend rotem Bus ab, als sie über die Albert Bridge zurückfuhr. Anstatt in Richtung Hartigan House abzubiegen, fuhr sie in Richtung Theaterviertel.

Sie griff nach dem Beifahrersitz und klopfte Boss auf den Kopf. „Wir müssen noch einmal von vorne anfangen." stellte Ginger fest. Boss hechelte, sein Kopf wippte zustimmend auf und ab.

Es kam ihr wie gestern vor, als sie, Haley und Ambrosia eine Vorstellung von *Sham* im Abbott Theatre in der Shaftesbury Avenue besucht hatten. Es war Felicias erste „große" Rolle, die einzige Frau in einer vierköpfigen Besetzung, darunter der dynamische Angus Green.

Die Türen des Foyers waren nicht verschlossen, aber

das Theater war für das Publikum noch geschlossen, bis später am Abend eine neue Inszenierung von *Hamlet* gespielt werden sollte. Ginger, mit Boss auf dem Arm, ging am Agenten an der Kasse vorbei zum Büro des Bühnenmeisters.

Peter McGuire erkannte sie sofort und bat sie herein. Der Bühnenmeister war Ende vierzig, ein fleißiger Typ mit zurückgekämmtem Haar und gewachstem Schnurrbart. Seine Miene verfinsterte sich leicht, als er Boss erkannte. Ginger hatte das Gefühl, dass er eigentlich keine Haustiere im Theater erlaubte, und für sie gnädigerweise eine Ausnahme machte.

„Wie kann ich Ihnen behilflich sein, Lady Gold? Hätten Sie Lust auf Freikarten für die heutige Vorstellung?"

Ginger konnte es sich leisten, ihre eigenen Karten zu kaufen, aber sie verstand die Praxis, es der Elite leicht zu machen, teilzunehmen. Es war gut fürs Geschäft.

„Ich fürchte, mein Grund, hier zu sein, ist weniger harmlos. Ich bin von Mr. James Green beauftragt worden, den Tod seines Sohnes Angus zu untersuchen."

Peter McGuire blinzelte überrascht. „Sicherlich ist Scotland Yard ausreichend mit dieser schrecklichen Angelegenheit beschäftigt."

„Natürlich. Aber es gibt Dinge, die eine Privatperson tun kann, welche die städtische Polizei nicht tun kann." Zum Beispiel könnten sich die Leute einem Privatdedektiv in einer Weise anvertrauen, wie sie es bei der Polizei nicht tun würden, aber das sagte Ginger nicht.

„Sehr wohl, Lady Gold. Was wollen Sie von mir?"

„Nur einen Moment Ihrer Zeit, um ein paar Fragen zu stellen."

Mr. McGuire strich sich über den Schnurrbart. „Also, fragen Sie."

„Wann haben Sie Angus Green zum ersten Mal getroffen?"

„In der Nacht, in der er für *Sham* vorgesprochen hat. Es war offensichtlich, dass er ein Naturtalent ist."

„Und er hatte den Ehrgeiz, es über den Status eines Hobbys hinaus zu betreiben?"

„Wenn man nach dem geht, worüber er bei den Proben sprach", sagte Mr. McGuire. „Er sprach oft davon, das West End und den Broadway in New York anzustreben. Er sprach sogar von Los Angeles."

„Ich habe Mr. Green nur ein paar Mal getroffen", sagte Ginger. „Er schien mir sehr energisch zu sein. War er immer so oder hatte er auch Höhen und Tiefen?"

Mr. McGuires Gesicht zerfiel zu einer Schriftrolle aus faltigen Linien. „Mr. Green war, wie Sie sagen, präsent, wenn es nötig war, aber er schien gelegentlich mit melancholischen Stimmungen zu kämpfen."

„Sie müssen in Ihrem Beruf alle möglichen Leute treffen, Mr. McGuire", sagte Ginger. „Sie sehen und hören viele Dinge. Glauben Sie, dass Mr. Green vielleicht Aufputschmittel genommen hat?"

Mr. McGuire verengte seine Augen. „Ich spreche nicht gern schlecht über Tote, und ich hätte es nicht erwähnt, wenn Sie nicht danach gefragt hätten, aber meiner Meinung nach - die übrigens keine professionelle ist - ja. Ich könnte nicht sagen, was, wohlgemerkt. Vielleicht sollten Sie seinen früheren Mitbewohner, Geordie Atkins, danach fragen."

GINGER WAR SCHON EINMAL in der Wohnung von Geordie Atkins gewesen, kurz nachdem Angus Green verschwunden war. Sie befand sich im obersten Stockwerk eines Steingebäudes in der Londoner City, nicht weit von der majestätischen St. Paul's Cathedral auf dem Ludgate Hill. Die massive Kuppel der Kirche durchstieß die tiefhängenden Wolken über dreihundert Fuß und war damit das höchste Gebäude in London. Der Ost- und der Westflügel der Kathedrale erstreckten sich über die gesamte Länge des Gebäudes. Das Bauwerk überragte alles, was es umgab.

Nachdem sie in einer Seitenstraße geparkt hatte, betrat Ginger das Wohngebäude und trug Boss die Treppe hinauf. Sie hoffte, dass Mr. Atkins zu Hause anzutreffen war, denn es war mitten am Tag, und Schauspieler waren nicht dafür bekannt, dass sie regelmäßige Arbeitszeiten einhielten. Zu ihrer Erleichterung öffnete der schlanke junge Mann die Tür, als sie klopfte.

Ihm klappte der Kiefer herunter, als er die Identität seines Gastes erkannte, und er zog sofort sein Hemd zurecht und fuhr sich mit der Hand durch sein schütteres Haar. „Lady Gold. Das ist eine Überraschung."

„Bitte entschuldigen Sie, dass ich Sie überrumpelt

habe. Es tut mir leid, ich bin hier, weil der Vater von Angus Green mich gebeten hat, seinen Tod zu untersuchen. Ich hoffte, Sie hätten einen Moment Zeit für ein paar Fragen."

Mr. Atkins schaute nervös über seine Schulter, und Ginger hatte das ungute Gefühl, dass er gerade einen weiblichen Gast empfing. Sie hätte ihn wirklich vorher anrufen sollen! „Wenn es Ihnen ungelegen kommt...", begann sie.

„Nein, ganz und gar nicht. Entschuldigen Sie, die Wohnung ist unordentlich. Mein neuer Mitbewohner ist nicht so ordentlich wie Angus es war."

Ginger atmete erleichtert aus. „Ich verspreche, das nicht zu beachten, Mr. Atkins. Es macht Ihnen doch nichts aus, dass ich mein kleines Haustier dabeihabe?" Boss starrte Geordie Atkins mit runden braunen Augen an, die sagten: „Hab' mich lieb!"

„Der Vermieter mag keine Haustiere, aber das macht mir nichts aus", sagte er und winkte sie herein. "Wollen Sie einen Tee?"

„Das wäre sehr freundlich."

Das Sofa und der Couchtisch waren mit Zeitschriften und Bonbonverpackungen übersät, die der neue Mitbewohner mitgebracht hatte, wie Ginger annahm. Während Geordie Atkins damit beschäftigt war, den vollgestopften Tisch abzuräumen, starrte Ginger aus dem Fenster. Es ging nach Süden zur Themse, und sie konnte den quadratischen Turm der anglikanischen Kirche St. George's sehen, was sie daran erinnerte, dass sie Oliver Hill, ihrem Freund und Pfarrer, verspro-

chen hatte, mit einer Spende für den Trödelmarkt vorbei-
zukommen.

Als der Tisch abgeräumt war, nahm Ginger einen der
Küchenstühle und setzte Boss auf den Boden neben ihre
Schuhe. Mr. Atkins gesellte sich kurz zu ihr und brachte
ein Tablett mit einigem Teezubehör darauf.

„Milch und Zucker?", fragte er, als er ihr die Tasse
Tee einschenkte.

„Ein bisschen Zucker." Ginger nahm das Zucker-
schälchen und gab einen Stups in den Tee. Sie nahm
einen Schluck aus der Tasse. „Hervorragend. Perfekt für
einen so trüben Tag."

„Es tut mir leid, dass ich keine Kekse anbieten kann."

„Keine Sorge."

Nachdem sie beide an ihrem Tee genippt hatten,
begann Mr. Atkins: „Was wollten Sie mich fragen?"

„Haben Sie Mr. Green jemals verdächtigt,
Aufputschmittel zu konsumieren?"

„Wie Kaffee und Alkohol?"

„Eher von der pudrigen Sorte."

„Ah." Mr. Atkins stellte seine Teetasse auf die Unter-
tasse, lehnte sich zurück und schlug die Beine übereinan-
der. „Sie wissen von dem Kokain. Ich möchte Ihnen nur
versichern, dass ich persönlich nie etwas davon
genommen habe." Er tippte sich mit dem Zeigefinger an
die Schläfe. „Ich habe gerne die Kontrolle über meine
Fähigkeiten."

Ginger hatte nur vermutet, dass Angus illegale
Drogen genommen haben könnte, aber sie tat so, als ob
sie es wüsste. „Wissen Sie, woher er es bezogen hatte?"

Geordie schüttelte den Kopf. „Irgendein Italiener. Der hatte einen Spitznamen, den ich vergessen habe. Irgendwas wie Insekt oder Pest."

Ein Italiener. Könnte das bedeuten, dass Angus sich mit der italienischen Mafia eingelassen hatte?

Kapitel Sieben

„Die Labortests von Angus Greens Blutproben sind da", sagte Haley. Sie rückte ihren karierten Rock zurecht, während sie sich auf dem Sofa im Wohnzimmer niederließ.

Gegenüber von ihr saß Ginger in einem Ohrensessel und hatte Boss auf dem Schoß. Haley und Ginger tranken oft gemeinsam einen Brandy am Ende des Arbeitstages, und diese Gewohnheit pflegten sie auch heute so.

„Und?" fragte Ginger nach.

„Sie bestätigten das Vorhandensein von Kokain in seinem Körper."

„Oh Du meine Güte!", rief Ginger aus. „Ich werde Mr. James Green und Mr. Andrew Green Bescheid sagen müssen."

Haley steckte sich die lockeren brünetten Locken hinter die Ohren. Sie hatte bereits die Haarnadeln entfernt, mit denen ihr falscher Bob befestigt war, und ein dicker lockiger Pferdeschwanz hing über eine Schulter. „Hattest du wieder Kontakt zu Angus Greens Familie?"

„Ich war heute Morgen dort. Mr. Green ist mit den bisherigen offiziellen Ermittlungen unzufrieden und hat mich beauftragt, den Fall weiter zu untersuchen."

Haley grinste. „Dein erster bezahlter Ermittlerjob!"

„Nun, Mr. Green kann es sich leisten, und ich möchte nicht, dass er oder andere denken, sie könnten mich ausnutzen, weil ich eine Frau bin."

„Oder weil du reich bist."

Ginger warf ihrer Freundin einen Blick zu. „Es geht alles an das Child Wellness Project."

„Natürlich." sagte Haley freundlich. „Und, wie sind Deine Ermittlungen vorangekommen?"

Ginger berichtete über die Gespräche, die sie mit Peter McGuire und Geordie Atkins geführt hatte.

„Italienische Mafia, hm?" fragte Haley.

„Im Moment ist es nur eine Theorie, aber wenn Sie sich an die Gala gestern Abend erinnern, schien Dr. Brennan an ihre Existenz zu glauben und ihre Aktivitäten in London für real zu halten."

„Richtig. Dr. Brennan. Rechthaberisch und selbstsicher. Eine erschreckende Kombination."

Ginger stimmte zu. „Das kannst du laut sagen."

„Er schien ziemlich angetan von dir, Ginger. Ist er im Rennen?" Haleys Grinsen war von Heiterkeit durchzogen. Sie spielte gerne Amor in Gingers Liebesleben, vor allem seitdem das gute Verhältnis, das Ginger mit Chefinspektor Basil Reed gehabt hatte, durch das erneute

Auftauchen seiner Frau plötzlich zum Erliegen gekommen war.

Ginger wandte ihren Blick von der *Meerjungfrau* ab, einem Gemälde von John William Waterhouse, das über dem Kamin hing. Es war das einzige Stück, das aus der viktorianischen Ära des Herrenhauses übriggeblieben war, ein Geschenk ihres Vaters an ihre Mutter. Das lange rote Haar der Meerjungfrau war eine Anspielung auf die Gene, die Ginger von der mütterlichen Seite der Familie vererbt wurden.

„Dr. Brennan hat mich zum Abendessen eingeladen", erzählte Ginger. Sie nippte lässig an ihrem Brandy. Und sie war sich bewusst, dass die Pause ihre Freundin in Aufruhr versetzen würde.

Haleys dunkle Augen leuchteten auf, als sie sich nach vorne beugte. „Du gehst aus?"

Ginger lachte über die plötzliche Aufmerksamkeit ihrer Freundin. „Das hoffe ich nicht, aber vielleicht hat der Herr ja andere Vorstellungen."

Haley lehnte sich zurück. „Es wird Zeit, dass du rauskommst und mit jemand Neuem Spaß hast."

„Sagst du..." Ginger streichelte Boss hinter den Ohren, ihre Smaragdringe funkelten im elektrischen Licht. „Ich gehe nur mit, weil er mich in ein italienisches Restaurant einlädt, und im Gegensatz zu dir war ich noch nicht dort."

Haley schürzte ihre Lippen. „Heißt es Pinocchio's?"

„Ja", sagte Ginger mit leichter Überraschung. Haley kam kaum in der Stadt herum, um von neuen ausländischen Restaurants zu erfahren. „Kennst Du es?"

„Nein, aber ich habe das Gerücht gehört, dass es von der Mafia betrieben wird."

„Das ist genau der Grund, warum ich Dr. Brennan zugesagt habe."

Bevor Haley etwas sagen konnte, kam Felicia ins Zimmer gestürmt. „Ginger! Du musst Großmutter sagen, dass sie aufhören soll!"

Boss, der durch den Aufruhr aufgeschreckt wurde, sprang auf den Boden und fing an zu bellen.

„Bossy, es ist alles in Ordnung", beruhigte ihn Ginger. „Felicia, was ist hier los?"

Der Hund schüttelte sich und ging zu seinem Schlafplatz in der Nähe der Feuerstelle. Die Glut war am Erlöschen, und Haley ging mit ihm zum Kamin, um die Flammen erneut zu schüren und mehr Kohle nachzulegen.

Felicia ließ sich nicht entmutigen. „Großmama lädt diese Woche jeden Abend einen Mann zum Essen ein, um mir einen *Ehemann* zu besorgen!"

Damit sie nicht aus dem Spiel genommen wurde, betrat die ältere Lady Gold durch die Schwingtür den Raum und zeigte sich dominant. Das Familienoberhaupt war trotz ihrer inzwischen schrumpfenden Statur eine einschüchternde Erscheinung. Sie trug ein bodenlanges grünes Samtkleid, das direkt aus einem viktorianischen Katalog stammte, und ihrer Haltung und dem missmutigen Blick auf ihrem faltigen Gesicht nach zu urteilen, verrichtete darunter eindeutig ein Korsett seine erstickende Arbeit. In der Hand hielt sie einen Spazierstock mit silbernem Griff, der eher dazu diente, eine Aussage zu unterstreichen, indem sie ihn fest auf den Boden klopfte, als ihr Gleichgewicht zu halten.

„Ginger, du musst mir in diesem Fall zustimmen. Das Kind gerät außer Kontrolle. Sie treibt sich im Dunkeln herum, ohne Aufsicht. Zieht sich skrupellos an. Wenn ihr Ruf nicht schon ruiniert ist, wird er es sicher bald sein."

Ginger stand auf und strich ihr blaues Tageskleid aus Viskose glatt. Die Spannungen zwischen ihrer Schwiegermutter und ihrer Schwägerin wurden von Tag zu Tag größer. Ginger wusste nicht mehr, wie sie die Wogen glätten sollte.

„Großmutter, Felicia ist kein Kind mehr..."

„Ja, das sagst du immer, aber sie verhält sich wie jemand, der..."

„...der nie eine Mutter hatte?" beendete Felicia für die Seniorin.

Ambrosia klopfte mit ihrem Gehstock auf den Perserteppich. „Der liebe Gott weiß, dass ich mein Bestes für dich getan habe, aber es ist Zeit..."

Felicia verschränkte die Arme. „Wird es Zeit, dass dir jemand anderes mich abnimmt?"

„Es ist Zeit, dass du erwachsen wirst! Heirate, gründe eine Familie. Lerne, dich um jemand anderen als um dich selbst zu kümmern."

Felicias blaue Augen flehten: „Ginger?"

„Würde es wirklich wehtun, zu Abend zu essen, Felicia? Du musst sowieso essen, und wer weiß, vielleicht verstehst du dich ja mit einem von ihnen."

Felicia stampfte erbost mit dem Fuß auf: „Ich

wusste, du würdest dich auf ihre Seite schlagen." Sie starrte Ambrosia an, bevor sie hinausstürmte. „Na schön. Ich werde essen, aber ich werde nicht sprechen!"

Ambrosia ließ sich auf einen leeren Stuhl fallen. „Dieses Kind wird mein Ende sein."

„Soll ich Ihnen einen Sherry holen?", fragte Haley.

Ambrosia blickte auf, als hätte sie Haley im Raum nicht bemerkt. Die ältere Lady Gold verstand nie ganz, wie Ginger sich so gern unter die Bürgerlichen mischte, geschweige denn, dass sie mit ihnen im Hartigan House leben konnte.

„Das würde ich, Miss Higgins. Ich danke Ihnen."

„Wenigstens hast du deinen Willen bekommen, Großmutter", sagte Ginger. Sie hatte Mitleid mit Ambrosia. Die Welt veränderte sich schneller, als die ältere Frau mit dieser Schritt halten konnte.

„Eine gewonnene Schlacht", räumte Ambrosia ein, als sie den Sherry von Haley entgegennahm. „Aber leider nicht der Krieg."

„Ich befürchte, ich werde morgen Abend nicht mit euch gemeinsam essen können, Großmutter", begann Ginger.

„Oh?" Ambrosia sah aus, als hätte sie einen weiteren Schlag abbekommen. „Aber ich brauche dich, um das Gespräch zu führen. Du hast Felicia gehört. Sie weigert sich zu reden."

„Haley wird zuhause sein."

Ambrosias Augen blickten zu Haley, bevor sie sich nach oben wandte.

„Ich kann eine gute Gesellschafterin sein", bemerkte Haley und ihre Augen funkelten amüsiert.

Ginger wusste, dass Ambrosias allgemeiner Kummer und der Klatsch der Oberschicht in England eine ständige Quelle der Intrigen für Haley, die Amerikanerin, waren.

„Ich nehme an, du wirst es tun müssen", murmelte Ambrosia. Dann wandte sie sich Ginger zu: „Wo wirst du sein?"

„Ich treffe mich mit einem Bekannten zum Abendessen."

„Einen Bekannten?"

„Ja, Großmutter. Ein Freund. Und das ist alles, was du von mir erfahren wirst." Ginger beugte sich vor und küsste Ambrosia auf die Stirn. „Und jetzt entschuldigt mich bitte, ich muss mich ausgehfertig machen."

„Sollte Miss Higgins nicht als Anstandsdame mitkommen?" fragte Ambrosia mit einem Anflug von Verzweiflung in ihrer Stimme. „Himmel, dann habe ich ja niemanden mehr, mit dem ich mich am Esstisch unterhalten kann."

Ginger hielt an der Tür inne und bemerkte das Glitzern in Haleys Augen. „Ich bin eine reife, moderne Frau, Großmutter. Ich brauche keine Anstandsdame."

„Es ist doch nicht dieser Pfarrer, oder?" fragte Ambrosia. „Mr. Hill ist ein netter junger Mann, aber nicht für dich geeignet."

Haley brach in Gelächter aus.

Kapitel Acht

Ginger betrat am nächsten Morgen das Kleidergeschäft Feathers & Flair, den Hund Boss sicher in einem Arm tragend.

Madame Roux, die Geschäftsführerin des Ladens, begrüßte Ginger herzlich. „*Bonjour*, Lady Gold. Wie geht es Ihnen?"

Ginger wischte Boss' Pfoten mit einem Tuch ab, das sie in ihrer Handtasche verstaut hatte, und setzte den Hund auf den glänzend weißen Kachelboden. „Geh in dein Körbchen", befahl Ginger. Boss hüpfte sofort zu dem roten Samtvorhang, der den Arbeitsbereich vom Ausstellungsraum trennte, und verschwand zwischen den Säumen.

Madame Roux nahm den feuchten Mantel von Ginger. „Ich für meinen Teil werde mich freuen, wenn der Frühling endlich da ist."

„Es ist fast März", sagte Ginger und stimmte zu: „Es kann nicht mehr allzu lange dauern."

Die weißen Marmorböden glitzerten unter dem Licht der elektrischen Kronleuchter, die von den hohen Decken des zweistöckigen Geschäfts hingen. Schaufensterpuppen mit der neuesten Mode aus Paris und New York schmückten die Auslagen, während hochwertige Accessoires in Kleiderständern bis zum Boden hingen. Hüte waren auf Wandregalen dekorativ ausgelegt.

Madame Roux informierte Ginger über die Verkäufe und Bestellungen des vergangenen Tages. „Ich glaube, die Schals, die aus Mailand gekommen sind, werden Ihnen gefallen", sagte sie. „Der Stoff - unzerstörbar."

Ginger lief auf der Suche nach den weiteren Mitarbeiterinnen leise nach hinten und fand Dorothy, ihre Angestellte, und Emma, die Näherin und Designerin, die bei einer Tasse Tee miteinander plauderten.

„Reverend Hill ist so sanft, so freundlich und doch so stark, weißt du", sagte Dorothy zu Emma. Ihre Augen waren strahlend und voller Bewunderung. „Du hättest seine Predigt am Sonntag hören sollen. Alles über Liebe und die Hilfe für die Armen..."

Ginger hob eine Augenbraue. Reverend Oliver Hill war der charmante und alleinstehende Vikar der St. George's Church, und so manch junges Mädchen war von seinem jungenhaften Aussehen und seinem kindlichen Charme entwaffnet worden - wellige rote Locken inklusive. Ginger und Oliver hatten sich in den letzten Monaten angefreundet, nicht zuletzt wegen ihres gemeinsamen Wunsches, den Armen in London zu helfen, insbesondere den Straßenkindern.

Emma richtete sich auf, als sie Ginger dort stehen sah. „Oh, guten Morgen, Lady Gold."

Dorothy richtete ihre honigbraune, krause Frisur und stimmte mit ein: „Guten Morgen." Ihr Gesicht errötete, weil sie von ihrer Arbeitgeberin beim Schwärmen belauscht worden war. Sie stellte ihre Teetasse ab und schnappte sich eine Handvoll neuer Kleider. „Ich wollte sie gerade nach oben bringen."

Während im Erdgeschoss die Elite auf der Suche nach Haute Couture und Originaldesigns war, wurden im Obergeschoss die Fabrikkleider ausgestellt. Eine neue Generation modebewusster Frauen war begeistert von der Aussicht, ihre Größe bereits im Regal hängen zu sehen und sie sofort tragen zu können, wenn sie mit ihren Einkäufen nach Hause kamen.

Ginger überprüfte auf ihrer Rolex die Uhrzeit. Der Laden würde in zehn Minuten öffnen. Der Boss sah zu ihr auf und stocherte in der leeren Schüssel neben seinem Bett.

„Du bist ein gieriger kleiner Kerl, nicht wahr?" sagte Ginger. Obwohl Boss schon gefressen hatte, bevor sie Hartigan House verließen, schüttete Ginger Hundefutter aus einem Beutel, den sie im Laden aufbewahrte, in den Napf. „Das ist alles, Bossy. Du fängst an, ein bisschen zu rundlich zu werden."

Madame Roux öffnete den Laden, und schon bald strömten einige Kunden herein. Seit dem Mord im Feathers & Flair im vorigen Monat war die Zahl der Kunden zurückgegangen, wenn man die Neugierigen und Klatschbasen nicht mitzählte, was Ginger nicht tat, da sie nicht zum Kaufen kamen. Glücklicherweise waren ihre Stammkunden zurückgekehrt, und auch einige neue Kunden kamen zum Einkaufen.

Das elfenbeinfarbene und leicht vergoldete Telefon läutete. Madame Roux war mit einem Kunden beschäftigt, also nahm Ginger den exquisit gestalteten Hörer ab. „Guten Morgen, Feathers & Flair. Wie kann ich Ihnen helfen?"

„Ginger? Ich bin's, Haley."

Haley rief Ginger nie bei der Arbeit an, und ein Anflug von Sorge durchzuckte sie. „Ist alles in Ordnung?"

„Ja. Aber Du sollst sofort in die Leichenhalle der Schule kommen."

„Warum? Was ist passiert?"

„Wir haben eine weitere unregistrierte Leiche."

Oh Herr, hab' Gnade!

GINGER PARKTE den Crossley auf der Straße vor der London Medical School for Women. Um nicht in einen weiteren Unfall zu geraten, war sie so schnell gefahren, wie es ihr möglich war - und war nur zweimal angehupt worden. Der Eingang des vierstöckigen Backsteingebäudes lag zur Hunter Street hin. Über dem steinernen Torbogen, der die Holztür umschloss, war ein Schild aus Jadestein eingemeißelt: London Royal Free Hospital School of Medicine for Women.

Ginger befestigte die Leine von Boss an seinem Halsband und ging ins Gebäude hinein.

Miss Knight, die Empfangsdame mittleren Alters, begrüßte Ginger mit einem Lächeln, bis sie Boss bemerkte, der neben ihr mit leisen Schritten über den gewachsten Boden tippelte.

„Oh, Lady Gold, ich glaube nicht, dass Hunde..."

„Es tut mir leid, Miss Knight. Ich hatte keine Gelegenheit, ihn vorher nach Hause zu bringen. Macht es Ihnen etwas aus, wenn er in Ihrem Büro auf mich wartet? Er wird keine Schwierigkeiten machen."

„Oh, ich weiß nicht..."

„Hat Ihnen die letzte Gala gefallen? Ich habe vor, nächstes Jahr eine weitere zu Gunsten der Schule zu organisieren." Ginger hasste es, zu bestechen, aber sie hatte wirklich keine Zeit, sich mit der Empfangsdame herumzuschlagen. Diese neue Leiche könnte ein Anhaltspunkt sein, der zum Mörder von Angus Green führte.

„Sehr gut", sagte Miss Knight. „Wie ist sein Name?"

„Boss. Kurzform für Boston."

Während Boss es sich auf einem der Bürostühle bequem machte, ging Ginger die Treppe zur Leichenhalle hinunter. Sie war inzwischen oft genug in der Schule gewesen, um einige der Schülerinnen zu erkennen, die sie mit einem Nicken begrüßten. Als sie die Türen der Leichenhalle erreichte, ging sie hinein, ohne anzuklopfen.

„Haley?" Ginger entdeckte ihre Freundin in ihrer quasi Standarduniform aus einem schmalen Tweedrock, der in der Mitte der Wade endete, Oxford-Schuhen mit wenig Absatz und einer Viskosebluse. Sie hielt ein Klemmbrett in ihrem Arm.

„Wir haben zwei Leichen in dieser Lieferung", sagte Haley. „Eine registrierte und unverletzt, und eine unregistrierte mit einer Kugel im Kopf."

In zwei Wagen befand sich jeweils eine Leiche mit einem bis zum Hals hochgezogenen weißen Laken, beides Männer mittleren Alters.

„Woher kommen die registrierten Leichen normalerweise?" fragte Ginger.

„Traurigerweise kommen die meisten aus den Arbeitshäusern", sagte Haley. „Die Insassen sterben häufiger, als man denkt. Entweder haben sie keine Familien oder ihre Familien können es sich nicht leisten, sie zu beerdigen. Gelegentlich kommt einer als Spende herein".

Ginger starrte emotionslos auf die blassweißen Gesichter der Toten. Der Krieg hatte sie davon geheilt. Diese Leichen waren wenigstens gereinigt und ihre Gesichter friedlich.

„Die Leichen werden mit gelben Registrierungsumschlägen geliefert, aber wie bei Angus Green", Haley deutete auf die Leiche mit der Schusswunde auf der Stirn, „war der Umschlag bei diesem Mann leer. Ich fand es interessant, dass auch er gefesselt und auf dieselbe Weise erschossen worden war." Haley griff unter das Laken und förderte eine Hand mit Risswunden am Handgelenk zutage.

Ginger sah sich das Ganze genauer an. „Unter den Fingernägeln dieses Mannes befindet sich jede Menge Erde. Vielleicht würde ein Test eine Übereinstimmung zur Erde unter dem ersten Opfer ergeben."

„Möglicherweise", meinte Haley. „Im Gegensatz zu

Mr. Green sind die Hände dieses Mannes jedoch sehr rau und schwielig. Unter dem Nagel des einen Daumens befinden sich Splitter. Und wenn Du an seinem Haar riechst, wirst Du den Geruch der Themse wahrnehmen."

„Ein Hafenarbeiter? Von denen gibt es hier viele."

Haley nickte. „Das war auch meine Vermutung."

„Hat das noch jemand gesehen?" fragte Ginger.

„Dr. Gupta und Miss Hanson waren bei mir, als die Lieferung eintraf. Dr. Gupta hat die Lieferung abgezeichnet."

„Hat Dr. Gupta den Umschlag bemerkt?"

„Das kann ich mir so vorstellen", antwortete Haley, „aber ich habe nicht gesehen, wie er es gemacht hat. Aber ich habe ihn ja auch nicht die ganze Zeit beobachten können." Haleys breiter Mund verwandelte sich zu einem missbilligenden Blick, und Ginger war sich nicht sicher, ob es wegen eines möglichen Verbrechens war oder wegen der Tatsache, dass Dr. Gupta, ein unglaublich gutaussehender indischstämmiger Mann, den Raum in Begleitung von Matilda Hanson verlassen hatte.

„Was sollen wir jetzt tun?" fragte Ginger.

„Ich habe bereits Scotland Yard angerufen."

„Weiß Dr. Gupta Bescheid?"

„Ich denke, Dr. Gupta könnte ein Verdächtiger sein."

„Was glaubst du, was hier passiert ist?"

Haley sah Ginger in die Augen und schnitt eine Grimasse. „Ein Mord."

Kapitel Neun

Pinocchio's war ein feines Restaurant mit weißem Stuck über Backsteinwänden und Holzbalkendecken, das nach Knoblauch, reifem Käse und gekochten Nudeln roch. Dr. Brennan, der bereits an einem Tisch saß, lächelte, als er Ginger eintreten sah, und eilte an ihre Seite.

„Erlauben Sie mir", sagte er und half Ginger aus ihrem ultramodischen Mantel aus wertiger Wolle im Rautenmuster und trendigen Flair-Paneelen, die von der Hüfte bis zum Saum reichten. Sie hatte sich für ein Kleid aus cremefarbenem Satin und Crêpe-de-Chine von Jeanne Lanvin entschieden, das mehrere Kettchen aus schwarzen Perlen zierte. Dem zustimmenden Gesichtsausdruck von Dr. Brennan nach zu urteilen, hatte sie die richtige Kleiderwahl getroffen.

Dr. Brennan berührte sachte ihren Ellbogen, als er sie zu ihrem Tisch begleitete und für sie den Stuhl höflich anbot.

„Danke, Dr. Brennan", sagte Ginger, als sie auf den

angebotenen Platz schlüpfte. Sie schätzte es, als adelige Dame behandelt zu werden, die sie war. In seinem hochwertigen Madras-Hemd und dem dunkelbraunen Nadelstreifenanzug sah er ganz wie ein englisch-irischer Gentleman aus.

„Sie sehen hinreißend aus", sagte Dr. Brennan, als er ihr gegenübersaß. „Einfach umwerfend."

Ginger war erstaunt über das ständige, unverhohlene Lob des Gentleman. Es war schon schockierend genug gewesen auf der Gala, wo alle so fein gekleidet waren. Wenigstens übertönte beim Ball die Musik die eigene Stimme, aber hier, in dem leisen Gemurmel dieses feinen Restaurants?

„Dr. Brennan! Sie lassen mich erröten."

Er spielte sein grandioses Lächeln aus: „Dann ist es mir gelungen."

Ginger griff nach der Speisekarte, um ihr Gesicht zu verbergen. Sie fragte sich nun, ob Dr. Brennan tatsächlich ein Schürzenjäger war. Sie hoffte inständig, dass er nach dem Abendessen keine weiteren Pläne mit ihr hatte, denn er würde sicher enttäuscht sein.

„Hätten Sie Lust auf einen *Aperitivo* vor dem Essen?" sagte Dr. Brennan. „Ich habe Wermut bestellt, aber ich könnte auch etwas anderes besorgen."

„Wermut ist gut", nickte Ginger.

Zum *Aperitivo* wurde ein kleines Tablett mit verschiedenen Speisen gereicht: Oliven, Aufschnitt, eine Auswahl an Käse und eine Dolde roter Weintrauben.

„Ich wusste nicht, wie hungrig ich war, bis ich diesen Raum betrat", sagte Ginger. „Der Duft ist verlockend."

„Die Italiener sind sehr großzügig im Umgang mit Knoblauch."

„In der Tat." sagte Ginger. „Sie erwähnten Ihren Dienst in Italien während des Krieges."

„Ja. Abgesehen vom Essen war es eine wirklich schreckliche Zeit. Ich nehme an, Sie konnten dem Krieg auf dem Land etwas entgehen."

Dr. Brennans Vermutung war nicht abwegig, da in der Zeit viele Bewohner der Londoner Oberschicht in ihre Sommerhäuser auf dem Land geflüchtet waren, vor allem, wenn der Hausherr im Krieg war.

„Sie liegen falsch, Dr. Brennan. Ich habe in Frankreich als Telefonistin gedient."

„Nein, wirklich?" Er erhob sein Glas mit Wermut zum Anstoßen: „Sie stecken voller Überraschungen, Lady Gold."

Sie deutete ein Lächeln an. Wenn der Professor das nur wüsste.

Ginger sah sich die Speisekarte an, während sie an dem leicht medizinisch schmeckenden *Aperitivo* nippte und ihm Zeit gab, die sagenumwobene Aufgabe zu erfüllen, ihren Appetit zu wecken.

„Was möchten Sie?" fragte Dr. Brennan, „Vielleicht Spaghetti oder Lasagne?"

„Ich fürchte, ich bin mit beiden Gerichten nicht vertraut."

„Dann müssen wir mit Spaghetti anfangen", sagte Dr. Brennan und klappte seine Speisekarte zu. „Das ist ein Klassiker."

Der Kellner kam, Dr. Brennan gab ihre Bestellung

auf und fügte hinzu: „Eine Flasche von Ihrem besten *Brunelli*." Er lächelte Ginger an. „Italienische Weine sind göttlich."

Ginger nickte. So viel wusste sie über die italienische Küche.

Der Kellner kam mit der geöffneten Flasche Wein und zwei Gläsern zurück. Er bot den Korken an, damit Dr. Brennan daran diesen prüfen konnte, und schenkte zur Degustation Wein in sein Glas ein. Dr. Brennan schwenkte es, betrachtete den Schwenk des Weins, der am Innenrand des Glases herabrann, und nahm dann einen Schluck.

„Sehr gut", nickte er zustimmend. Der Kellner lächelte, schenkte für Ginger ein und füllte Dr. Brennans Glas nach.

Dr. Brennan blickte zu Ginger an: „Hübsches Plätzchen hier, finden Sie nicht auch?"

„Das ist stilvoll", stimmte Ginger zu. „Allerdings hatte mich Miss Higgins auf ein unappetitliches Gerücht aufmerksam gemacht."

„Und das wäre?"

„Man sagt, dass ein Mitglied der italienischen Mafia dieses Lokal leitet."

„Was Sie nicht sagen!"

Ginger beobachtete Dr. Brennan über den Rand ihres Glases hinweg und fragte sich nicht zum ersten Mal, ob Dr. Brennan mehr über die italienische Gemeinschaft - und damit auch über die Mafia - wusste, als er zugab. „Wie ich schon sagte", fügte sie hinzu, „es ist wahrscheinlich nur ein Gerücht."

Ein fein gekleideter Mann näherte sich der Bar. Sein kantiges Gesicht war von einem finsteren Gesichtsausdruck geprägt, und die Muskeln in seinem Nacken spannten sich gegen seinen gestärkten Kragen. Er sprach mit einem anderen Mann, der ihm den Rücken zuwandte. Obwohl Ginger nicht hören konnte, was die beiden Männer sagten, schloss sie aus deren steifen Auftreten, dass es sich nicht nur um ein freundliches Geplänkel handeln konnte. Der Mann an der Bar drehte sich um, während er seinen Drink trank. Ginger erkannte sein Gesicht aus den Zeitungen wieder - es war kein anderer als der berüchtigte Charles Sabini selbst, ein gutaussehender Mann! Offenbar waren die Gerüchte zur Mafia wahr. Mr. Sabini stellte sein leeres Glas ab und verschwand durch eine hinter der Bar verborgene Tür. Sein Mitarbeiter blieb zurück, um das Restaurant zu überwachen.

Dr. Brennan folgte ihrem Blick. „Nun, *er* sieht auf jeden Fall wie ein Gangster aus."

Ginger stimmte zu. Der Mann nahm seinen Becher mit Whisky in die großen Hände und nahm einen Schluck, während seine schielenden Augen den Raum abtasteten. Einen Moment lang ruhte sein Blick auf Ginger, und ein Schauer lief ihr über den Rücken. Schnell wandte sie den Blick ab und konzentrierte sich auf Dr. Brennan.

„Sind Sie neu in London, Dr. Brennan?"

„Das bin ich. Ich bin gerade hierhergezogen, nachdem ich die Stelle an der medizinischen Fakultät bekommen habe, um die Stelle von Dr. Watts zu übernehmen, wenn er nicht da ist."

„Sie stammen aus Irland?"

Dr. Brennan nippte an seinem Wein und antwortete dann: „Ursprünglich. Meine Familie stammt aus Dublin, aber in den letzten fünf Jahren habe ich in Brighton gelebt und gearbeitet."

„Also, nicht allzu weit von hier."

„Nein. Wie die Einheimischen beschwerte ich mich gerne über all die Sommertouristen aus London, und jetzt bin ich wohl einer in London. Was ist mit Ihnen, Lady Gold? Höre ich da einen Hauch von Amerika?"

„Sehr wahrscheinlich. Ich habe dort zwanzig Jahre lang gelebt. Ich kann nach Belieben in den amerikanischen Akzent hinein- und herausschlüpfen."

„Demonstrieren Sie es mir!"

Ginger grinste, um das Schaudern zu verbergen, das sie empfand. Das war der Grund, warum sie ihre amerikanische Verbindung nur selten erwähnte. Nicht, dass sie dort nicht glücklich gewesen wäre, sie mochte es nur nicht, sich wie ein Zirkusaffe zu fühlen.

Sie räusperte sich und sagte mit einem Akzent, der Haley stolz machen würde: „Ich bin in Boston aufgewachsen, einer wunderschönen Stadt an der Ostküste Amerikas."

Dr. Brennan applaudierte. „Bravo!"

„Es ist kein außergewöhnliches Talent", sagte Ginger, wieder mit ihrem eigentlichen Akzent.

„Ich war kürzlich in New York, aber weiter bin ich nicht gekommen."

„New York ist eine großartige Stadt."

Die Spaghetti wurden serviert, ein Nest aus langen, dünnen Nudeln, bedeckt mit knoblauchhaltiger Tomatensauce und geriebenem Käse. Gingers Mund wurde vor Vorfreude wässrig.

„Es gibt eine spezielle Technik, um diese Art von Pasta zu essen", sagte Dr. Brennan. „Lassen Sie es mich demonstrieren." Er nahm seine Gabel und zu Gingers Belustigung auch einen Löffel und kein Messer. „Nehmen Sie die Nudeln einfach mit der Gabel auf, stellen Sie die Gabel aufrecht mittig auf den Löffel und drehen Sie diese."

Ginger lachte. „Wie beim Aufwickeln eines Wollknäuels."

„Ganz genau. Dann nehmen Sie alles in den Mund."

Nachdem sie das Gericht einen Moment lang betrachtet hatte, fragte sich Ginger, wie man die Nudeln essen konnte, ohne sich selbst mit Soße zu bespritzen, aber Dr. Brennans Technik erfüllte diese Aufgabe mit Bravour.

Ginger genoss das neue Geschmackserlebnis in vollen Zügen, besonders in Verbindung mit dem Wein und einem Korb mit frischem italienischem Brot. Irgendwann musste sie Haley mal hierher mitnehmen.

Sie hatte die Hälfte des Essens hinter sich und fühlte sich gut gesättigt, als sich die Gäste am Tisch vor ihr von ihren Plätzen erhoben. Ginger konnte nicht umhin, das Paar auf der gegenüberliegenden Seite anzustarren, das bis dahin nicht zu sehen gewesen war. Es war niemand anderes als Basil und Emelia Reed.

Chefinspektor Basil Reed war ein wohlhabender Mann aus einer guten Familie. Er zog es vor, den Bürgern Londons mit seiner Arbeit bei Scotland Yard zu dienen, anstatt seine Zeit auf Golfplätzen und Yachten zu verbringen. Er war ein stilvoller Gentleman mit verführerischen haselnussbraunen Augen und gut geschnittenem, an den Schläfen ergrauendem Haar. Gingers Leben hatte sich in den letzten Monaten auf unerklärliche Weise mit seinem verflochten, und irgendwie ging es immer um ein Verbrechen, das gelöst werden musste. Er hatte sich von seiner Frau entfremdet, und Ginger war Witwe. Eine unbestreitbare Chemie hatte sie zusammengeführt. In dieser Zeit der Trennung von Basil hatte Ginger ihr Herz für ihn geöffnet. Sie glaubte, dass er dasselbe mit ihr getan hatte.

Dann kam seine Frau zurück.

Und nun saßen beide vor ihr, genau in diesem Restaurant. Basils Augen fixierten die von Ginger mit Überraschung. Ginger wandte schnell den Blick ab und nahm einen großen Schluck von ihrem Wein.

„Es ist köstlich, nicht wahr?" sagte Dr. Brennan.

„Sehr."

Basil Reed stand Ginger gegenüber, während seine Frau Emelia und Dr. Brennan sich gegenseitig den Rücken zuwandten.

„Ich bin neugierig, Lady Gold, was hatte Sie gestern zu meiner Vorlesung geführt?" fragte Dr. Brennan. „Verstehen Sie mich nicht falsch, aber Sie scheinen nicht der Typ dafür zu sein."

„Warum? Weil ich ein Designer-Kleidung trage?"

Gingers Lippen zuckten verärgert. Hielt Dr. Brennan sie ernsthaft für weniger intelligent, weil sie Mode mochte?

Über Dr. Brennans Schulter sah sie, wie Basil sie anstarrte. Diesmal war er derjenige, der den Blick abwandte.

„Nein, nein, natürlich nicht", sagte Dr. Brennan. „Es ist nur so, dass Sie sich von den anderen Schülerinnen abheben, das ist alles."

Ginger lächelte höflich. „Ich interessiere mich für die Arbeit von Miss Higgins", sagte sie. „Sie hat meinen Vater in Boston gepflegt, bevor er starb, und wir sind uns sehr nahegekommen."

„*Ihr* amerikanischer Akzent ist deutlich."

„Sie ist ein Gast in meinem Haus", erklärte Ginger weiter. „Unser gemeinsames Interesse an der Wissenschaft bietet uns viele gemeinsame Themen."

„Faszinierend!" Dr. Brennan presste kurz eine Leinenserviette an seine Lippen. „Sie sind wirklich eine bemerkenswerte Frau."

Dr. Brennans steter Lobgesang begann Ginger zu nerven. Ihr Blick ging zu Basil, einem Mann, der noch nie aufgrund ihres Aussehens Rückschlüsse auf ihre Intelligenz gezogen oder ihren Wert durch leeres Lob heruntergespielt hatte. Diesmal lächelte sie, als er in ihre Richtung blickte. Seine Mundwinkel zogen sich nach oben.

Emelia drehte sich um. „Basil, was starrst du denn so?" Mrs. Basil Reed warf Ginger einen bissigen Blick zu, als sie die vormalige Konkurrentin sah. Sie drehte sich zu ihrem Mann um und wandte Ginger erneut den Rücken zu.

Dr. Brennan bemerkte es. „Um was geht es? Kennen Sie diese Leute?"

„Ja", sagte Ginger und fügte schnell hinzu: „Nur Bekannte".

Ginger schob ihren Teller weg, ihr war der Appetit vergangen. „Wenn Sie mich entschuldigen würden."

Sie musste zwischen ein paar Tischen hin und her wandeln und darauf achten, Abstand zu Basil zu halten, während sie gleichzeitig Emelias Blicke auf sich spürte.

Ginger betrachtete ihr Spiegelbild in der Damentoilette. Ihr Alter von dreißig Jahren machte sich langsam bemerkbar. Feine Linien entstanden in ihren Augenwinkeln. Sie brauchte wirklich mehr Schlaf. Sie schob in ihrer Handtasche die Lupe und die Remington Derringer beiseite (bis der Mörder von Angus Green gefasst war, würde sie nirgendwo ohne ihre kleine Pistole hingehen) und nahm einen Lippenstift aus einer Seitentasche.

Die Tür öffnete sich und Emelia Reed schlenderte herein. Sie zeigte auf Gingers Gesicht. „Ich weiß nicht, was zwischen Ihnen und meinem Mann vorgefallen ist, als ich nicht in London lebte, aber ich warne Sie jetzt, halten Sie Abstand."

Sie drehte sich auf ihren Art-Deco-Absätzen und ließ eine verblüffte Ginger in ihrem frostigen Kielwasser zurück.

Kapitel Zehn

Am nächsten Morgen kam Ginger zu Haley in die Leichenhalle. „Wozu die ganze Mühe?", fragte sie, während sie die noch immer nicht identifizierte Leiche anstarrten. „Warum werfen wir die Leichen nicht einfach in den Fluss?"

„Ich vermute, dass sie nicht riskieren wollen, dass sie an Land gespült werden. Tote sinken zwar zunächst, aber während sie verwesen, lassen Gase die Leichen an die Oberfläche kommen, und die Flut bringt sie an Land", antwortete Haley, während sie ihre Handtasche öffnete und ihre autografische Kodak-Taschenkamera herausnahm.

„Der Mörder schafft es also irgendwie, sein Opfer unter die Leichensendung zu mischen, und wenn es niemand bemerkt, erfährt die Familie nie, was mit ihrem Angehörigen geschehen ist", so Ginger.

„Genau." Haley öffnete den Deckel der Kamera und streckte die Akkordeonfalten aus. „Es würde mich nicht wundern, wenn es bei Scotland Yard eine entsprechende Vermisstenakte gibt."

Ginger beobachtete, wie Haley Fotos vom Gesicht des Opfers machte. „Das ist sinnvoll, aber es ist trotzdem nicht einfach, das durchzuziehen. Man muss über besondere Kenntnisse, Fähigkeiten und Möglichkeiten verfügen, um jemanden einzubalsamieren. Man kann eine Leiche nicht einfach in seinem Wohnzimmer einbal samieren."

„Wer auch immer damit zu tun hat, verfügt über medizinische Kenntnisse." Haley nahm den Film heraus und verstaute die Kamera wieder in ihrer Handtasche. „Ich werde sie so schnell wie möglich entwickeln."

„Richtig", sagte Ginger. „Ich hatte vergessen, dass es in diesem Gebäude einen Dunkelraum gibt."

Die Tür flog auf, und ein hager aussehender Dr. Watts stürmte herein, sein rötliches Gesicht errötet, das graue Haar ungekämmt.

„Dr. Watts!" grüßte Haley.

Der Arzt schaute auf die Leiche auf dem Tisch und wieder auf Haley. Er grüßte Ginger nicht einmal, was so untypisch für diesen Mann war. Er und Ginger waren sich schon oft begegnet, und Dr. Watts hatte sich immer wie ein Profi und Gentleman verhalten. Es war beunruhigend, einen Mann, der sonst so reserviert und zurückhaltend war, so aufgeregt und verwirrt zu sehen. Er ließ sich auf einen freien Stuhl fallen.

„Dr. Watts?" Haley fragte nach. „Ist alles in Ordnung?"

Er atmete niedergeschlagen aus. „Es könnte besser sein."

Ginger näherte sich zögernd. „Hallo, Dr. Watts."

„Lady Gold. Bitte verzeihen Sie meine Unhöflichkeit. Ich hätte nicht gedacht, dass ich Sie hier sehen würde."

„Ich bin nur zu Besuch bei Miss Higgins. Sagen Sie mir, wie geht es Mrs. Watts?"

Dr. Watts nahm ein Taschentuch aus der Tasche seiner Weste und tupfte sich den Schweiß von der Stirn. „Nicht gut, fürchte ich."

„Es tut mir leid, das zu hören."

„Ihre Krankheit hat jede Spur der Frau, die ich geheiratet habe, beseitigt", sagte er traurig. „Langsam, Jahr für Jahr, ist sie verkümmert." Er starrte ins Leere, als würde er das Bild einer jungen und lebendigen Frau heraufbeschwören. „Sie kann nicht mehr gehen, nicht mehr sprechen und sich nicht mehr um sich selbst kümmern. Sie ist blind geworden. Ich glaube, sie hat ihren Lebenswillen verloren."

Ginger hatte gehört, dass Mrs. Watts an Multipler Sklerose litt. Armer Dr. Watts. Kein Wunder, dass er so aufgelöst wirkte.

„Warum sind Sie heute hierhergekommen, Dr. Watts?" sagte Haley.

Dr. Watts fuhr sich mit seinen knorrigen Fingern durch die Haare. „Es scheint, als wüsste ich die Antwort darauf nicht."

Armer Mann, dachte Ginger. Der Stress, unter dem er stand, zeigte sich. Er begann, seine Fähigkeit, sich Details zu merken, zu verlieren.

„Haben Sie etwas vergessen?" fragte Ginger.

Dr. Watts starrte sie mit wässrigen, müden Augen an. „Nur meinen Kopf, anscheinend."

Mühsam richtete er sich auf. „Es tut mir leid, dass ich Sie beide gestört habe. Ich sollte jetzt zu meiner Frau zurückkehren."

Ginger und Haley sahen zu, wie der ältere Mann zur Tür schlurfte, wobei der Kummer schwer auf seinen Schultern lastete. Ginger wusste, wie es war, einen Ehepartner zu verlieren, aber ihr Daniel war im Belgien des Krieges schnell gestorben. Das war schon schrecklich genug gewesen. Wenn sie gezwungen gewesen wäre, ihn durch jahrelange Krankheit sterben zu sehen, wäre es unerträglich gewesen.

Ein Körper füllte den Türrahmen, gerade als Dr. Watts hindurchgehen wollte. Ginger erstarrte beim Klang einer vertrauten Stimme.

„Dr. Watts, mein guter Nachbar, wie geht es Ihnen?" Basil Reeds Stimme hallte durch die Leichenhalle.

„Es ging mir schon mal besser, alter Knabe", sagte Dr. Watts, und seine Stimme klang müde.

„Ich habe gehört, dass es Mrs. Watts schlecht geht. Emelia erwähnte, dass sie in letzter Zeit im Krankenhaus war."

„Das ist leider wahr."

„So eine Schande. Wie kommen Sie zurecht?"

„So gut, wie man es erwarten kann. Ich bin übrigens gerade auf dem Weg zurück ins Krankenhaus."

Basil schüttelte die Hand des Arztes. „Wenn wir

etwas für Sie tun können, zögern Sie bitte nicht, uns anzurufen."

„Wird gemacht, guter Mann. Werde ich tun."

Dr. Watts verschwand, und Basil trat zusammen mit Sergeant Scott und einem Constable ein. Er nahm seinen Hut ab, als er auf Ginger zuging. Sie wünschte sich, dass ihr Körper mitspielte, und hasste es, wie ihr Puls raste, wenn Basil Reed in der Nähe war.

„Lady Gold", sagte er mit einem Nicken. Keiner von beiden erwähnte die zufällige Begegnung vom Vorabend. Emelia Reeds bissiger Kommentar schmerzte noch immer.

„Miss Higgins", sagte Basil, als er sich der Leiche näherte. „Wie ich höre, glauben Sie, dass wir einen weiteren Mord haben?"

Er betrachtete beide Leichen. „Oder sind es Morde?"

„Dieser hier ist echt." Haley bedeckte den Kopf der registrierten Leiche und begann mit ihrem mündlichen Bericht über das unbekannte Opfer: „Nicht identifizierter Mann, Ende dreißig, Schuss in die Stirn aus nächster Nähe, entsprechende Austrittswunde im hinteren Schädelbereich." Sie hob den Arm der Leiche an. „Beide Handgelenke weisen Risswunden auf, was mich zu dem Schluss führt, dass der Mann gefesselt war, bevor er erschossen wurde. Im Gegensatz zu Mr. Green sind die Hände stark schwielig mit viel Schmutz unter den Fingernägeln, obwohl der Körper gewaschen und einbalsamiert wurde."

„Ist diese Leiche auf dieselbe Weise wie die letzte angekommen, nämlich ohne Papiere?" fragte Basil.

Neben ihm kritzelte der Wachtmeister Notizen in einen kleinen Notizblock.

„Ja. Der Umschlag, der die Sterbeurkunde, die legale Spendengenehmigung und den Bericht über die Identifizierung und die Todesursache enthalten sollte, ist leer." Haley zog das Laken wieder über den Kopf des Opfers. „Entweder hat sie jemand entfernt, bevor die Leiche transportiert wurde, oder sie waren gar nicht erst vorhanden."

„Gibt es sonst noch etwas, das auf die Identität oder den Tatort hinweisen könnte?" fragte Basil.

„Ich werde die Erde unter den Nägeln an das städtische Labor schicken", erklärte Haley. „Die Ergebnisse könnten helfen. Die Leiche wurde abgewaschen, aber nicht die Haare. Sie könnten einen Fischgeruch wahrnehmen."

Basil beugte sich vor und atmete ein. „Fischer oder Hafenarbeiter, vielleicht."

Ginger zog es vor, still zu bleiben und beobachtete das Gespräch, ohne zu sprechen. Sie hatte überhaupt keine Lust, sich mit Basil Reed zu unterhalten. Sie waren einmal Freunde gewesen, sogar gute Freunde, aber jetzt nicht mehr. Basil hatte seine Entscheidung getroffen, und es ärgerte sie, dass er Emelia einen Grund gegeben hatte, Anschuldigungen zu machen.

„Was ist Dr. Guptas Meinung?" fragte Basil.

Haleys dunkle Augen blickten zu Ginger.

„Bis Verdächtige ermittelt und ausgeschlossen werden können", antwortete Ginger und brach ihr

Schweigen, „hielt es Miss Higgins für das Beste, zuerst den Yard anzurufen."

Als ob sie die kühle Temperatur der Leichenhalle erst jetzt bemerkt hätte, verschränkte Haley die Arme vor der Brust. „Dr. Gupta war mit einer Studentin, einer Miss Matilda Hanson, hier, als die Leiche eintraf."

„War es möglich, dass einer von ihnen den Umschlag geleert hat?" fragte Basil.

„Ja", sagte Haley. "Das nehme ich an. Aber ich wüsste nicht, warum einer von ihnen das tun sollte."

Basil holte eine Papiertüte aus seiner Tasche. „Miss Higgins, wenn es Ihnen nichts ausmacht, den Umschlag hineinzulegen. Ich werde ihn auf Fingerabdrücke untersuchen lassen."

„Natürlich." Haley tat wie ihr geheißen.

Basil wies auf Sergeant Scott, der mit einer französischen Furet-Kamera über der Schulter eingetroffen war. Ähnlich wie Haley machte auch der Sergeant Fotos von dem Opfer und dem Tatort.

Basil steckte das Beweisstück wieder in eine Innentasche seines Mantels. „Wissen Sie, wo Dr. Gupta jetzt ist? Ich würde gerne mit ihm und auch mit dem Studenten sprechen."

„Dr. Gupta unterrichtet gerade eine Klasse." Haley warf einen Blick auf die Uhr an der Wand. „Es wird bald zu Ende sein."

„Wo kann ich sein Büro finden?"

„Ich kann dich mitnehmen", sagte Ginger. „Und wenn es dir nichts ausmacht, würde ich gerne dabei sein."

„Ich kann nicht wirklich..."

Ginger unterbrach ihn. „Ich wurde von Mr. James Green, dem Vater von Angus Green, beauftragt, Nachforschungen anzustellen."

„Du wurdest *beauftragt*?"

„Ja. Gegen Bezahlung. Ich nehme an, das bedeutet, dass ich jetzt ein Privatdetektivin bin und mich auf meine Privilegien als solche berufen möchte."

Ginger hoffte, dass es solche Privilegien gab. Während sie ihr Anliegen vortrug, befürchtete sie, dass die List auffliegen würde. Trotzdem machte sie weiter. „Ich habe Sie schon früher bei Verhören begleitet, Chief Inspector. Sie müssen zugeben, dass die Anwesenheit einer Frau den fraglichen Verdächtigen angenehmer macht."

Basils Lippen zuckten, als ob er versuchte, nicht zu lächeln. Das ärgerte Ginger, gab ihr aber Hoffnung, dass sie ihren Willen durchsetzen konnte.

„Sehr wohl, Lady Gold."

Ginger jubelte innerlich über ihren Sieg, aber äußerlich blieb sie stoisch. Sie tauschte einen wissenden Blick mit Haley aus, bevor sie Basil Reed aus der Tür führte.

Kapitel Elf

Die Büros von Dr. Watts und Dr. Gupta befanden sich im Obergeschoss und links vom Büro der Registratur. Ginger vermied es, Blickkontakt mit Miss Knight aufzunehmen, falls die Empfangsdame sie aufforderte, ihren Hund zu holen. Sie fanden Dr. Gupta, der gerade dabei war, ein Schinken-Senf-Sandwich zu essen, in seinem Büro. Es befand sich neben dem von Dr. Watts, war aber nur halb so groß. Ginger vermutete, dass Dr. Gupta den geräumigeren Bereich übernehmen würde, sobald Dr. Watts offiziell in den Ruhestand ging.

Dr. Gupta blinzelte überrascht, als er sie sah, dann winkte er sie herein. Er stand auf, rieb seine Handflächen an seiner Hose und reichte ihnen die Hand. „Chief Inspector Reed, schön, Sie zu sehen. Nochmals willkommen, Lady Gold." Er wies auf die freien Stühle. „Bitte, nehmen Sie Platz."

Ginger setzte sich auf den Stuhl, der am nächsten an

der Tür stand, und rückte ihn ein wenig von dem ab, den Basil eingenommen hatte.

Dr. Gupta schob die Reste seines Mittagessens beiseite. „Worum geht es?"

„Ich wurde von Miss Higgins hergerufen", sagte Basil. „Die Leiche, die heute Morgen in Ihrer Leichenhalle angekommen ist, sieht verdächtig nach einem zweiten Mord aus."

Dr. Guptas Augen blitzten vor Bestürzung. „Ich verstehe das nicht."

„Haben Sie heute Morgen bei der Ankunft der Leichen für diese unterschrieben, Dr. Gupta?"

Dr. Gupta nickte. „Das habe ich. Miss Higgins war dabei."

„Haben Sie die Leichen untersucht?"

„Nun, nein. Ich hatte einen Kurs zu unterrichten, und das Warten auf die Anlieferung - sie hatte sich verzögert - hatte mich zu spät kommen lassen."

„Sie haben also die Anmeldeumschläge nicht kontrolliert."

„Nein. Ich wollte nach dem Mittagessen in die Leichenhalle zurückkehren. Und warum? Waren die Umschläge auch leer?"

„Einer schon", sagte Ginger. „Da war eine Leiche mit einer Schusswunde."

„Melden Sie die Leichen normalerweise an?" fragte Basil.

Dr. Gupta legte seine langen, schlanken Finger zusammen und stützte sie auf seinen Schreibtisch, während er sich vorbeugte. „Nun, nein. Normalerweise hat das Dr. Watts gemacht. Aber als sich die Gesundheit seiner Frau verschlechterte und er nicht mehr da war, habe ich die Verantwortung übernommen."

„Die betreffende Leiche ist noch nicht identifiziert", sagte Basil. „Würden Sie mit uns kommen, um sie sich anzusehen? Vielleicht ist es jemand, den Sie kennen."

Dr. Gupta sprang auf. „Gewiss."

Ginger, Basil und Dr. Gupta gingen wieder nach unten und in den Korridor, wo ein stämmiger, glatzköpfiger Putzmann einen Wagen mit Reinigungsmitteln schob. Dr. Gupta grüßte ihn, als sie vorbeigingen. „Guten Tag, Mr. Morgan."

Haley war nicht in der Leichenhalle. Vielleicht war sie zum Mittagessen in die Cafeteria gegangen oder vielleicht zu einer Mittagsvorlesung. Beide Leichen waren verschwunden.

„Wo sind sie hin?" fragte Basil.

„Miss Higgins hatte sie in den Kühlraum gestellt", sagte Dr. Gupta. Er studierte die Etiketten auf dem Stapel von Schubladen an der gegenüberliegenden Wand und öffnete eine. „Dies ist der unregistrierte, der heute gekommen ist." Er betrachtete das Gesicht der Leiche.

„Kennen Sie ihn?" fragte Ginger.

Dr. Gupta schüttelte den Kopf. „Nein. Und ich bin dankbar für diese Tatsache. Wir müssen herausfinden, wer dieser arme Kerl ist, damit seine nächsten Angehörigen benachrichtigt werden können."

Basil holte ein Notizbuch und einen Bleistift aus seiner Tasche. „Das ist genau das, was ich zu tun gedenke.

Sagen Sie mir, Dr. Gupta, in welcher Beziehung stehen Sie zu Miss Matilda Hanson?"

Dr. Gupta erstarrte. „Was meinen Sie?"

„Sie war heute Morgen mit Ihnen hier, nicht wahr? Bevor Miss Higgins kam?"

„Ja, aber sie brauchte Hilfe bei etwas. Sie ist eine meiner Schülerinnen."

„Womit hat sie Hilfe gebraucht?"

„Eine Aufgabe. Sie ist in einigen ihrer Kurse im Rückstand."

„Ich verstehe", sagte Basil. „Wissen Sie, wo wir Miss Hanson finden können?"

„Viele der Schüler kehren in der Mittagspause in ihre Zimmer zurück."

„Wissen Sie, in welchem Zimmer sie ist?"

Dr. Gupta zögerte. „Nein."

„ER HAT GELOGEN, als er sagte, er wüsste nicht, wo Miss Hansons Zimmer ist", sagte Ginger, als sie und Basil zum Büro des Standesbeamten gingen.

„Ich weiß."

Miss Knights Lächeln erhellte sich beim Anblick von Basil Reed, und sie zupfte an ihrem Dutt im Nacken und neigte den Kopf, als er sich näherte.

Ginger erkannte die Reaktion. Unbewusst putzte sich die Dame heraus. Ginger war diesem Impuls selbst schon einmal zum Opfer gefallen. Basil Reed, mit seinem eleganten und seriösen Aussehen, hatte diese Wirkung auf Frauen. Ginger mochte das Eifersuchtsgefühl, das er in ihr auslöste, nicht, und schluckte es hinunter.

„Miss Knight", sagte Ginger, bevor ein kokettes Geplänkel beginnen konnte. „Wir suchen nach Miss Matilda Hanson."

Basil fügte hinzu: „Wenn Sie so freundlich wären, uns zu ihrem Zimmer zu führen".

„Natürlich, Herr Oberinspektor. Normalerweise geben wir keine privaten Informationen weiter, aber da Sie die Polizei sind..."

Während Miss Knight in ihren Akten stöberte, schlich Ginger nach hinten, um Boss abzuholen, der genau an der Stelle döste, an der sie ihn zurückgelassen hatte.

Ginger zog ihren Mantel und ihren Schal an, dann band sie Boss an seine Leine. „Zeit zu gehen, Faulpelz." Als sie in die Lobby zurückkehrte, starrte Basil sie, oder besser gesagt Boss, mit einem Anflug von Angst an.

„Sagen Sie bloß, dass Sie immer noch Angst vor meinem kleinen Hund haben."

„Ich habe keine Angst vor ihm. Ich fühle mich nur nicht wohl in der Nähe von Tieren, wie Sie bereits wissen."

„Aber, Boss...", Ginger hielt inne. Einen Moment lang hatte sie vergessen, dass sie und Basil nicht mehr befreundet waren. „Ist ja auch egal. Haben Sie die Adresse erhalten?"

„Es ist Zimmer sechs in dem Gebäude auf der anderen Straßenseite."

Das Wetter hatte sich gebessert, die Sonne lugte

hinter Wolkenfetzen hervor, und die Luft roch stark nach Frühling.

Basil klopfte an Zimmer sechs und die Tür schwang auf. Matilda Hansons Gesichtsausdruck wechselte in einer kurzen Sekunde von erwartungsvoll zu bestürzt. „Ja?"

„Ich bin Chief Inspector Reed, und ich glaube, Sie kennen Lady Gold. Können wir uns kurz unterhalten?"

Fräulein Hanson betrat den Gang. Ihr Blick der Enttäuschung von eben hatte sich in etwas anderes verwandelt. Angst blitzte in den Augen des Mädchens auf, aber wovor?

„Das ist mein Hund, Boss", sagte Ginger in der Hoffnung, dass die Anwesenheit ihres Terriers dazu beitragen würde, Miss Hansons Nerven zu beruhigen.

Das Mädchen rang die Hände vor Unsicherheit. „Bin ich in Schwierigkeiten oder so?"

Basil ignorierte die Frage. „Ich habe gehört, dass Sie heute Morgen bei Dr. Gupta waren, als die Leichenlieferung in die Leichenhalle gebracht wurde."

Matilda Hansons Augen wanderten nervös zwischen Basil und Ginger hin und her. „Ja, und?"

„Ist Ihnen etwas Ungewöhnliches aufgefallen?"

„Ich weiß nicht, was Sie meinen. Die Leichenhalle war ruhig und sauber, und das ist ganz normal. Miss Higgins kam fast zur gleichen Zeit wie die Leichen an. Vielleicht sollten Sie sie fragen, ob etwas Ungewöhnliches vorgefallen ist."

„Haben Sie sich eine der beiden Leichen angesehen?" fragte Basil.

„Nein. Die Containerbeutel waren versiegelt."

„Sie haben also die beigefügten Umschläge nicht gesehen?"

„Nein." Miss Hansons Augen huschten zwischen Ginger und dem Chefinspektor hin und her.

„Sagen Sie bitte, worum geht es hier?" beharrte Basil auf dem Thema. „Haben Sie Dr. Gupta um Hilfe bei etwas gebeten?"

Miss Hansons Gesicht verlor an Farbe. „Hat er... Hat er das gesagt?"

„Das frage ich *Sie*, Miss Hanson."

„Ich hatte eine Anfrage in einer persönlichen Angelegenheit. Dr. Gupta versprach Diskretion."

Also keine Diskussion über einen verspäteten Auftrag, dachte Ginger. Dr. Gupta hatte sie beschützt.

„Können Sie uns sagen, worüber Sie gesprochen haben?" fragte Ginger vorsichtig. „Wir würden nicht fragen, wenn es nicht wichtig wäre."

Miss Hansons Kneten ihrer eigenen Hände war ausgeprägt, und Ginger musste sich zurückhalten, ihre eigenen Hände auf deren zu legen, um sie zu beruhigen.

„Miss Hanson?" Ginger drängte. „Sie können mir vertrauen."

Ginger konnte sehen, wie Miss Hansons emotionale Aufruhr aus ihren Augen wie Ozeanwellen an die Küste rollte, als sie in Tränen ausbrach. „Ich stecke in Schwierigkeiten, Mylady."

Diesmal schloss Ginger zu der Frau auf. Sie fragte leise: „Entsteht eine Familie?"

Miss Hanson schluchzte in ihr Taschentuch. „Ja."

Das erklärte die *persönliche Angelegenheit*. „Ist Dr. Gupta der Vater?"

Miss Hanson wich scharf zurück. „Oh, nein! Lady Gold, so etwas dürfen Sie nicht denken."

Ginger fragte sich, ob eine verhängnisvolle Romanze mit einem Jungen aus Miss Hansons Heimatdorf daran schuld war.

„Mein Leben ist ruiniert!" Frau Hanson tupfte sich die Augen ab und putzte sich die Nase.

„Das ist es sicher nicht", sagte Ginger. Sie blickte zu Basil hinüber, dem die Wendung, die das Gespräch genommen hatte, ziemlich unangenehm war.

„Das ist es", beharrte Miss Hanson. „Ich werde mein Stipendium verlieren und meine Ausbildung abbrechen müssen!"

Basil räusperte sich. „Inwiefern ist Dr. Gupta in dieser Situation eine Hilfe?"

Das Schluchzen des Mädchens hörte plötzlich auf, als ein neues Problem sichtbar wurde. Abtreibungen waren in England illegal, und wenn Dr. Gupta diese Art von Hilfe vermittelt hätte, wäre ihm die Zulassung entzogen worden.

„Er, äh ..."

„Die meisten Ärzte können Frauen, die sich in einer derartigen Krise befinden, ein Heim empfehlen", sagte Ginger, um Miss Hanson einen Ausweg zu bieten.

„Ja, das ist es. Dr. Gupta sagte, er würde einen Platz für mich finden."

Ginger studierte das Gesicht der jungen Frau, in dem sich Sorgen und Ängste in feinen Linien abzeichneten.

Welch eine Ironie, denn wenn Ginger diejenige wäre, die neues Leben in sich trüge, wäre sie voller Freude und Jubel. Sie und Daniel hatten sich Kinder gewünscht, aber keines war ihnen beschert worden. Mit der Zeit hatte sie die bittere Enttäuschung überwunden, aber sie konnte die Gerechtigkeit Gottes nicht ganz verstehen, als Kinder zu denen kamen, die sie nicht wollten, während ihre Arme vor Sehnsucht brannten.

Ginger war nicht in der Lage, Gott in Frage zu stellen, noch konnte sie sich über ihr Leben beklagen, das in vielerlei Hinsicht gut war. Sie brachte ein Lächeln hervor. „Wissen Sie, als Frau", sagte sie, „könnte ich Ihnen behilflich sein, Miss Hanson. Wären Sie bereit, zum Tee zu mir nach Hause zu kommen?"

Kapitel Zwölf

Ginger tat so, als würde sie nicht bemerken, wie Matilda Hanson sich an den Türrahmen des Crossly klammerte, während Ginger durch das Zentrum Londons raste. Ihre Beifahrerin erinnerte Ginger an Haley, die diesseits des Atlantiks eine ausgeprägte Abneigung gegen das Fahren in Autos hatte. Ginger glaubte gerne, dass es daran lag, dass Haley sich nicht an den Linksverkehr gewöhnen konnte, und nicht an Gingers Fähigkeiten als Fahrerin. Ginger war eine großartige Fahrerin! Der Hund Boss, der seine Nase auf dem Rücksitz aus dem Fenster streckte, schien das auch so zu sehen.

An einer Kreuzung bemerkte Ginger zwei brünette Frauen, die nebeneinander auf dem Bürgersteig standen. Ginger zuckte vor Schreck zusammen. Sie erkannte sie beide: Felicia, die sich mit Emelia Reed unterhielt! Eine dritte Frau, groß und schwanger, gesellte sich zu ihnen. Dr. Marie Stopes. Was in aller Welt taten die drei zusammen?

„Ist alles in Ordnung?" fragte Miss Hanson, als die Autos um sie herum zu hupen begannen. Der Aufruhr erregte die Aufmerksamkeit der Damen an der Ecke, und Ginger bemerkte Felicias erschrockenen Gesichtsausdruck.

„Lady Gold?" drängte Miss Hanson.

„Ich habe jemanden erkannt." sagte Ginger, als sie an den Frauen an der Ecke vorbeikamen. „Meine Schwägerin, Felicia, um genau zu sein. Ich dachte, Sie würden sie heute treffen, aber es sieht so aus, als wäre sie nicht zu Hause."

Anstatt die Seitenstraße hinunterzufahren und den Wagen in der Garage abzustellen, parkte Ginger vor dem schmiedeeisernen Tor des Hartigan House. Der Hintereingang in der Nähe der Küche war für Bedienstete, Familienangehörige und Freunde gedacht, nicht für erstmalige Gäste.

Miss Hanson starrte voller Neid auf das exquisite dreistöckige Kalksteinhaus. „Das ist Ihr Haus?"

Ginger war zunächst von Miss Hansons Frage überrascht und schloss daraus, dass das Mädchen noch nie mit der feinen Gesellschaft zu tun gehabt hatte.

„Es ist das Haus meiner Familie", erklärte Ginger, als sie das Tor öffnete und Boss und ihren Gast zur Eingangstür führte. „Ich wurde hier geboren und lebte hier, bis ich acht Jahre alt war. Mein Vater heiratete eine Amerikanerin, und ich lebte mit ihnen bis letzten Sommer in Boston."

„Wenn ich ein bisschen vorlaut sein darf, Lady Gold, darf ich fragen, was mit Ihrer Mutter passiert ist?"

Ginger erstarrte. Ihre eigene Mutter war nach ihrer Geburt gestorben, aber das wollte sie einer jungen schwangeren Frau nicht erzählen. Sie antwortete vage: „Sie starb, als ich noch klein war."

Zum Glück war Pippins da, um sie zu begrüßen, als sie eintraten, und das Thema war vom Tisch.

Ginger beobachtete Matilda in der großen Eingangshalle mit ihrem polierten schwarz-weißen Fliesenboden, einem beeindruckenden Kronleuchter, der in der Höhe des zweiten Stockwerks hing, und Fenstern, die auf beiden Seiten der doppelwandigen Eingangstür natürliches Licht hereinließen. Am Fuß der geschwungenen, smaragdgrünen mit Teppichboden belegten Treppe stand eine Reihe von Areca-Palmen in riesigen Keramiktöpfen, die aus Indien importiert worden waren. Matilda staunte nicht schlecht. Ginger versuchte sich vorzustellen, wie es sein würde, das Haus mit den frischen Augen der Arbeiterklasse zu sehen.

Pippins nahm ihre Mäntel ab.

„Pippins", sagte Ginger, „das ist Miss Hanson. Sie wird mit mir Tee trinken. Bitte sagen Sie Lizzie, dass Boss zu Hause ist, und lassen Sie Mrs. Beasley Erfrischungen vorbereiten." Sie lächelte Miss Hanson an. „Miss Hanson und ich sind ausgehungert. Ach, und sagen Sie Clement, er soll den Wagen in die Garage stellen."

„Sofort, Madam." Pippins klopfte sich auf den Oberschenkel, und Boss folgte ihm nach draußen.

Miss Hanson betrachtete die Pracht des Wohnzimmers rehäuig. Ginger hatte den deutlichen Eindruck, dass das Mädchen nicht aus einer wohlhabenden Familie stammte. Sie hatte ein Stipendium erwähnt.

„Woher kommen Sie, Miss Hanson?"

„Cheshire. Meine Familie ist in der Textilbranche tätig."

„Ich habe gehört, dass die Textilindustrie während des Krieges sehr gut lief."

„Ja, und noch einige Zeit danach." Ein Schatten blitzte hinter ihren blassen Augen auf. „Aber ..."

„Ja?"

„Seitdem haben wir härtere Zeiten hinter uns. Es gab ein Feuer, und einige Männer starben."

„Es tut mir so leid."

Die guten Zeiten haben vielleicht eine Bildungsstiftung hervorgebracht, aber die schlechten Zeiten könnten Matilda Hanson in eine finanzielle Notlage bringen. So sehr, dass sie etwas Illegales tun würde, um sich über Wasser zu halten? Etwas, das sie in eine so morbide Situation wie das Bewegen von Leichen verwickelte?

Grace kam mit einem Teetablett, und Lizzie folgte mit einem Teller mit Sandwiches. Miss Hanson beäugte sie hungrig.

„Sonst noch etwas, Madam?" fragte Lizzie.

„Im Moment nicht. Ich rufe Sie an, wenn mir etwas einfällt."

Die Mägde verbeugten sich und gingen leise.

Ginger schenkte den Tee ein und winkte mit den belegten Brötchen. „Bitte bedienen Sie sich."

„Das werde ich." Obwohl sie sich bemühte, damenhaft zu bleiben, schlang Miss Hanson ihr Essen hinunter, und Ginger hatte das Gefühl, dass das Mädchen in letzter Zeit nicht viel gegessen hatte. Abgesehen von einer kaum merklichen Bauchwölbung war sie unter ihrem mit Paisley bedruckten Tageskleid nur noch ein Knochengerippe.

Ginger knabberte an einem Sandwich, in der Hoffnung, ihren Gast zu beruhigen. Nachdem Miss Hanson fertig gegessen, einen Moment innegehalten und an ihrem Tee genippt hatte, hielt Ginger es für an der Zeit, die schwierigen Fragen zu stellen.

„War es ein Junge aus Ihrer Heimat?" Aus irgendeinem Grund schoss ihr Dr. Brennan durch den Kopf, und sie war erleichtert, als Miss Hanson das Gegenteil antwortete.

„Ja. Er hat in der Fabrik meines Vaters gearbeitet." Ihre Augen wurden wässrig, und eine Träne floss. „Er ist einer der Männer, die bei dem Brand ums Leben kamen."

„Es tut mir so leid", sagte Ginger sanft und fragte dann: „Wie weit sind Sie?"

„Im dritten Monat."

„Du musst das Kind zur Welt bringen", sagte Ginger sanft. „Der andere Weg ... ist gefährlich. Viele unglückliche Frauen sind bei Hinterzimmeroperationen gestorben, und einige sind sogar ins Gefängnis gekommen."

„Aber wie kann ich das? Mein Vater wird mich von den wenigen Mitteln, die mir zur Verfügung stehen, abschneiden, und ich kann kaum ein Kind allein aufziehen. Ich habe weder Mittel noch einen Beruf. So wie es aussieht, komme ich kaum über die Runden, und das

Schulgeld ist bald fällig." Miss Hanson flüsterte, ihr Kummer drückte sich wie ein leises Knurren aus. „Ich wäre dazu verdammt, mit meinem Kind ins Armenhaus zu gehen."

„Ihre Umstände sind nicht zu beneiden, das verstehe ich." Ginger spürte, wie eine neue Idee an die Oberfläche sprudelte. „Es gibt jedoch eine Möglichkeit, Ihr Kind zu retten und Ihre Ausbildung fortzusetzen."

„Wie?"

„Sie können hier bleiben! Wir haben viele leerstehende Zimmer, und mein Personal ist sehr diskret. Ich bin mit einem örtlichen Pfarrer befreundet, und ich bin sicher, dass wir eine liebevolle Familie finden können, die Ihr Kind adoptiert."

Hätte Daniel gelebt, wusste Ginger, dass sie gerne ein Kind adoptiert hätten, da es nicht zu Gottes Plan gehört hatte, ein eigenes Kind zu bekommen. Vielleicht konnte sie ihren eigenen Wunsch nach einem Kind nicht erfüllen, aber sie konnte helfen, einem anderen unfruchtbaren Paar Freude zu bereiten.

„Ich möchte meinem Kind die Chance auf ein gutes Leben geben", sagte Frau Hanson. „Aber Ihr Angebot ist zu großzügig."

„Blödsinn. Wozu habe ich sonst dieses große Haus, wenn nicht, um meinen Gästen ein Zuhause zu bieten, wenn sie es brauchen?"

„Sind Sie sicher?"

„Das bin ich."

Ginger fand den Funken der Hoffnung in Miss Hansons Augen wohltuend.

„Sie werden ein Semester in Ihrem offiziellen Studium pausieren müssen, aber es spricht nichts dagegen, dass Sie bis zur Geburt des Babys allein lernen. Haley hat einen Haufen Lehrbücher, die Sie lesen könnten."

„Oh, danke, Lady Gold." Miss Hanson schniefte in ihr Taschentuch. „Sie haben mich wahrlich aus unvorstellbarer Verzweiflung gerettet."

Als sie ihren Tee ausgetrunken hatten, bat Ginger Pippins, ein Taxi zu rufen, das Miss Hanson nach Hause bringen sollte. „Machen Sie einfach mit dem Unterricht weiter, als ob nichts wäre", wies Ginger sie an. „Wir werden dafür sorgen, dass Sie Ende der Woche in das Hartigan House einziehen können."

„Gott segne Sie", sagte Miss Hanson, als sie Ginger umarmte. „Sie sind ein Engel, den der Himmel geschickt hat."

Ginger verspürte ein Gefühl der Euphorie, weil sie diese Krise gelöst hatte. Es machte ihr Freude, Miss Hanson zu helfen, und sie fragte sich, ob sie noch mehr tun konnte, um anderen Mädchen zu helfen, die sich in einer ähnlichen Lage befanden. Wenn sie das nächste Mal in die St. George's Church ging, würde sie Oliver auf das Thema ansprechen.

Ginger nahm die breite, geschwungene Treppe hoch zu ihrem Schlafzimmer. Sie liebte die Einsamkeit und die Gemütlichkeit, die sie zwischen den geschnitzten Holzmöbeln und dem Elfenbein- und Golddesign fand. Die liebevolle Lizzie hatte Kohle ins Feuer gelegt, was sowohl Wärme als auch Atmosphäre verbreitete. Boss war irgendwann hereingeschlichen und hatte es sich auf einem der beiden gestreiften Stühle bequem gemacht, die auf beiden Seiten des breiten Fensters standen.

Ginger lächelte ihr Haustier an. „Ich bin nicht die Einzige, die ein gutes Leben hat, nicht wahr, Bossy?"

Kapitel Dreizehn

Am nächsten Morgen machten Ginger und Haley einen Ausflug zu den Docks. Obwohl Haley um ein Taxi feilschte, hatte Ginger sie davon überzeugt, dass es Zeit sparen würde, wenn sie mit dem Crossley fuhren.

„Whoa!" Haley schrie auf und stützte eine Hand auf das Armaturenbrett, als würde sie das davor bewahren, durch die Windschutzscheibe zu fliegen, wenn Ginger auf die Bremse trat. „Du hättest fast das Auto angefahren!"

„Blödsinn. Es war genug Platz zwischen uns." Ginger achtete nicht auf das Hupen, das um sie herum ertönte. „Kein Grund, so verklemmt zu sein, Leute."

„Ich liebe dein neues Auto, Ginger", murmelte Haley mit zusammengepressten Zähnen. „Wäre es nicht schön, in einem Stück heil anzukommen?"

„Die Crossley ist nicht in Gefahr."

„Sagt die Frau, die den Daimler geschrottet hat."

„Das war nicht meine Schuld!" sagte Ginger abwehrend. „Der Mann vor mir hat gebremst, und die Straßen waren rutschig."

„Wenn du meinst", lenkte Haley ein. Sie blickte aus dem Fenster und verdeckte ein Gähnen mit ihrer behandschuhten Hand.

„Du hast letzte Nacht lange gearbeitet", sagte Ginger, während sie auf das Gaspedal drückte.

„Ich musste noch Aufgaben in der Bibliothek erledigen."

Ginger verstand, dass das Leben in Hartigan House manchmal ziemlich störend sein konnte und nicht gerade förderlich für erfolgreiches Lernen und Konzentration war.

„Hast du die Schnappschüsse entwickeln lassen?"

Haley zog die Stirn in Falten. „Du meinst die Fotos?"

Ginger nickte.

„Ja." Haley klopfte auf ihre Handtasche. „Ich habe hier drin Abzüge."

„Gut."

„Ich hatte noch keine Gelegenheit, Sie das zu fragen", sagte Haley, „aber wie sind Ihre Gespräche mit dem Chefinspektor verlaufen?"

„Dr. Gupta behauptet, dass er nichts mit der fehlenden Registrierung zu tun hatte und dass er kaum die Möglichkeit hatte, die Leiche zu sehen, geschweige denn, sich an den dazugehörigen Papieren zu schaffen zu machen."

„Ich bin mir nicht sicher, ob das stimmt", sagte Haley. „Einen Umschlag zu leeren, würde nur einen

Moment dauern. Ich habe ihn nicht die ganze Zeit im Auge gehabt."

Ginger kicherte. „Du *hattest* also eine Zeit lang ein Auge auf ihn geworfen."

Haley erwiderte spöttisch. „Ich wäre tot, wenn mich sein eleganter Stil nicht beeindrucken würde. Aber ich bin ein Profi." Sie tat, als sei sie beleidigt. „Ich schaue über den Tellerrand, Ginger. Gutaussehende Menschen können genauso viel falsch machen wie wir schlichten Leute."

Ginger ignorierte Haleys Selbstironie. „Miss Hanson ist in Nöten."

„Oh wirklich?"

„Da ist was Kleines unterwegs."

„Oh je. Weiß Dr. Gupta davon?" Haleys Gesichtsausdruck wurde finster. „Ist Dr. Gupta..."

„Nein, Haley. Er hat versucht... Miss Hanson zu helfen."

„Ich verstehe."

„Ich habe sie eingeladen, im Hartigan House zu wohnen, bis das Baby geboren ist", sagte Ginger.

„Das ist ein ziemliches Unterfangen", antwortete Haley.

Ginger blickte ihre Freundin an. „Das macht dir doch nichts aus, oder?"

„Natürlich nicht. Immerhin ist es dein Haus. Und ich finde es lobenswert, dass du dir die Mühe machst, ihr zu helfen. Das heißt aber nicht, dass sie unschuldig ist."

„Sicherlich nicht wegen Mordes", sagte Ginger.

„Vielleicht nicht. Aber wenn Miss Hanson Geld

brauchte, könnte sie sich auf etwas Kriminelles eingelassen haben. Etwas, das mit diesen nicht registrierten
Leichen zu tun hat."

„Wir werden sie genauer beobachten können, wenn
sie einzieht." räumte Ginger ein.

„Wann wird das sein?"

„Am Wochenende."

Haley starrte aus dem Fenster, als die Docks in Sicht
kamen. „Und wie war es mit Chief Inspector Reed? Ich
kann mir nicht vorstellen, dass es wie in alten Zeiten
war."

„Es war verdammt peinlich, das war es." Ginger
sträubte sich gegen die Schwere, die ihr jedes Mal das
Herz zuschnürte, wenn Basil Reeds Name erwähnt
wurde. „Er hat seine Wahl getroffen, und ich muss damit
leben. Weiterziehen.

„Geh mit neuen Leuten aus." Haley zog eine Augenbraue hoch. „Wie beispielsweise Dr. Brennan."

Ginger seufzte. „Ja."

„Du klingst nicht sehr glücklich darüber."

„Sagen wir einfach, ich werde kein zweites Mal mit
ihm ausgehen."

DIE LUFT am Nordkai roch nach Seetang, Holzfäule
und Pferdemist. Er wurde West India Dock genannt, weil
die meisten Importe wie Kaffee, Zucker und Rum von
den Westindischen Inseln ankamen. Hunderte von
Fässern mit importierten Waren säumten die Docks,
während Pferdefuhrwerke aufgereiht waren, um sie zu

ihrem nächsten Ziel zu transportieren. Ein Schlepper blies schwarzen Rauch in die Luft und tuckerte mühsam einen Dampfer in den Hafen.

„Ich bin mir nicht sicher, was wir hier erfahren werden", sagte Haley, während sie das Treiben beobachtete. Männer marschierten auf den Schiffen ein und aus und schleppten Ausrüstung und Vorräte auf dem Dock hin und her. „Es ist wie die Suche nach einer Nadel im Heuhaufen."

„Manchmal findet man die Nadel", sagte Ginger optimistisch.

„Stimmt", sagte Haley. „Normalerweise spürt man einen Schlag auf den Hintern."

Ginger lachte. „Du kannst manchmal ziemlich vulgär sein."

Ein paar Männer pfiffen ihnen nach, als Ginger und Haley vorbeigingen, und riefen im breiten Dialekt:

„Hey Leute, seht mal, was wir hier haben."

„Hübsche Mädchen, habt ihr euch verlaufen?"

„Ich bin bereit, Ihnen zu helfen!"

Die letzte Bemerkung löste einen Lachanfall aus.

„Apropos vulgär", sagte Haley wenig amüsiert. „Ich nehme an, wir fallen auf wie ein alter Nagel aus dem Holz. Besonders du."

„Ich?" sagte Ginger.

„Deine tiefrote Jacke und die hochhackigen Stiefel sind wie ein Leuchtfeuer."

Ginger, die protestieren wollte, schloss stattdessen den Mund. Haley trug zwar auch einen Rock, aber ihr übliches braunes Tweed-Ensemble und fügte sich in die weitestgehend bräunliche Umgebung ein. „Ich schätze, ich habe meine Garderobe nicht richtig durchdacht", gab sie zu.

Die Hafenarbeiter waren zu beschäftigt, um sich viel Zeit für sie zu nehmen. Männer schleppten schwere Zuckersäcke von einem Schiff. Ein Mann, der einen Mantel trug, beaufsichtigte sie.

Ginger schielte zu dem korpulenten Mann mit dem markanten, kantigen Kinn, der einen Trilby-Hut trug.

„Ich erkenne den Mann aus Pinocchios Restaurant."

„Ein Mafioso?"

„Vielleicht."

Ein Arbeiter kam vorbei, und Ginger winkte ihn zum Stehenbleiben. „Entschuldigen Sie mich."

Als der Arbeiter sich umdrehte, schnappte Ginger nach Luft. „Marvin?"

Marvin Elliots jugendliches Gesicht verzog sich zu einem tiefen Stirnrunzeln. „Missus? Was machen Sie in dieser Gegend?"

„Miss Higgins und ich stellen Nachforschungen an. Sie erinnern sich vielleicht an Miss Higgins von der SS *Rosa*."

Marvin neigte seine Schiebermütze. „Ja, das tue ich."

Ginger und Haley hatten Marvin und seinen jungen Cousin Scout auf dem Schiff kennen gelernt, das sie von Boston nach England brachte. Scout hatte sich um Boss im Zwinger gekümmert und war bei einem Fall, der sich an Bord ereignete, sehr hilfreich gewesen. Ginger fühlte sich dem Jungen gegenüber eher wie eine Mutter, aber sie hatte beide liebgewonnen. Obwohl sie verarmt waren,

waren sie beide stolz und hatten Almosen abgelehnt. Ginger bot ihnen Hilfe in Form von kleinen Jobs an und gründete darüber hinaus das Child Wellness Project, das ihnen und anderen Kindern in ähnlicher Notlage warme Mahlzeiten bot.

„Ich wusste nicht, dass du bei den Docks arbeitest." sagte Ginger. Obwohl er noch jung war, hatte Marvin die Kraft eines Mannes. Der Junge hatte fast sein ganzes Leben lang körperliche Arbeit verrichtet.

„Ich wurde zu Beginn des Jahres eingestellt." Marvin verlagerte das Gewicht des Zuckersackes von einer Schulter auf die andere.

Ginger deutete auf den Mann, der anscheinend die Verantwortung trug. „Wissen Sie vielleicht, wer der Herr ist, der die anderen Arbeiter beaufsichtigt?"

Marvins Augen verfinsterten sich bei dieser Frage, und er senkte seine Stimme: „Das ist Bugs."

Ginger erinnerte sich an Geordie Atkins' Aussage zu Angus' Drogendealer: *So etwas wie Insekt oder Pest.*

Marvin trat näher heran. „Er arbeitet für Derby Sabini."

„Der Anführer der italienischen Mafia?" fragte Ginger.

Marvin nickte. „Ich würde mich von ihm fernhalten, wenn ich Sie wäre, Missus."

Ginger klappte eine Abbildung von Angus Green auf. „Haben Sie diesen Mann in den Docks herumhängen sehen?"

Marvin setzte seine Ladung zu seinen Füßen ab und starrte das Foto an. Er kniff die Lippen zusammen und schüttelte den Kopf. „Ich habe den Kerl noch nie in meinem Leben gesehen."

Haley hielt ihr das Foto hin, welches sie von John Smith in der Leichenhalle gemacht hatte. „Und was ist mit diesem Mann?"

In Marvins Augen flackerte die Angst auf. „Das ist Evan Jones. Er arbeitet hier auf dem Kaffee- und Zuckerdock. Ist er tot?"

„Ich fürchte ja", sagte Ginger. „Bitte sei hier vorsichtig, Marvin."

Marvin ging in die Knie, hob seinen Sack über die Schultern und ging zu einem Lastwagen, der auf ihn wartete, um ihn zu entladen. Ginger fühlte einen körperlichen Stich der Sorge um Marvin. Eine Verwicklung mit Charles Sabini in irgendeiner Form verhieß nichts Gutes.

Als der Lastwagen voll beladen war, zog der Fahrer an den Zügeln, und das Pferd wieherte, als es vorwärts trabte. Ginger sah zu, bis der Fahrer sein Ziel erreichte - ein vierstöckiges Backsteingebäude weiter unten und auf der anderen Straßenseite.

„Warum sollte jemand wegen Zucker und Kaffee getötet werden?" sagte Haley. „Es sei denn, es geht um mehr als das."

„Wie Kokain?"

„Das würde ich vermuten."

Kapitel Vierzehn

„Die Laborergebnisse der Bodenproben sollten fertig sein", sagte Haley, als Ginger sie zurück zur medizinischen Fakultät fuhr. Anstatt Haley abzusetzen, parkte Ginger ihr Auto. „Ich komme jetzt rein."

Dr. Brennan hatte den Anruf entgegengenommen und eine handschriftliche Notiz für Haley hinterlassen: *„Ich wusste, dass Sie das interessieren würde. Die Bodenprobe weist Spuren von Pferdedünger und Kokain auf. Ich habe Scotland Yard Bescheid gesagt."*

Haley hob eine Augenbraue. „Kokain? Das ist interessant, da er keine Barbiturate oder Narkotika in seinem Körper hatte."

„Angus Green hatte Kokain in seinem Körper und Evan Jones hatte es unter den Nägeln", überlegte Ginger.

„Und beide hatten Spuren von Pferdemist", fügte Haley hinzu.

„Mr. Green und Mr. Jones müssen vor ihrem Tod an

einem Ort gewesen sein, an dem Pferde gehalten werden", sagte Ginger.

„Derselbe Ort?"

„Woher soll man das wissen? Pferde werden überall gehalten." Ginger seufzte frustriert. „Es ist eine weitere Nadel im Heuhaufen."

Das Telefon in der Leichenhalle klingelte, und Haley nahm den Anruf an. Ginger beobachtete, wie der Gesichtsausdruck ihrer Freundin sich von neugierig zu erleuchtet verwandelte. Sie kritzelte etwas auf einen Notizblock, der neben dem Telefon lag.

Haley bedankte sich bei dem Anrufer und legte den Hörer in die Halterung zurück. Sie hob einen Finger und grinste. „Ich glaube, ich habe die Nadel gefunden."

„Oh?" sagte Ginger hoffnungsvoll. „Bitte erzähle!"

„Nachdem Du und der Chief Inspector gestern zu euren Befragungen gegangen seid, habe ich mir die Leiche von Evan Jones genauer angesehen. Ich bin nicht befugt, selbst eine Obduktion vorzunehmen, aber es ist kein Problem für mich, nach äußeren Anzeichen wie Blutergüssen zu suchen."

„Hatte er blaue Flecken?" fragte Ginger.

„Ja, aber nicht in einer Weise, die auf eine körperliche Auseinandersetzung mit einer anderen Person schließen lässt. Es sind nur typische blaue Flecken, die man von einer Person erwarten würde, die körperliche Arbeit verrichtet hat."

„Was hast du denn gefunden?"

„Ein Tierhaar."

„Von einem ein Hund?"

„Pferd", erklärte Haley. „Es steckte in der Verfilzung von Mr. Jones' Haar. Ich habe es selbst unter dem Mikroskop untersucht und von Dr. Brennan bestätigen lassen. Eindeutig ein Pferdehaar."

„Der Mann ritt also Pferde. Das ist nicht unüblich."

„Stimmt. Deshalb habe ich einen selbsternannten Pferdeexperten hinzugezogen, einen Pferdezüchter, William Peet. Seiner 'Experten'-Einschätzung nach stammt diese Probe nicht von einem gewöhnlichen Pferd. Die Rasse ist..." Haley hielt inne, um ihren Zettel anzuheben, „...ein Akhal-Teke, das aus Turkmenistan stammt und seit dem Jahr 1877 neu in England eingeführt ist." Sie sah Ginger intensiv an. „Die Haarprobe ist ungewöhnlich seidig, anders als alle Pferdehaarproben, die ich je untersucht habe. Laut Mr. Peet ist der einzige Ort in England, von dem er weiß, dass dort ein Akhal-Teke-Pferd trainiert wird, ein Ort in Little Italy, nördlich von Clerkenwell, namens Saffron Stables."

„Clerkenwell ist Sabinis Revier", überlegte Ginger. „Was hat unser Hafenarbeiter Evan Jones dort gemacht?"

„Das ist auch genau meine Frage."

Ginger stemmte eine Handfläche auf ihre Hüfte und reckte ihr Kinn vor. „Haley Higgins, bist du bereit für eine weitere Fahrt mit dem Crossley?"

Haley stöhnte. „Wenn du versprichst, dass du uns auf dem Weg dorthin nicht umbringst."

DER STALL BEFAND sich auf einem Feld an einer langen gepflasterten Zufahrt abseits der Hauptstraße.

„Bist du dir sicher, dass wir hier richtig sind?" fragte Ginger.

Haley ließ ihr Notizbuch aufblitzen, in dem sie die Adresse notiert hatte. „Das ist die, die Mr. Peet mir gegeben hat. Ich habe sie aufgeschrieben."

Der Stall war eine große rechteckige Scheune aus Holz und Stuck. Hinter dem Gebäude befanden sich ein paar Trainingsringe und eine Laufbahn. Ein schroffer Mann in Arbeitskleidung und mit einer flachen Mütze begrüßte Ginger und Haley mit einem finsteren Blick.

„Was wollen Sie hier?" Jedes Wort klang misstrauisch.

Ginger streckte ihre behandschuhte Hand aus. „Ich bin Lady Gold, und das ist meine Begleiterin, Miss Higgins. Ich bin daran interessiert, ein Pferd zu kaufen."

„Wir verkaufen hier keine Pferde, Madam." Er drehte sich weg, als hätte er sie ausreichend entlassen. Ginger ließ sich nicht abschrecken.

„Vielleicht, aber vielleicht könnte ich mit dem Trainer sprechen. Ich bin besonders daran interessiert, ein Akhal-Teke zu erwerben, und soweit ich weiß, gibt es ein Pferd dieser Rasse in diesen Ställen."

Der Mann drehte sich um und verengte seine eingesetzten Augen. Er machte einen Schritt auf sie zu. „Wer hat Ihnen das gesagt?"

Ginger klopfte auf ihre Handtasche, um sich zu vergewissern, dass ihre Remington da war, falls sie sie brauchte. „Wurde ich falsch informiert?"

„Vielleicht sollten wir gehen", sagte Haley.

Eine weibliche Stimme rief. „Was ist hier los, Fred?"

„Neugierige Frauen. Sie sagen, sie wollen eine Akhal-Teke kaufen."

Die Dame trug ein Flanellhemd, eine Reithose, die an den Oberschenkeln ausgestellt war und eng über die Waden passte, und Lederreitstiefel. Sie trug ihr Haar kurz und es steckte unter einen Reithelm, dessen Riemen unterhalb des Kinns offen hingen. Sie kam hinzu: „Ich bin Miss Jane Ellery, eine der Trainerinnen hier. Ich fürchte, wir haben im Moment keine Pferde zu verkaufen."

Ginger lächelte warmherzig. „Ich bin Lady Gold, und das ist meine Begleiterin, Miss Higgins. Wäre es möglich, dass wir uns das Akhal-Teke ansehen? Es würde mir helfen, eine Entscheidung zu treffen, welche Pferderasse ich kaufen soll."

Jane Ellery bewegte ihre Lippen hin und her, um ihre Entscheidung zu überdenken. „Folgen Sie mir bitte", sagte sie schließlich. Vielleicht vermisste sie die Gesellschaft von Frauen. Oder sie war einfach nur neugierig.

Ginger und Haley liefen hinter Miss Ellery her, die mit langen, sicheren Schritten ging. Im Inneren des Stalls schlug ihnen der Geruch von Dung, Pferdeschweiß und Heu entgegen. Die Boxen säumten eine Seite des Stalls, die meisten waren von einem einzelnen Pferd belegt. Ginger blieb stehen, um die Nase eines freundlichen Arabers zu reiben, der ihre Handfläche nach einem Leckerbissen absuchte.

„Hallo, mein Freund", sagte Ginger. „Ich fürchte, ich habe für dich nichts dabei."

„Das Pferd heißt ‚Final Verdict'", gab Miss Ellery Auskunft. „Er ist ein preisgekrönter Champion."

„Er ist wunderschön", schwärmte Ginger.

„Sie sind eine Pferdebesitzerin, nehme ich an."

„Das war ich, als ich in Boston lebte", sagte Ginger. „Ich liebe es zu reiten und habe nach dem richtigen Pferd für mein Leben in London gesucht." Diese Aussage war nicht ganz falsch. Hinter Hartigan House gab es einen leeren Stall, und mehr als einmal war ihr in den Sinn gekommen, dass sie ihn gerne wieder mit Pferden füllen würde. Oder zumindest mit einem Pferd.

Miss Ellery führte Ginger und Haley zu einer Box in der Mitte des Stalls und öffnete das Tor.

Ginger konnte nicht anders, als über die Schönheit des Tieres, das vor ihr stand, zu staunen.

Haley hauchte ehrfürchtig. „Wow."

Die Trainerin flüsterte dem Akhal-Teke zu, bevor sie sagte: „Das ist Silver Bullet." Ihr Gesicht leuchtete vor Stolz und Zuneigung. „Ist er nicht großartig?" Jetzt verstand Ginger Miss Ellerys Bereitschaft, Ginger und Haley Zugang zum Stall zu gewähren. Sie genoss es, dieses Pferd vorzuführen.

„Er ist atemberaubend", bewunderte Ginger ihn aufrichtig.

„Ich trainiere ihn für den Gold Cup im nächsten Monat. Haben Sie schon von dem Rennen gehört?" Miss Ellery nahm eine Bürste, die an einem Haken an der Boxenwand hing, schnallte sie sich um und begann, das Pferd zu streicheln.

Ginger schüttelte den Kopf. „Ich kenne das Grand

National und Royal Ascot, aber vom Gold Cup habe ich noch nie gehört."

„Das könnte daran liegen, dass es zum ersten Mal veranstaltet wird. Beim Cheltenham Festival. Am zwölften März. Sie sollten unbedingt hingehen."

„Vielleicht werde ich das", sagte Ginger. „Wer ist der Besitzer von Silver Bullet?"

Miss Ellery zögerte. „Derby Sabini."

„Ist er mit Charles Sabini verwandt?" fragte Ginger. Sie warf einen Blick auf Haley, die die Stirn runzelte.

Miss Ellery gluckste. „Er *ist* Charles Sabini. Seine Freunde nennen ihn Derby, weil er so erfolgreich bei den Rennen ist."

„Ich verstehe", sagte Ginger. Die Tatsache, dass das an der Leiche gefundene Pferdehaar mit der italienischen Mafia in Verbindung gebracht wurde, konnte kein Zufall sein.

Miss Ellery war von der scharfsinnigen Sorte. Sie hängte die Bürste auf und starrte die beiden dann an. „Warum sagen Sie mir nicht, warum Sie wirklich hier sind?"

Haley zeigte ihr Leichenschauhausbild von Evan Jones. „Kennen Sie diesen Mann?"

Miss Ellery schluckte und sah weg. „Nein. Ich bin ihm nie begegnet."

„Sind Sie sicher? Wir haben Grund zu der Annahme, dass er in genau diesem Stall war."

„Wie lächerlich. Wie kommen Sie denn darauf?"

Haley griff hinüber und zupfte ein Haar von der Pferdebürste.

„Wir haben ein Haar wie dieses an der Leiche gefunden. Wenn ich dieses Haar mit in mein Labor nähme und es untersuchte, Miss Ellery", sagte Haley, „würde ich feststellen, dass sie identisch sind?"

Ginger erklärte schnell. „Miss Higgins macht eine Ausbildung zur Pathologin an der Medizinischen Hochschule für Frauen."

„Ich weiß nicht, was ich Ihnen sagen soll, meine Damen", sagte Miss Ellery steif. „Wenn dieser Mann in diesen Ställen gewesen sein sollte, dann ist mir das nicht bekannt."

„Und wie wahrscheinlich ist es, dass das passiert?" fragte Ginger.

Miss Ellerys Augen verdunkelten sich. „Wahrscheinlich nicht. Wenn Sie mich jetzt entschuldigen würden, ich muss zurück an die Arbeit."

„Vielen Dank für Ihre Zeit", sagte Ginger. „Wir finden unseren Weg nach draußen."

Gegenüber den Ställen befanden sich kleinere Räume für Sattelzeug und Futter, was daran zu erkennen war, dass einige der Holztüren an ihren Eisenscharnieren offenstanden. Ginger bemerkte einen jungen Mann, der in einem dieser Räume arbeitete, ähnlich groß und alt wie Scout Elliot. Er starrte Ginger kurz an, bevor er verschwand.

„Jane Ellery hat über Evan Jones gelogen", sagte Haley leise.

„Das war auch mein Eindruck", stimmte Ginger zu. „Ich frage mich, was sie zu verbergen hat."

Fred wartete am Ausgang auf sie. Ginger vermutete,

dass er als Wächter dort war. Seinem Gesichtsausdruck nach zu urteilen, war er nicht gerade glücklich darüber, dass Miss Ellery sie hereingelassen hatte. Er stieß mit Ginger zusammen, als sie und Haley versuchten zu gehen.

„Entschuldigen Sie!" sagte Ginger entrüstet. Sie und Haley verschwendeten keine Zeit und stiegen in den Crossley. Die Hinterreifen des Wagens spickten Schmutz in Freds Richtung, als sie davonbrauste.

Kapitel Fünfzehn

Haley war spät dran für ihre Vorlesung in Neurologie, also setzte Ginger sie an der medizinischen Fakultät ab, bevor sie nach Hartigan House zurückkehrte. Sie musste baden, um den Geruch von Pferden und Ställen aus ihren Haaren zu entfernen, bevor sie zu Abend aß, und sie hoffte, Zeit zu haben, um Oliver Hill in der St. George's Church zu besuchen. Sie hatte eine Kiste mit gebrauchter Kleidung, die sie für einen bevorstehenden Trödelmarkt spenden wollte.

Aber zuerst musste sie Basil anrufen und ihn über alle Informationen informieren, die sie und Haley gesammelt hatten.

Boss hörte sie hereinkommen und kam angerannt. Ginger nahm den kleinen Hund in die Arme, und er schnüffelte an ihrem Hals.

„Oh, Bossy. Riechst du Silver Bullet?"

„Hallo, Madam." Lizzie, das junge Dienstmädchen von Ginger und Boss, war immer in der Nähe.

„Hallo, Lizzie. Würdest du mir ein Bad einlassen?"

„Natürlich." Das Dienstmädchen winkte ab und ging dann durch das Treppenhaus nach oben.

Boss' Tatzen klopften auf dem Marmorboden, als er Ginger ins Arbeitszimmer folgte. Sie warf dem Stuhl ihres Vaters einen bösen Blick zu und setzte sich stattdessen auf einen, der dem Schreibtisch zugewandt war. Sie nahm den Hörer ab und wählte Scotland Yard an.

„Könnte ich bitte mit Chief Inspector Reed sprechen?"

Der Polizist am anderen Ende der Leitung sagte ihr, dass der Chefinspektor nicht da sei.

Enttäuscht wies Ginger den Mann an. „Hier ist Lady Gold in Mallowan 1355. Bitte bitten Sie den Chefinspektor, so schnell wie möglich anzurufen. Sagen Sie ihm, dass Lady Gold Neuigkeiten zu einem Fall hat, an dem er gerade arbeitet."

Ginger bevorzugte ein entspannendes Bad, aber heute hatte sie es eilig. Nur wegen des Pferdegeruchs nahm sie sich die Zeit, zu baden. Während sie sich ankleidete – ein einfaches Duo aus Rock und Bluse, das für einen Besuch im Pfarrhaus züchtig genug war – und sich um ihr Haar kümmerte, ging sie in Gedanken den Fall durch. Angus Green und Evan Jones wurden mit gefesselten Handgelenken und einem Schuss in die Stirn im Stil einer Hinrichtung getötet. Sie hatten beide eine Verbindung zu Drogen und möglicherweise zu Saffron Stables. Und natürlich tauchten beide als unregistrierte Leichen in der medizinischen Fakultät auf.

Als Ginger wieder geschminkt und bereit zum Aufbruch war, suchte sie Pippins auf.

„Hat der Chefinspektor nach mir telefonisch gefragt, während ich nicht erreichbar war?"

„Nein, Madam", sagte der ältere Butler.

„Oh, verflixt." Sie wollte nicht quasi als Geisel gehalten werden und auf ihn warten. „Ich habe Oliver versprochen, dass ich meine Spende inzwischen in die Kirche bringen werde."

„Kann ich etwas ausrichten, wenn der Chefinspektor anruft, während Sie weg sind?"

„Ich nehme an, das muss fürs Erste genügen. Sagen Sie ihm, er soll Miss Higgins in der Leichenhalle anrufen. Wir haben neue Informationen zu einem Fall, an dem er arbeitet."

„Sehr wohl, Madam."

„Danke, Pips!"

Ginger hatte in letzter Zeit viele Kilometer auf ihrem Crossley zurückgelegt, was eine Fahrt zu Lawrence's Filling Station erforderlich machte. Auf einem großen Schild stand: Reifen aufgepumpt & Kühler kostenlos gefüllt. Sie war an Lawrence's Garage angeschlossen, „Tag und Nacht geöffnet".

Bekleidet mit einer dunklen Hose und einem Jackett über einem weißen Hemd mit Fliege, zog er einen langen Schlauch auf und steckte die Zapfpistole in den Kraftstofftank des Crossley.

„Möchten Sie in der Zwischenzeit Ihre Reifen aufpumpen lassen, Madam? Sie sehen ein bisschen platt aus."

„Ja, bitte. Danke."

Während sie wartete, näherte sich ein Mann in einem Trenchcoat einem öffentlichen Münzfernsprecher, der an der Außenseite der Garage angebracht war. Hinter ihr fuhr ein Herr in einem verschlammten Bentley vor. Ginger mochte die lange Frontpartie des Bentleys nicht, aber den Herrn, der ihn fuhr, schien das nicht zu stören. Er nickte höflich, als er ins Haus schlenderte.

Ginger bezahlte den Angestellten und fuhr dann quer durch die Stadt an der St. Paul's Cathedral vorbei zur St. George's Church. Die taufrischen Wolken, die über ihr hingen, beschlossen, dass jetzt ein guter Zeitpunkt war, um ihre Spende abzugeben, und Ginger schaltete die Scheibenwischer an der Außenseite der Windschutzscheibe ein. Sie war gerade noch rechtzeitig an der Kirche angekommen, um dem zunehmenden Verkehr vor Feierabend zu entgehen.

Ginger ertappte Oliver dabei, wie er aus dem Fenster des Pfarrhauses schaute. In dem Moment, als er sie sah, eilte er nach draußen, um sie zu begrüßen, einen schwarzen Regenschirm in der Hand.

„Lady Gold, wie schön, Sie zu sehen."

„Ich hätte schon früher kommen wollen, aber es kam heute alles auf einmal."

„Was für ein Segen, dass Sie jetzt hier sind", sagte der Vikar. Er war schlank, groß und hatte dichtes rotes Haar, das nur wenig heller war als das von Ginger. Oliver hatte sanfte Augen und einen süßen Mund, und obwohl er nicht auf herkömmliche Weise attraktiv war, hatte er einen Charme, der ziemlich entwaffnend war.

„Im Kofferraum ist eine Tüte mit Kleidern für den Trödelmarkt", sagte Ginger und bat den Vikar, sie herauszuholen. Der „Trödelmarkt" war eine fortlaufende Wohltätigkeitsveranstaltung, bei der viele Artikel für ein paar Cent oder kostenlos an Bedürftige abgegeben wurden.

Oliver hielt die Tasche hoch. „Vielen Dank für Ihre großzügige Spende."

„Nun, eine Dame kann nur eine bestimmte Anzahl von Outfits tragen." Mehr als einmal, fügte Ginger leise hinzu. Als Vikar trug Oliver täglich das gleiche Outfit. Ginger fragte sich, wie viele schwarze Hemden und Baumwollhosen er besaß. „Felicia und Haley haben auch etwas beigesteuert."

Oliver führte Ginger unter dem Schutz des Regenschirms weiter, bis sie drinnen war und keine Gefahr mehr bestand, durchnässt zu werden.

„Danke, Oliver."

Oliver lächelte. „Mit Vergnügen, Mylady."

Ginger folgte Oliver in den Lagerraum, in dem die Spenden aufbewahrt wurden.

„Wir haben eine hervorragende Resonanz auf die Spenden der Gemeindemitglieder." Oliver stellte Gingers Spende in die Ecke. „Und eine ganze Reihe von 'Käufern'."

„Wie verbreiten Sie die Nachricht?"

„Ich habe es bei den Mahlzeiten angekündigt", sagte Oliver. Das Child Wellness Project sponsert zweiwöchentlich warme Mahlzeiten, die den Straßenkindern kostenlos zur Verfügung gestellt werden. „Und die Gemeindemitglieder verbreiten die Nachricht."

Ginger durchstöberte die Regale, ein Sammelsurium von Kutten, Blusen, Röcken und Schuhen für Frauen. Männer konnten Hemden, Hosen, Westen und Schuhe finden. Außerdem gab es Hüte, Wintermäntel, Schals und Strümpfe.

„Frau Davies hat alles wunderbar organisiert."

„Ihre Fähigkeiten sind überwältigend. Ich wüsste nicht, wie ich ohne sie zurechtkommen würde. Sie ist ein wahrer General, wenn es darum geht, Freiwillige zu finden." Olivers Augen zuckten nervös, als er Ginger ansah. „Ich frage mich, ob ich sie um Rat bitten kann."

„Sicherlich."

„Ich bin zweiunddreißig Jahre alt", Oliver fuhr sich mit langen Fingern durch sein karottenrotes Haar und fühlte sich sichtlich unwohl bei dem Thema, das er ansprach. „Fast dreiunddreißig, und die Diözese rät mir dringend zu heiraten." Er grinste verlegen. „Offenbar ist mein Junggesellenstatus eine Ablenkung."

Ginger spannte sich an. Oliver hatte in der jüngsten Vergangenheit angedeutet, dass er Gefühle für sie hatte, die sie nicht erwiderte. Wollte er das Thema jetzt wieder ansprechen? Sie hatte ganz klar gesagt, dass Freundschaft die einzige Möglichkeit zwischen ihnen war.

„Ach, du liebe Zeit. Ich sehe den Blick auf Ihrem Gesicht." Rosige Flecken blühten auf seinen rötlichen Wangen. „Ich will damit nicht andeuten, dass Sie und ich, verzeihen Sie mir."

Ginger war verblüfft, dass er sie so genau lesen

konnte. Ihre Arbeit während des Krieges hatte sie gelehrt, ihre Emotionen im Zaum zu halten und ihre Mimik neutral zu halten. Aber das war nur in Zeiten von Gefahr und Not der Fall. Sie und Oliver waren Freunde, und es war völlig in Ordnung, ihm gegenüber authentisch zu sein.

Oliver fuhr eilig fort. „Ich bin an einem Mädchen interessiert. Na ja, zwei Mädchen. Vielleicht auch drei."

Ginger lachte. „Oh, Oliver."

„Wie haben Sie und Lord Gold sich kennengelernt?"

„Eigentlich hatten Daniel und ich eine Abmachung. Sie wurde zwischen Daniel und meinem Vater getroffen. Daniels Titel für das Geld meines Vaters."

Olivers Augen wurden groß, und er starrte sie ungläubig an. Dann kam seine Position als Vikar zum Tragen, und er wechselte in seine professionelle Rolle als unvoreingenommener Zuhörer.

Mit ruhiger Miene sagte er: „Ich verstehe. Ich gestehe, das habe ich nicht erwartet."

„Mach dir keine Sorgen. Ich hatte nicht vor, jemanden wegen eines Titels zu heiraten. Glauben Sie mir, mein Vater und ich hatten ein paar angespannte Diskussionen darüber. Was ich nicht wusste, war, dass Vater zu diesem Zeitpunkt bereits ahnte, dass er krank war. Er wollte mich mit einem guten Mann verheiratet sehen. Er wollte sicherstellen, dass für mich gesorgt ist. Natürlich bin ich durchaus in der Lage, auf mich selbst aufzupassen."

„In England werden Ehen schon seit Jahrhunderten zum Vorteil ausgehandelt", sagte Oliver. „Und es ist eine

Tradition, die sich in vielen Kulturen erfolgreich fort-setzt. Ich denke, ich kann mir nicht vorstellen zu heira-ten, ohne zumindest ein bisschen etwas für meine Braut zu empfinden."

„Obwohl Daniel und ich uns aufgrund einer Verein-barung zwischen dem Gold Estate und meinem Vater kennengelernt haben, haben wir uns ineinander verliebt. Sonst hätte ich ihn nicht geheiratet. Daniel war mein Seelenverwandter. Ich bin sehr gesegnet, dass ich in meinem Leben eine tiefe und leidenschaftliche Liebe erfahren habe."

„Und das ist es, was ich will, Ginger. Tiefe und leidenschaftliche Liebe."

Ginger konnte ihr Lächeln nicht unterdrücken. „Und ich bin sicher, dass du es finden wirst. Wer ist das glückliche Mädchen? Oder sollte ich sagen, die Mädchen?"

„Oh, das kann ich Ihnen nicht sagen, noch nicht. Das wäre unhöflich von mir, und ehrlich gesagt bin ich mir nicht sicher, ob sie das auch so sehen."

Ginger bezweifelte das. „Also, welchen Rat wollen Sie?" fragte Ginger. „Sie sagten, Sie wollten meinen Rat."

„Oh, richtig. Ich schätze, ich war eher auf der Suche nach einem offenen Ohr."

„Nun gut. Ich bin sicher, dass es für Sie ein Happy-End vor dem Altar gibt, Oliver." Ginger hielt ihm eine braune Herren-Tweedhose hin. „Nun, was halten Sie von dieser Hose?"

„Für Sie?"

„Nein, Dummerchen. Ich dachte, sie würden zu

Marvin Elliot passen. Er arbeitet jetzt bei den Docks. Wussten Sie das?"

„Das wusste ich nicht. Ich habe mich gefragt, warum ich ihn in letzter Zeit nicht mehr gesehen habe. Ich bin froh zu hören, dass er Arbeit gefunden hat."

Ginger nickte, obwohl sie sich Sorgen machte, für *wen* er wohl arbeiten würde.

„Es hat sich eine Situation ergeben, zu der ich *Ihren* Rat benötige", sagte Ginger.

„Wunderbar. Ich würde mich gerne revanchieren."

„Ich habe ein junges, unverheiratetes Mädchen kennengelernt, das sich in der Familie wiederfindet. Ich habe sie eingeladen, bei mir zu wohnen, bis das Baby da ist."

„Wie lobenswert", sagte Oliver. „Wenn sie Umstandskleidung braucht, finden wir hier sicher etwas, das ihr passt."

„Das wäre großartig. Ich wollte eigentlich fragen, ob ich eine Adoptivfamilie für das Kind finden kann, wenn es da ist. Kennen Sie jemanden?"

„Ich kann mich in Ihrem Namen mit der Church of England Adoption Society in Verbindung setzen".

„Würden Sie? Es muss absolut vertraulich sein. Wie Sie sich vorstellen können, steht der Ruf der jungen Dame auf dem Spiel. Sie ist intelligent und hat ihr ganzes Leben noch vor sich."

„Ich bin sicher, ich kann Ihnen helfen."

„Das dachte ich mir schon. Ich finde es entmutigend, dass junge Frauen eine solche Last tragen müssen, und das so oft allein. Das Beste, worauf sie hoffen können, ist ein Zimmer in einem Heim für 'gefallene Frauen'. Das ist wirklich nicht fair, oder? Frauen zeugen sicher nicht selbstständig, und dennoch werden die betreffenden Herren selten zur Rechenschaft gezogen."

Oliver stimmte zu. „Es gibt viele Ungerechtigkeiten in der Welt".

„In der Tat."

Ginger kam der Gedanke, dass Oliver vielleicht oft allein isst und dass es auf der Veranstaltung von Ambrosia an diesem Abend mehr als genug zu essen geben würde. „Haben Sie heute Abend schon etwas vor?", fragte sie. "Meine Großmutter gibt eine kleine Soirée, und ich würde mich freuen, wenn Sie uns begleiten würden."

Kapitel Sechzehn

„Sollen wir einen Sherry trinken?" fragte Ambrosia.

Die Gold-Ladys und Haley hatten sich vor dem Abendessen im Wohnzimmer versammelt, während dafür in der Küche und im Esszimmer Vorbereitungen getroffen wurden. Ambrosias Blick blieb auf Haley haften. Ginger fragte sich, ob Ambrosia jemals aufhören würde, Haley als „unter" ihnen stehend zu betrachten. Haleys Status als Amerikanerin und Medizinstudentin war das Einzige, was Ambrosia erlaubte, die Regeln ihrer sozialen Klasse zu beugen.

Pippins war da und kümmerte sich um sie. „Sherry für alle?", fragte er.

Ginger nickte. „Danke, Pips."

Felicia erhob sich. „Ich kann helfen."

Lizzie hatte vorhin das Kaminfeuer angezündet, durch die Wärme und der Schein der Flammen wurde der Raum behaglich. Neben dem Kamin lag Boss zusammengerollt auf seinem Hundebett. Felicia brachte

Ambrosia ihr Sherry-Glas und ließ sich dann auf einem Stuhl nieder, um ihr eigenes zu trinken. Haley holte zwei von Pippins und reichte eines an Ginger.

„Da sind Sie ja, Mylady", sagte sie vergnügt.

„Danke, liebe Bürgerliche", erwiderte Ginger mit einem Augenzwinkern.

Ginger hatte überlegt, wie sie Felicias neuen Gefährten ansprechen sollte, und war zu dem Schluss gekommen, dass ein Umweg das Beste wäre. „Felicia, Liebes", sagte sie nach einem Schluck ihres Sherrys. „Wie geht es dir? Hast du neue Hobbies gefunden?"

Felicia schlug ein Bein über das andere. Der kurze Saum ihres goldenen Chiffonkleides im ägyptischen Stil enthüllte eine wohlgeformte Wade. Sie rückte den mit Juwelen besetzten Turban zurecht, der zierlich auf ihrem brünetten Haarschopf saß. „Meinen Sie, was ich mit mir anfange, wenn ich nicht mehr auf der Bühne stehe?"

„Nun, ja", sagte Ginger. „Wie vertreibst du sonst deine Zeit?"

„Spielt das eine Rolle?" antwortete Felicia launisch. „Solange ich das Haus nicht verlasse und mich nicht mit der Unterschicht abgebe, ist Großmama zufrieden."

„Oh, um Himmels willen", schimpfte Ambrosia. „Du tust so, als wäre ich schuld an deinem Unglück."

Felicia legte den Kopf schief. „Wenn ich glücklich wäre, hättest du nichts zu tun."

Ambrosia verengte ihre knolligen Augen, ihre faltigen Lippen arbeiteten. „So eine Frechheit - deine armen Eltern würden sich im Grabe umdrehen, wenn sie dich jetzt hören würden."

Felicia hatte den Anstand, beschämt dreinzuschauen. „Tut mir leid, Großmama."

Ginger sah ihrer Schwägerin in die Augen. „Ich habe Sie vorhin in Anwesenheit von Mrs. Reed und Dr. Stopes gesehen. Wie kommt es, dass Sie sich kennengelernt haben?"

„Du verbündest dich mit Dr. Marie Stopes?" sagte Ambrosia mit entsetzter Miene. „Diejenige, die mit uns auf der Gala saß? Sie ist so forsch und unverblümt. Und sie mischt sich in Dinge ein, die eigentlich Gott überlassen werden sollten."

Felicia schwenkte den Rest ihres Sherrys auf dem Boden ihres Glases. „Ihre Ideen sind nicht schlecht. Ich glaube sogar, dass sie die Frauen von der patriarchalischen Tyrannei befreien werden, unter der die weibliche Ethnie seit Anbeginn der Zeit steht."

Ambrosia sah aus, als würde ihr Gesicht gleich explodieren. „Solche Dinge sind die Angelegenheit von Frauen mit schlechtem Ruf. Nicht für unseresgleichen."

Ginger teilte Felicias Gefühle. Dr. Stopes war eine Pionierin auf dem Gebiet der Frauengesundheit und die erste, die in England eine Klinik nur für die Bedürfnisse verheirateter Frauen eröffnete. Für ihre Arbeit in diesem Bereich war sie zu bewundern.

„*Unsere Art* hatte Zugang zur weiblichen Gesundheitsunterstützung, Großmutter", erwiderte Felicia. „Es ist die Arbeiterklasse, die das nicht hat. Sie haben es am nötigsten, Zugang zu Informationen über den Gesundheitserhalt zu bekommen."

Ambrosia stieß ein enttäuschtes Schnauben aus.

Haleys dunkle Brauen zuckten, als sie Ginger anschaute.

„Was Mrs. Reed angeht", sagte Felicia hochmütig, „sie ist eine reizende Dame, und wir sind in kurzer Zeit gute Freunde geworden. Sie versteht die Bedürfnisse der modernen Frau und scheut sich nicht, das zu tun, was sie will."

Ginger ärgerte sich über Felicias Lob und ihre offensichtliche Zuneigung zu Emelia Reed. Sie räusperte sich, bereit, das Thema zu wechseln.

„Ich habe eine junge Dame in Not eingeladen, ins Hartigan House zu kommen."

Ambrosias weicher Kiefer erschlaffte. „Um hier zu leben?"

„Ja. Eine Zeit lang."

„Wie lange?" fragte Felicia.

„Nicht, dass es darauf ankäme", sagte Ginger. „Wahrscheinlich sechs Monate oder so."

Felicia starrte über ihr Sherry-Glas. „Sechs Monate? Das ist ein halbes Jahr. Was genau ist ihr *Bedarf*?"

Ginger nahm noch einen Schluck Sherry, bevor er die Bombe platzen ließ. „Sie ist schwanger."

„Siehst du!" sprudelte es aus Felicia heraus. „Wenn sie Zugang zu Informationen über die Gesundheit von Frauen gehabt hätte, wäre sie nicht in dieser Lage."

„Unverheiratete Frauen sollten nicht in solchen *Schwierigkeiten stecken*", sagte Ambrosia. „Nicht, wenn sie gut erzogen sind."

Haley verschluckte sich an ihrem Sherry. „Verzeihung."

„Oh, lieber Gott", sagte Ambrosia mit gewichtiger Melancholie. „Warum willst du eine gefallene Frau nach Hartigan House bringen?"

Ginger erstarrte. „Sie kann sonst nirgendwo hin."

„Es muss andere Orte geben", rief Ambrosia. „Wo gehen andere Frauen hin, wenn ihr Leben ruiniert ist?"

„Sie ist nicht wirklich ruiniert", sagte Ginger mit schwindender Geduld. Aus diesem Grund wollte sie Miss Hanson helfen, damit sie nicht als solche abgestempelt wurde.

„Sie will Ärztin werden", sagte Haley.

Ambrosia ärgerte sich über die Einmischung von Haley.

„Ausnahmsweise stimme ich Großmama zu", sagte Felicia. „Es muss einen anderen Ort geben, wo sie hingehen kann."

„Siehst du", sagte Ambrosia. „Selbst eine moderne Denkerin wie Felicia stimmt dem zu. Ein Mädchen wie sie, das hier lebt, würde unseren Familiennamen beschmutzen."

„Großmutter", sagte Ginger. „Wo ist dein Mitgefühl?"

„Ich habe Mitleid - mit meiner eigenen Enkelin. Denke an *deinen* Ruf. *Deine* Zukunft."

„Felicias Zukunft wird durch die Ankunft von Miss Matilda Hanson nicht beeinträchtigt werden, das versichere ich Ihnen." Ginger sah Felicia an. „Wenn Ihr Ruf ruiniert werden sollte, wird das leider durch sie selbst geschehen."

„Ginger! Du hältst so wenig von mir."

„Ganz im Gegenteil. Ich halte große Stücke auf dich. Deshalb erwarte ich von dir, dass du Miss Hanson willkommen heißt und ihr auf ihrem Weg durch diese schwierige Zeit in jeder Weise beistehst." Sie fügte mit Nachdruck hinzu: „Deine neuen Freunde würden das sicher gutheißen."

Ambrosia wollte gerade protestieren, aber Ginger hob ihre Hand zum Stopzeichen. „Ich habe meine Entscheidung getroffen, Großmutter, und ich erwarte, dass du mich unterstützt."

Nach einem Klopfen an der Tür trat Pippins ein, der irgendwann während ihrer hitzigen Diskussion diskret den Raum verlassen hatte. „Ein Sir Bernard Hughes ist eingetroffen."

„Bitte führe ihn herein, Pips", sagte Ginger. Sie stand auf, richtete ihren Seidenrock und versuchte, die negativen Gefühle zu zügeln, die sie empfand. Die Diskussion mit Felicia und Ambrosia war *nicht* so verlaufen, wie sie gehofft hatte.

Kapitel Siebzehn

Sir Bernard Hughes war ein stämmiger Mann mit einem rosigen, sommersprossigen Gesicht, und Ambrosia hatte dafür gesorgt, dass Felicia neben ihm Platz nehmen konnte. Der rechteckige Raum beherbergte einen langen polierten Tisch und Stühle mit kunstvoll geschnitzten Beinen und Lehnen. Ein weißes Tischtuch war mit Kerzen geschmückt, und auf jedem Platz stand Porzellan, das mit poliertem Silberbesteck eingefasst war. Die frostige Miene von Gingers Schwägerin strahlte über den Tisch, und Ginger konnte nicht anders, als ein wenig Mitleid mit ihrem Gast zu haben. Mrs. Beasley hatte sich beim Menü wieder einmal selbst übertroffen, mit Lauchsuppe, Hammelfleisch in Sahnesoße, mit Rosmarin gewürzten Ofenkartoffeln und in Butter geschwenkten grünen Bohnen. Grace und Lizzie beeilten sich, die heißen Teller in die Mitte des Tisches zu stellen und die Gläser mit Wasser zu füllen.

„Das riecht köstlich", sagte Sir Bernard. Er wandte

sich an Ambrosia. „Ich danke Ihnen noch einmal, Lady Gold, für Ihre freundliche Einladung."

„Ich halte es für meine Pflicht, Sie einzuladen, Sir Bernard", antwortete Ambrosia. „Sie standen natürlich ganz oben auf meiner Liste."

Felicia verdrehte ihren Hals in die entgegengesetzte Richtung und rollte dabei mit den Augen, was Ginger nicht entging. Haley unterdrückte ein Grinsen.

Pippins trat ein und kündigte die Ankunft von Reverend Oliver Hill an. Ginger errötete. Bei dem stressigen Verlauf der Unterhaltung mit Felicia und Ambrosia hatte sie völlig vergessen, dass sie den Pfarrer eingeladen hatte.

Ginger stand auf und setzte ein Lächeln auf, als hätte sie die ganze Zeit auf seine Ankunft gewartet. „Hallo, Oliver. Ich habe mich schon gefragt, ob Sie es schaffen würden."

„Entschuldigen Sie bitte meine Verspätung", sagte er. „Meinem Auto ist auf dem Weg hierher leider das Benzin ausgegangen."

„Bitte, setzen Sie sich", sagte Ginger und deutete auf den leeren Stuhl. Sie drehte Oliver den Rücken zu und warf Grace einen Blick zu. Das Hausmädchen verstand und stellte schnell ein Gedeck bereit.

Oliver war zu sehr darauf bedacht, das nicht zu bemerken, und Ginger beugte sich vor und flüsterte. „Es war heute ein bisschen hektisch hier, und ich habe vergessen, meinen Mitarbeitern zu sagen, dass Sie zu uns stoßen werden. Bitte verzeihen Sie mir."

Oliver lächelte warmherzig. „Es gibt nichts zu verzeihen."

Ginger lehnte sich erleichtert zurück, bis sie den missmutigen Blick sah, den Ambrosia ihr zuwarf. War die Oberin immer noch besorgt, dass Oliver sich den Weg in Gingers Herz bahnen könnte? Oder noch schlimmer, in das von Felicia?

Bevor Ginger weiter darüber nachdenken konnte, ließ ein lautes Krachen an der Tür, die zur Küche führte, sie und alle anderen im Raum aufspringen. Ein Teller mit gedünsteten Möhren war auf den Boden gefallen und alles spritzte über die Fliesen.

„Gütiger Himmel", stotterte Ambrosia. „Was in aller Welt ist hier los?" Zu Sir Bernard sagte sie: „Normalerweise sind wir nicht so unorganisiert und unbeholfen, das versichere ich Ihnen".

Ginger trat um das Durcheinander herum und ging in die Hocke, wo Grace sich beeilte, es aufzuräumen. „Was ist passiert?" fragte Ginger.

„Es geht um Lizzie. Sie ist verärgert." Grace senkte ihre Stimme weiter. „Sie wusste nicht, dass der Vikar auf der Gästeliste steht. Sie ist von ihm ganz angetan."

Oh, Herr, hab' Gnade!

Zuerst Dorothy, Gingers Angestellte bei Feathers & Flair, und jetzt ihr Dienstmädchen Lizzie. Wer wusste schon, wie viele andere unverheiratete weibliche Gemeindemitglieder sich Hoffnungen auf Liebe von und Hochzeit mit Oliver Hill machten, vor allem jetzt, da sich höchstwahrscheinlich herumgesprochen hatte, dass er auf der Suche nach einer Frau war. Ginger verstand, warum der Druck auf den Pfarrer, zu heiraten, so groß war.

Ginger lächelte aufmunternd auf den Tisch. „Bitte beginnen Sie mit dem Essen. Ich bin gleich wieder da."

Sie fand Lizzie weinend in der Küche vor, während Mrs. Beasley mit einem stumpfen Finger auf Lizzies Gesicht zeigte und ihr ein Pflaster abnahm.

„Mrs. Beasley", sagte Ginger und unterbrach sie. „Dürfte ich kurz mit Lizzie sprechen?"

Mrs. Beasley, deren rundes Gesicht den Schock registrierte, ihre Herrin in der Küche zu sehen und Zeugin der Schelte zu werden, knickste ehrerbietig. „Natürlich, Madam."

Lizzie sah aus wie eine verängstigte Maus. „Lady Gold, es tut mir so leid. Ich wollte die Karotten nicht fallen lassen. Sie werden mich doch nicht feuern, oder?"

„Ich werde dich nicht entlassen, Lizzie. Boss würde mir das nicht verzeihen." Das erntete einen hoffnungsvollen Blick von ihrem Dienstmädchen. Ginger schenkte ihr ein kleines Lächeln. „Sie würden mir sagen, wenn etwas nicht stimmt?"

„Nun, ich war nur überrascht, Madam."

Ginger neigte den Kopf. „Durch die Anwesenheit eines unserer Gäste?"

Lizzie führte ihr Taschentuch wieder an ihr Gesicht, als die Tränen erneut zu fließen begannen. „Ach, *wissen Sie.* Das ist mir so peinlich."

„Es gibt keinen Grund, sich zu schämen", sagte Ginger. „Reverend Hill ist ein sehr geeigneter Junggeselle."

„Ist er nicht wundervoll?" Lizzies Tränen versiegten und ihre Augen glänzten vor Zuneigung. „Auch wenn es nicht meine Gemeinde ist, gehe ich jeden Sonntag in die St. George's Church, nur um ihn zu sehen. Er ist so weise, freundlich und intelligent."

„Ich bin sicher, er hält sehr viel von dir, Lizzie."

„Oh, das tut er. Nun, bis jetzt hat er es getan. Oh, Lady Gold, ich habe gelogen! Ich habe ihm gesagt, dass ich als Telefonistin arbeite. Ich hatte Angst, er würde in mir nur ein Dienstmädchen sehen, wenn ich es zugebe. Und jetzt hat er mich gesehen!"

Lizzies Befürchtungen waren berechtigt. Die gesellschaftliche Stellung eines Vikars lag meilenweit über der eines Hausmädchens.

„Ich bin sicher, dass alles gut wird", sagte Ginger und hoffte, dass das stimmte.

„Trotzdem ist es demütigend." Lizzie zwirbelte ihre weiße Schürze zu einem Knoten. „Ich kann es nicht ertragen, noch einmal da rauszugehen, nicht ohne eine Chance zu haben, es zu erklären, was ich bei all den anderen dort nicht könnte. Oh, Lady Gold, wäre es denn so schrecklich, wenn ich in der Küche bliebe? Ich verspreche, ich räume ab, sobald er weg ist."

Gingers Herz schlug für das Mädchen. Verknalltheit, unerwiderte Liebe, die sozialen Regeln der englischen Gesellschaft - das war anstrengend.

„Das wäre schön, Lizzie. Ich werde es Mrs. Beasley sagen."

Die Augen des Dienstmädchens leuchteten vor

Erleichterung und Sorge zugleich. „Aber nicht *warum*, gnädige Frau?"

„Nein. Auch nicht warum."

„Vielen Dank, Madam." Lizzie knickste und wiederholte sich dann. „Dankeschön!"

Ginger kehrte an den Tisch zurück und begann einen Smalltalk mit Sir Bernard, da Felicia sich immer noch weigerte, ein Gespräch zu führen.

„Haben Sie eine Lieblingsbeschäftigung, Sir Bernard?", fragte sie.

„Ja, in der Tat. Ich stehe in den Diensten der Old Lady of Threadneedle Street", antwortete er lachend. „Auch bekannt als die Bank von England. Unsere Aufgabe ist es, das Wohl der Menschen im Vereinigten Königreich zu fördern, indem wir die Währungs- und Finanzstabilität aufrechterhalten. Das kann manchmal eine Herausforderung sein, das gebe ich zu, aber es ist eine Aufgabe, die sich lohnt." Er wandte sich an Oliver. „Und Sie, mein guter Mann, zu welcher Gemeinde gehören Sie?"

„St. George's Church, City of London", antwortete Oliver mit einem Hauch von Stolz in der Stimme.

„Es tut mir leid, sagen zu müssen, dass ich nicht so oft in die Kirche gegangen bin, wie ich sollte", sagte Sir Bernard.

„Gott kann überall gefunden werden, Sir Bernard", antwortete Oliver, „wenn man nach ihm sucht."

Pippins trat ein und flüsterte in Gingers Ohr. „Telefonanruf, Madam. Es ist Chief Inspector Reed."

Ginger tupfte sich den Mund mit der Leinenserviette

ab und entfernte sich wieder vom Tisch. Er musste ihre Nachricht endlich erhalten haben. Sie machte sich auf den Weg ins Arbeitszimmer, wo der Hörer des Telefons auf der Schreibtischplatte lag.

„Hallo", grüßte sie.

„Hallo, Mrs. Gold. Hier ist Inspektor Reed. Sie haben mich bei Scotland Yard angerufen?"

„Ja, das habe ich." Ginger, die ihren Tonfall gleichmäßig und professionell hielt, gab die Laborergebnisse des Bodens weiter und erzählte, was Haley über die Haare des Pferdes herausgefunden hatte. Sie hielt es nicht für nötig, zu verraten, dass sie und Haley die Docks und die Ställe von Saffron besucht hatten.

„Ist Miss Higgins bei Ihnen?" fragte Basil.

„Das ist sie."

„Ich möchte, dass sie in die Leichenhalle der medizinischen Fakultät kommt. Vielleicht möchten Sie auch kommen, da Sie im Auftrag von Mr. James Green ermitteln. Wir haben eine weitere Leiche."

Kapitel Achtzehn

Ginger schlenderte zielstrebig zurück in den Speisesaal und verkündete: „Ich fürchte, Miss Higgins und ich müssen gehen."

„Sicherlich nicht!" widersprach Ambrosia.

„Ja, leider", sagte Ginger mit ernster Miene. „Es ist ziemlich dringend."

Haley entfernte sich, ohne zu zögern von der Tischgesellschaft.

Oliver Hill starrte sie fragend an. „Ich hoffe, nichts allzu Ernstes?"

„Ich werde später mehr wissen", antwortete Ginger. „Ich rufe Sie morgen an und gebe Ihnen Bescheid."

Ginger blieb neben Ambrosia stehen und gab ihr einen Kuss auf die Wange. „Sei nett zu dem Pfarrer, Großmutter", flüsterte sie.

„Es ist nicht fair, dass sie gehen dürfen", jammerte Felicia an ihrer Schulter. Ginger widerstand dem Drang, Felicia den Kopf zu waschen, so wie sie es getan hatte, als ihre launische Schwägerin noch jünger war. Sie vermisste das eifrige, rehäugige Mädchen, das früher so gerne gemocht werden wollte.

„Was ist los?" sagte Haley, als Pippins ihnen in ihre Wintermäntel half.

„Das war Chief Inspector Reed. Eine weitere unregistrierte Leiche in der Leichenhalle."

Ihre Erklärung reichte aus, um Haley ohne großes Murren auf den Beifahrersitz des Crossley zu bringen.

„Ich hasse es, im Dunkeln zu fahren", sagte Haley.

„Mit mir, oder nur allgemein?"

„Beides. Was hatte der gute Inspektor noch zu sagen? Wer hat es entdeckt?"

„Er wurde von Dr. Gupta herbeigerufen."

„Wirklich? Dann können wir ihn wohl von der Liste der Verdächtigen streichen."

„Nicht unbedingt", sagte Ginger. „Er könnte das Gefühl haben, dass wir der Wahrheit näherkommen, und hat diese Leiche gemeldet, um von seiner Beteiligung abzulenken."

„Du hast natürlich recht, aber ich hoffe, du irrst dich."

Ginger blickte ihre Freundin an. Haley leugnete ständig, romantische Ambitionen zu haben, obwohl Ginger wusste, dass dies nur ein Abwehrmechanismus war. Haley war in der Vergangenheit von Männern verletzt worden. „Das hoffe ich auch", sagte sie.

. . .

BASIL REED, sein Sergeant, und Dr. Gupta erwarteten Ginger und Haley, als sie in der Leichenhalle eintrafen. Die Herren standen neben der Leiche und nickten zur Begrüßung.

„Danke, dass Sie so kurzfristig kommen konnten", sagte Basil. „Dr. Gupta hatte nicht mit einer Leichenlieferung gerechnet, als sie eintraf."

„Ich war sofort misstrauisch", sagte Dr. Gupta, „und habe den Umschlag sofort auf Dokumente untersucht. Sie fehlten."

Haley ging direkt zu der Leiche. „Derselbe Modus Operandi wie vorher?" Sie zog das Laken herunter und starrte. „Nicht ganz."

Ginger erkannte den Unterschied sofort. Dieser Körper war weiblich. Schlank und athletisch, mit kurzen dunklen Haaren, die ein Gesicht mit blutleerer Haut umrahmten und die feinen Züge betonten. Gingers Magen zog sich angesichts des Verlustes eines so jungen, starken und entschlossenen Wesens zusammen. „Wir kennen diese Frau", berichtete sie.

Basil trat schnell an ihre Seite. „Wer ist sie?"

„Miss Jane Ellery. Sie arbeitete als Trainerin bei Saffron Stables."

Basil runzelte die Stirn. „Saffron Stables? Im Besitz von Charles Sabini?"

Ginger nickte.

„Wie sind Sie zu dieser Information gekommen?"

Ginger gestand. „Miss Higgins und ich haben heute Morgen einen kleinen Ausflug dorthin gemacht."

Basils finsterer Blick vertiefte sich. Ginger wusste,

dass er es nicht guthieß, wenn sie auf eigene Faust detektivisch tätig war, aber jetzt, wo sie als Privatdetektivin arbeitete, konnte er ihr nicht vorwerfen, dass sie sich in Polizeiangelegenheiten einmischte.

„Ich habe beim letzten Opfer ein Pferdehaar gefunden", erklärte Haley. „Es war in der Verfilzung der Haare des Opfers gefangen."

Dr. Gupta trat an die Keramikplatte heran. „Warum habe ich davon nichts gewusst?"

„Es steht in der Akte", sagte Haley und vermied den Blickkontakt. Ginger wusste, dass ihre Freundin nicht zugeben wollte, dass sie ihren Chef für einen Verdächtigen hielt. Haley hätte ihm das nie ins Gesicht gesagt, und deshalb hatte sie auch nie eine mündliche Meldung gemacht.

Dr. Gupta begann zu protestieren, wurde aber von Basil unterbrochen. „Und das hat Sie zu den Saffron Stables geführt?"

„Ja", sagte Haley. „Die Laborergebnisse haben gezeigt, dass es sich um eine seltene und teure Pferderasse handelt, die Akhal-Teke." Sie bestätigte, was Ginger Basil bereits am Telefon gesagt hatte. „Mr. Sabini ist der einzige registrierte Besitzer dieser Rasse in der Gegend."

„Das betreffende Pferd ist prächtig", sagte Ginger. „Ein Rappe, der so glänzend ist, dass er metallisch aussieht."

„Woher wissen Sie, dass das Haar, das Sie bei Evan Jones gefunden haben", Basil überprüfte seinen kleinen Notizblock, „von diesem Pferd stammt?"

„Ich habe eine Probe von der Bürste des Pferdes

genommen", sagte Haley. „Es war eine exakte Übereinstimmung."

Basil griff sich in seinen Nacken und kraulte nachdenklich seine eigenen Haare.

Ginger ignorierte die offensichtliche Frustration, die
der Chefinspektor zu verbergen versuchte. Hätte er ihr
nicht das Herz gebrochen, hätte sie ihn wahrscheinlich
zuerst angerufen und ihn eingeladen, zu den Ställen
mitzukommen.

Sergeant Scott bereitete seine Kamera vor und
begann, Fotos zu machen.

„Warum Jane Ellery?" sagte Ginger. „Warum jetzt?
Was hat sie mit einem Schauspieler aus der Oberschicht
und einem Mann von den Docks gemeinsam? Was haben
sie alle miteinander zu tun?"

Es herrschte Schweigen, da keiner der Anwesenden in
der Lage war, eine Antwort zu formulieren.

„Haben Sie etwas unter den Nägeln gefunden, Dr.
Gupta?" fragte Haley.

„Ich habe die Leiche nicht untersucht. Als ich den
leeren Umschlag fand, habe ich sofort Scotland Yard
angerufen."

„Miss Higgins", sagte Basil. „Würden Sie bitte die
Untersuchung durchführen?"

„Ganz und gar nicht."

Dr. Gupta runzelte die Stirn über diese Schlussfolge-
rung. „Ich habe keine Ahnung, was hier vor sich geht
oder warum? Alles, was ich Ihnen mit Sicherheit sagen
kann, ist, dass ich es nicht war." Er winkte die Leiche
heran. „Ich habe nichts damit zu tun."

„Das mag ja sein", sagte Basil. „Aber bis wir Sie ausschließen können, möchte ich, dass Miss Higgins sich um die Leiche kümmert."

„Natürlich." Der Arzt winkte ab, bevor er hinzufügte: „Darf ich so dreist sein, zu fragen, warum Miss Higgins keine Verdächtige ist?"

Haley drehte sich um und starrte ihn an.

„Nichts für ungut", sagte Dr. Gupta schnell. „Aber Sie waren diejenige, welche die ersten beiden Opfer ,entdeckt' hat."

„Und was ist mit dieser hier?" sagte Haley. „Ich habe ein Alibi."

„Miss Higgins war dem Yard in der Vergangenheit eine große Hilfe", sagte Basil seufzend. „Und Sie, Dr. Gupta, haben für keinen der Morde ein klares Alibi."

Dr. Gupta sah seine Niederlage ein, zumindest für diese Runde, nickte knapp und verließ den Autopsieraum.

Basil wandte seine Aufmerksamkeit wieder Ginger zu. „Lady Gold, würden Sie meine Einladung annehmen, mich morgen früh bei meiner Vorstellungsrunde zu begleiten? Vielleicht können wir so vermeiden, uns gegenseitig auf die Füße zu treten."

Ein Gefühl der Zufriedenheit durchströmte Ginger. Sie war sich bewusst, dass Basil vermutete, dass sie ihre eigenen Gespräche führen würde, wenn er die Einladung nicht ausgesprochen hätte. „Es wäre mir ein Vergnügen."

„Wunderbar", sagte Basil. „Ich habe Dr. Gupta gefragt, ob noch andere Mitarbeiter Zugang zum Labor hatten. Er hat mir einen Namen genannt. Wir können uns zuerst mit ihm treffen."

„Er?" fragte Ginger.

Basil lenkte ab, indem er auf seinen Notizblock schaute, aber Ginger bezweifelte, dass der Hinweis ernst gemeint war. Sie hatte das ungute Gefühl, dass sie wusste, was er sagen wollte.

„Ja, hier steht es", sagte Basil und sah sie an. „Ein Dr. Sean Brennan."

Kapitel Neunzehn

Ginger sammelte ihren Mantel und ihre Handtasche ein, während Haley sich noch einmal vergewisserte, dass alles in Ordnung war, bevor sie das elektrische Licht ausschaltete. Ginger hakte sich am Arm ihrer Freundin ein, als sie den schwach beleuchteten Flur entlang schlenderten.

„Findest du es nicht unheimlich, wenn du hier unten allein bist?" fragte Ginger.

„Es sind nicht die Toten, die mich beunruhigen. Es sind die Lebenden, denen man nicht trauen kann."

„Oh, das klingt ein bisschen zynisch."

„Vielleicht." Haley schob ihre Handtasche auf ihre Schulter. „Aber im Moment kann ich meinen Kollegen nicht trauen."

„Vielleicht sind sie unschuldig."

Haleys dunkle Augenbrauen zuckten einmal. *„Jemand ist* es nicht."

Sie gingen die Treppe hinauf, und als sie das Foyer erreichten, waren sie dort allein.

„Es ist Wochenende", erklärte Haley. „Freitagabends ist es hier wie in einer Geisterstadt."

„Es würde also niemandem auffallen, wenn wir uns umsehen würden?" fragte Ginger. Sie nickte in Richtung des Flügels mit den Büros hinter dem Standesamt.

„Wir müssen uns beeilen. Man weiß nie, wann Mr. Morgan auftaucht."

„Der Hausmeister? Geht der nicht auch nach Hause?"

„Nein. Er wohnt in dem Gebäude, auf der gegenüberliegenden Seite der Leichenhalle. Morgan fungiert auch als Nachtwächter und schläft morgens, wenn in der Schule viel los ist." Haley hielt an der Tür von Dr. Guptas Büro inne. „Dr. Gupta zu verdächtigen fühlt sich irgendwie falsch an. Ganz zu schweigen von Hausfriedensbruch."

„Jemand leistet einem Mörder Beihilfe", sagte Ginger und drehte den Türknauf. „Es ist abgeschlossen."

„Und wir sind dabei, in das Büro von jemandem einzubrechen." Haley zögerte einen Moment und reichte Ginger dann eine Hutnadel aus ihrem Hut.

Ginger hatte während des Krieges im Rahmen ihrer Geheimdiensttätigkeit viele verschlossene Türen geöffnet und nun das Türschloss innerhalb von Sekunden entriegelt. Nachdem sie eine Taschenlampe aus ihrer Handtasche geholt hatte, sagte Ginger: „Es ist besser, wenn wir mit dem Licht keine Aufmerksamkeit erregen."

„Einverstanden." Haley holte ihre eigene Taschenlampe hervor.

In der Dunkelheit wirkte der Raum kleiner. Der

Lichtstrahl von Gingers Taschenlampe wanderte an einem aufgeräumten Holzschreibtisch entlang, vorbei an einer breitblättrigen Damenpalme in einem Terrakotta-topf, zu einer Reihe von Aktenschränken.

„Ich sehe in den Akten nach", sagte Ginger. „Du kümmerst dich um den Schreibtisch."

„Wonach suchen wir?" fragte Haley.

„Nach dem Motiv. Scotland Yard war nicht in der Lage, eine Verbindung zwischen den Mitarbeitern und den Opfern herzustellen, also wette ich, dass Geld im Spiel ist." Sie drehte sich zu Haley um. „Jemand, der schnell und leicht verdientes Geld braucht."

Haley hielt einen Brief in der Hand und las ihn im Schein der Fackel. Ihre Lippen zogen eine Schnute. „Ich glaube, ich habe vielleicht ein Motiv gefunden."

Ginger trat an ihre Seite. „Was hast du da?"

„Ein Brief von Dr. Guptas Eltern. Es scheint, dass unser Dr. Gupta verlobt ist und heiraten will."

Oh, Herr, hab' Gnade.

„Haley, es tut mir leid." Ginger wusste, dass Haley für den gutaussehenden Arzt Feuer gefangen hatte, und Ginger hatte dieses auch noch geschürt.

„Nicht nötig. Es war lächerlich zu denken, dass es eine gemeinsame Zukunft für uns geben könnte. Das wäre ein Skandal. Außerdem gehe ich eines Tages zurück nach Boston. Das ist ein weiter Weg von Indien."

Ginger schluckte bei der Erklärung ihrer Freundin. Sie liebte Haley wie eine Schwester und würde sie schrecklich vermissen, wenn sie jemals gehen würde. Sie hoffte, dass Haley nur aus Schmerz sprach. Ginger hatte begonnen zu glauben, dass Haley London liebgewonnen hatte. Sie legte einen Arm um Haleys schlanke Schultern.

„Ich werde einen wundervollen Engländer finden, der dich um den Finger wickelt, damit du nie wieder davon sprichst, mich zu verlassen!"

Haley lachte. „Hoffen wir, dass du das tust."

„Indische Hochzeiten dauern mehrere Tage, nicht wahr?" sagte Ginger, um zum Thema zurückzukehren. „Ich nehme an, das könnte eine Menge Geld kosten. Wäre das ein Motiv?"

„Ich glaube, die Eltern der Braut übernehmen die Kosten für die Hochzeit", sagte Haley. „Es gibt ein Postskriptum, in dem es um eine Schwester geht, die nach England kommen will, um dort zu studieren."

„Dr. Gupta müsste sie sponsern", sagte Ginger. „Und dann sind da noch die Kosten für die Studiengebühren. Unregistrierte Körper durch die Schule zu schleusen, könnte wie leichtes Geld aussehen."

„Stimmt", sagte Haley. „Irgendetwas Bemerkenswertes in den Akten?"

Ginger schüttelte den Kopf. „Nicht dass ich wüsste."

Nachdem sie sich vergewissert hatten, dass alles genau so hinterlassen wurde, wie sie es vorgefunden hatten, gingen Ginger und Haley weiter zu Dr. Brennans Büro. Im Gegensatz zu Dr. Gupta war Dr. Brennans Büro chaotisch, die Papiere lagen verstreut auf seinem Schreibtisch und die Aktenschränke waren teilweise geöffnet.

„Schau genau hin, bevor du etwas anfasst", sagte

Ginger. „In diesem Chaos wird es schwieriger sein, sich zu erinnern, wo alles war."

Diesmal nahm Haley den Aktenschrank, während Ginger den Schreibtisch untersuchte. Obenauf lagen ein Notizblock, ein Kugelschreiber und Schülerarbeiten, die gerade korrigiert wurden, sowie eine Öllampe und eine halb ausgetrunkene Tasse Tee. Eine der Schubladen war verschlossen, und Ginger benutzte ihre Hutnadel, um sie zu öffnen. Darin befand sich ein Hauptbuch.

Ginger blätterte die Seiten durch und sagte dann: „Dr. Brennan wettet gerne. Mit Pferden."

Haley hob eine Augenbraue. „Pferdewetten?" Sie bewegte sich vorsichtig an Gingers Seite.

„Es ist eine Liste mit Daten, Rennen und Pferden. Außerdem Gewinne und Verluste."

„Lass' mich raten", sagte Haley. „Mehr Verluste als Siege."

„Du hast Recht."

„Also ein Motiv. Es sind Geldeintreiber hinter ihm her. Ist irgendeines der Pferde aus den Saffron Stables dabei?"

Ginger fuhr mit dem Finger über die Liste der Namen. „Ich erkenne keines. Das heißt aber nicht, dass sie es nicht sind. Ich habe nicht alle Namen der Pferde aufgeschrieben."

Ein quietschendes Geräusch drang aus dem Gang. Ginger und Haley knipsten ihre Taschenlampen aus und schlüpften hinter die Tür. Das Quietschen hatte einen Rhythmus wie ein ungeöltes Rad. Haley murmelte: „Mr. Morgan." Es war sein Mopp und sein Wassereimer.

Gingers Gedanken rasten. Wie sollten sie dem Hausmeister ihre Anwesenheit erklären, wenn er sie dort erwischte? Sie konnte nur hoffen, dass er sich nicht zuerst Dr. Brennans Zimmer zum Reinigen aussuchen würde.

Das quietschende Rad wurde lauter, je näher es kam. Ginger hielt ihren Atem an. Das Quietschen hörte auf. Ginger und Haley starrten auf den Türknauf. Sie hörten das Geräusch eines Schlüssels im Schloss, aber der Knauf bewegte sich nicht. Das Licht im Büro neben ihnen ging an. Mr. Morgan begann zu summen.

Ginger tauschte einen Blick der Erleichterung mit Haley. Vorsichtig legte sie das Wettbuch zurück in die Schreibtischschublade. Sie traten aus der Tür, ohne zu atmen, und Ginger schloss und verriegelte sie leise, bevor sie und Haley auf Zehenspitzen den Gang hinuntergingen und sich von Frank Morgan entfernten.

Kapitel Zwanzig

Am nächsten Morgen kam Ginger in der medizinischen Fakultät an und ging auf die Damentoilette. Der Wunsch, in Gegenwart der beiden einzigen Männer, mit denen sie seit ihrer Ankunft in England ausgegangen war, gut auszusehen, machte sie nicht eitel, oder?

Wen kümmerte das schon? Sie war seit sieben Monaten zurück in England - es war an der Zeit, dass sie die Aufmerksamkeit verfügbarer Männer hatte. Ginger trug eine weitere Schicht ihres Tangerine Sunrise-Lippenstiftes auf und rückte ihren schwarzen Cloche-Hut zurecht. Sie war mit der Wahl ihres stahlblauen Crêpe-Georgette-Kleides zufrieden. Das Blusenmieder war vorne gekreuzt und hatte einen passenden Schal, der locker ihre linke Schulter schmeichelte. Vier vertikale Lagen verbanden sich mit dem Plissée- Volant ihres Rockes, und der schmale Taillengürtel war mit einer dekorativen Kristallschnalle versehen. Ihre schwarzen

Riemen-Schuhe hatten Tropfenausschnitte - der letzte Schrei. Ginger sah sowohl elegant als auch professionell aus.

Basil, gekleidet in seinem Standard-Savile-Row-Anzug, italienischen Lederschuhen und einem hellbraunen Trenchcoat, stand mit dem Hut in der Hand vor dem Büro des Standesbeamten und unterhielt sich mit Miss Knight. Die Empfangsdame spielte mit ihrem Haar und klimperte mit den Wimpern - ihre Augen waren wie tropfende Untertassen. Sie war von dem gutaussehenden Chefinspektor angetan.

„Guten Morgen", sagte Ginger, als sie sich näherte.

Miss Knights Kinn schoss in die Höhe. „Guten Morgen, Lady Gold", sagte sie und huschte hinter den Tresen zu ihrem Schreibtisch.

„Guten Morgen", fügte Basil mit einem Lächeln hinzu.

Ginger neigte den Kopf. „Wollen wir?" Sie hatte kein Interesse an Smalltalk.

Basil nickte, und sie gingen gemeinsam den weißgetünchten Gang hinunter zu Dr. Brennans Büro.

Als sie an der Tür von Dr. Brennan ankamen, machte Basil eine Bewegung mit dem Arm wie ein Kellner. „Die Dame zuerst."

Ginger klopfte an und riss die Tür auf, als sie zum Eintreten aufgefordert wurde.

„Lady Gold", rief Sean Brennan, als sie den Kopf hereinsteckte. „Was für eine angenehme Überraschung!"

„Ich fürchte, das ist nicht so angenehm, Dr.

Brennan. Ich bin mit dem Chefinspektor von Scotland Yard gekommen."

„Oh je", murmelte Dr. Brennan, als Basil auftauchte. Er trat hinter seinem Schreibtisch hervor, der jetzt viel aufgeräumter war als am Abend zuvor, und reichte ihm die Hand. „Dr. Sean Brennan."

Basil schüttelte dessen Hand. „Chefinspektor Basil Reed."

Dr. Brennan legte einen Finger an sein Kinn. „Kennen wir uns? Sie kommen mir bekannt vor." Dann fiel es ihm ein, und er heftete seinen Blick auf Ginger. „Ist das der Kerl aus dem Pinocchio's?" Sein Blick fiel wieder auf den Chefinspektor. „Was zum Teufel ist hier los?"

„Dürfen wir uns hinsetzen?" fragte Basil. Es war eine rhetorische Frage, denn noch während er die Worte aussprach, setzte sich Basil auf einen der nebeneinanderstehenden Stühle. Ginger nahm an Kante des zweiten Stuhls Platz und zog den ein paar Zentimeter von Basil weg. Sie wollte nicht, dass es so aussah, als wären sie ein Paar.

Dr. Brennan schlug mit den Fingern auf die Tischplatte. „Okay, alter Knabe. Sie haben meine volle Aufmerksamkeit."

Basil runzelte die Stirn über die Vertraulichkeit. „Ich fürchte, in der Leichenhalle ist eine weitere unregistrierte Leiche aufgetaucht."

„Oh je", meinte Dr. Brennan dramatisch, während er sich vom Schreibtisch wegdrückte. „Nicht noch eine.

Das kann keine gute Nachricht für die medizinische Fakultät sein - schon gar nicht für eine, die nur für Frauen ist. Sie lassen sich leicht erschrecken."

Ginger hob eine Augenbraue. „Wir sind nicht alle so zerbrechlich, Dr. Brennan."

„Ja, natürlich." Dr. Brennan hatte den Anstand, zerknirscht zu schauen. „Bitte verzeihen Sie diese pauschale Verallgemeinerung."

„Soweit ich weiß, gehören Sie zu den wenigen Mitarbeitern, die Zugang zur Leichenhalle haben", sagte Basil.

„Ich nehme an, das stimmt. Ich unterrichte Forensik und leihe mir oft Gegenstände aus der Leichenhalle für Präsentationszwecke aus."

„Wie die Victor Magic Lantern", sagte Ginger.

Dr. Brennan lächelte. „Ganz genau."

Ginger erklärte Basil schnell: „Die Victor Magic Lantern ist ein hochmoderner Standbildprojektor aus Amerika."

Basil nickte verständnisvoll und sagte dann: „Der Umschlag mit den wichtigen Informationen zu jeder Leiche ist wieder einmal leer. Wir wissen nicht, ob die Leichen mit bereits leeren Umschlägen ankommen oder ob der Inhalt erst nach ihrer Ankunft hier entfernt wird."

„Ich bin mir immer noch nicht sicher, was das mit mir zu tun hat?"

„Haben Sie schon einmal den Begriff *Körperwäsche* gehört, Dr. Brennan?"

Dr. Brennans dünne Lippe zuckte nach unten.

„Nein." Sein Gesichtsausdruck war so naiv, dass Ginger fast glauben konnte, er habe nichts damit zu tun. Aber sie hatte bei ihrer Arbeit im Krieg gelernt, dass manche Menschen großartige Schauspieler sein konnten.

„Wir glauben, dass jemand, oder möglicherweise mehrere, Menschen tötet und sie in die Leichenlieferung an diese Leichenhalle aufnimmt. Das Opfer wird normalerweise als vermisst gemeldet, aber nie gefunden."

„Keine Leiche, kein Verbrechen", sagte Dr. Brennan.

Basilius versteifte sich. „Bis jetzt."

„Wie konnte der Mörder also einen Fehler machen?" fragte Dr. Brennan.

„Miss Higgins hat die erste Lieferung abgefangen", sagte Ginger, „bevor der vorgesehene Empfänger entweder neue Ausweispapiere erstellen oder die Akte ganz verschwinden lassen konnte."

Dr. Brennan lehnte sich in seinem Stuhl zurück. „Ich gebe zu, das ist ziemlich genial."

„Zweifelsohne", sagte Basil streng. „Und wie Sie wahrscheinlich schon gemerkt haben, braucht das System jemanden, der von innen heraus arbeitet."

„Oh, ich verstehe", sagte Dr. Brennan langsam. Für einen intelligenten Mann hatte es lange gedauert, bis der Groschen gefallen war. „Sie denken, diese Person könnte ich sein. Aber war es nicht Dr. Gupta, der die Leiche erhalten hat?"

„Er hat nicht damit gerechnet, und vielleicht haben Sie nicht erwartet, dass er so lange arbeitet".

Dr. Brennan schüttelte verneinend den Kopf.

„Dr. Brennan", begann Ginger. „Gehen Sie gern zum Pferderennen?"

Sean Brennan zuckte bei ihrer Frage zusammen und blinzelte angesichts des plötzlichen Themenwechsels. „Natürlich tue ich das. Es ist Englands nationale Passion, nicht wahr?"

„Nun, ich bin in Amerika aufgewachsen, wo Baseball regiert."

Dr. Brennan grinste. „Ich habe schon von Babe Ruth gehört, Lady Gold."

„Wetten Sie bei den Rennen?" fragte Ginger.

Dr. Brennans Gesichtsausdruck wurde grimmig. „Worauf wollen Sie hinaus?"

Basils Blick schien das Gleiche zu fragen.

„Ich habe mir sagen lassen, dass man ganz leicht viel Geld verlieren kann, wenn man auf das falsche Pferd setzt."

„Suchen Sie nach einem Motiv?" fragte Dr. Brennan.

Basil antwortete: „Das ist eine Methode, die bei der Untersuchung eines Mordes angewandt wird".

„Ja, ich wette auf Pferde, aber nein, ich brauche kein Geld".

„Dr. Brennan, wo waren Sie..." begann Basil.

„Herr Oberinspektor, ich möchte Ihnen die Mühe ersparen", sagte Dr. Brennan. „Ich war gestern Abend zu Gast. Von sechs Uhr an." Sein Blick wanderte zu Ginger, und ein verlegenes Grinsen ging über sein Gesicht. „Bis ich heute Morgen zur Arbeit gegangen bin. Das Mädel aus dem Standesamt, Miss Knight, kann meine Ankunftszeit bezeugen."

Ginger fühlte sich gekränkt, auch wenn sie wusste, dass sie eigentlich kein Recht dazu hatte. Sie und Dr. Brennan waren nur einmal miteinander essen gegangen. Er war ihr gegenüber nicht verpflichtet.

Basil blickte Ginger an und stand dann auf. „Danke für Ihre Zeit, Dr. Brennan. Bitte verlassen Sie London nicht."

„Das habe ich auch nicht vor." Dr. Brennan trat hinter seinem Schreibtisch hervor.

„Lady Gold, wenn ich so kühn sein darf, hätten Sie Lust, mich heute Abend wieder zu begleiten? Das heißt, wenn Sie nicht schon etwas anderes vorhaben?"

Ginger erschrak über die Unverfrorenheit des Mannes. Er hatte gerade zugegeben, die Nacht mit einer Frau verbracht zu haben, die nicht seine Frau war. Erwartete er, auch von ihr solche Privilegien zu bekommen?

„Ich glaube nicht", sagte sie knapp. „Guten Tag."

Basil blickte zu ihr zurück, mit einem Glitzern in den Augen. Verflucht, dass er das mitgehört hat! Ginger hielt den Kopf hoch und ging auf den Eingang zu, ohne Basil einen Blick zuzuwerfen.

Ginger atmete tief ein, bevor sie in den waldgrünen Austin 7 des Chief Inspectors stieg. Aus Erfahrung wusste sie, dass sie, als sie auf den Beifahrersitz glitt, von *seinem* Duft überwältigt werden würde. Saubere, holzige Seife mischte sich mit Moschus-Aftershave und dem zitrusartigen Geruch des Öls, mit dem die Ledersitze gepflegt wurden. Aufregend, sinnlich und ganz und gar nicht zu ihr gehörend.

Sie seufzte erneut, als sie ihre Tür schloss, nur Zentimeter von dem Mann entfernt, dem sie aus dem Weg zu gehen versucht hatte - ein Löwe, der erwartet, sich zu benehmen, wenn ein Lamm im Raum ist. Sie riss das Fenster auf, in der Hoffnung, dass ein wenig frische Luft helfen würde.

Basil drehte sich in seinem Sitz und starrte sie an. „Was sollte das denn?"

„Was?", fragte sie unschuldig. Sie hoffte, dass Basil ihr Unbehagen und, verdammt noch mal, ihre Anziehungskraft nicht spüren konnte!

„Ihre Fragen an Dr. Brennan zum Thema Glücksspiel?"

„Oh, nun, wie Sie schon sagten, ich habe nach einem Motiv gesucht." Ginger wollte nicht gestehen, dass sie in die Büros der Professoren eingebrochen war. „Da es sich um einen Pferderennstall handelt, dachte ich, es könnte eine Verbindung geben. Ich gebe zu, es war etwas voreilig. Ich hoffe, ich bin nicht zu weit gegangen."

Basil drehte den Motor. „Sie lagen nicht weit daneben mit Ihrem ‚Sprung'. Ich habe meinen Sergeant beauftragt, Dr. Brennans Finanzen zu überprüfen." Basils Blick blieb auf Ginger haften. „Offenbar sind die Damen nicht sein einziges Laster."

Ginger zuckte bei der Andeutung, sie sei ein „Laster" geworden.

Basil fuhr fort: „Laut Dr. Brennans Buchmacher ist er im Rückstand".

„Er hat also gelogen, dass er kein Geld braucht."

„Ja."

Basil gab ein Zeichen, sich dem Verkehr auf der Hunter Road anzuschließen.

„Wohin fahren wir jetzt?" fragte Ginger.

„Ich dachte, wir schauen bei den Docks vorbei, bevor wir nach Norden zu den Saffron Stables fahren."

„Was suchen Sie bei den Docks?"

„Eine Verbindung zu unserem Opfer, Evan Jones."

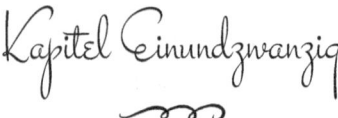

Kapitel Einundzwanzig

Sie fuhren die Guilford Street in östlicher Richtung entlang, dann in südöstlicher Richtung durch die Londoner City und danach in südlicher Richtung zur Themse. Vorbei war es mit dem unbekümmerten Geplauder und dem koketten Geplänkel, das sie beide früher genossen hatten, und ihre Freundschaft, so schien es, war damit auch dahin. Es war einfacher, ihr eigenes emotionales Unbehagen zu vermeiden, wenn Ginger weiter über den Fall sprach.

„Dr. Brennan ist nicht der Einzige, der ein Motiv hat", sagte sie.

Basil blickte Ginger an. „An wen denken Sie jetzt gerade?"

„Dr. Gupta."

„Wirklich? Was hat er für ein Motiv?"

„Nun, er könnte Familienmitglieder zu Hause unterstützen. Vielleicht ist er in eine finanzielle Krise geraten", schlug Ginger vor.

„Haben Sie etwas Konkretes, oder ist das nur eine Vermutung?"

„Haley ist auf einen persönlichen Gegenstand gestoßen, einen Brief von seiner Familie in Indien." Ginger beeilte sich mit ihrer Erklärung, denn sie wollte nicht verraten, *wie* Haley auf den persönlichen Gegenstand gestoßen war. „Anscheinend wird er diesen Sommer heiraten, und seine Schwester will nach England ziehen, um dort zu studieren. Dr. Gupta könnte sich verpflichtet fühlen, dieses Unterfangen zu finanzieren."

Basil pfiff zwischen den Zähnen. „Er wird wohl ein bisschen mehr brauchen, als die Praktikanten verdienen, nehme ich an. Vor allem, wenn er auch noch eine neue Frau mitbringt."

„Ich kann mir vorstellen, dass der Unterhalt einer Frau in einem neuen Land ziemlich kostspielig sein kann."

„Auch das Motiv von Frau Hanson ist bedenkenswert", sagte Basil. „Wenn sie die Absicht hatte, illegal abzutreiben, kostet so etwas Geld."

Ginger wollte diese Möglichkeit nicht in Betracht ziehen, aber die Verzweiflung trieb die Menschen zu solchen Maßnahmen. „Ich könnte verstehen, wie man seine Taten wegdiskutieren könnte. Das Opfer war bereits tot - ein Verbrechen, das der Täter nicht hätte verhindern können. Den Papierkram zu entfernen oder neue Papiere zu besorgen, könnte als wenig Aufwand für das gewonnene Geld erscheinen."

„Genau."

„Trotzdem kann ich nicht glauben, dass Miss

Hanson etwas damit zu tun hat. Auf jeden Fall behält sie das Kind jetzt und hätte keinen Grund, Jane Ellerys Leiche abzufangen."

„Sie könnte es aus Zwang tun. Die Mafia-Typen sind nicht die Art, die einen einfach seine Meinung ändern lässt."

„Ich denke schon", räumte Ginger ein. Sie hoffte, dass Miss Hanson sich nicht bedroht fühlte. „Was ist mit dem Hausmeister, Frank Morgan?"

Basil schaute sie von der Seite an.

„Der Hausmeister hat Zugang zu allen Räumen", erklärte Ginger. „Auch zur Leichenhalle."

„Es wurde bereits ermittelt", sagte Basil. „Seine Finanzen sind sauber, und es gibt keine offensichtliche Verbindung zu einem der Opfer. Das Schlüsselwort ist ‚offensichtlich'. Meine Männer beobachten ihn."

Basil war gut in seinem Job. Das musste Ginger ihm zugestehen.

„Ich sollte Ihnen wohl sagen, dass Haley und ich gestern hier unten waren."

„Was?" Basil wurde langsamer und blickte sie an. „Die Docks sind ein gefährlicher Ort für eine Frau allein."

„Ich war nicht allein. Haley war bei mir."

„Sie wissen, was ich meine. Eines Tages werden Sie es zu weit treiben."

„Wie Sie sehen, geht es mir gut, und ich kann bestätigen, dass es Haley auch gut geht."

Ginger schnaubte und verschränkte die Arme vor der Brust. Sie war keine empfindliche Porzellanpuppe.

Sie fuhren in angespannter Stille weiter, bis Canary Wharf in Sicht kam. Ein Nerv in Basils Kiefer zuckte, und Ginger wartete. Sie wusste, dass dies ein Zeichen dafür war, dass er eine mentale Übung durchführte.

„Ich möchte Ihnen auch etwas mitteilen", sagte er schließlich.

Sein Blick war auf die Straße gerichtet, aber er warf einen kurzen Blick auf Ginger. Sie starrte zurück und wartete.

„Ja?" Ginger hoffte, dass er ihre Detektivarbeit nicht ohne ihn fortsetzen würde. „Was gibt es?"

Basil schluckte. „Emelia hat mich wieder verlassen."

Ginger konnte ihren Schock nicht unterdrücken, vor allem nach der großen Warnung, die Emelia Reed erst vor drei Tagen ausgesprochen hatte. „Seit Pinocchio's?"

Basil nickte. „Wir hatten danach einen Streit. Ich hatte gesehen, wie sie nach Ihnen in die Damentoilette gerannt ist, und ich habe sie so lange getriezt, bis sie gestanden hat, was dort passiert ist." Er warf Ginger einen entschuldigenden Blick zu. „Es tut mir leid, dass sie Sie verbal angegangen hatte."

Ginger starrte aus dem Fenster. „Sie hat ihre Ehe verteidigt. Das kann ich ihr nicht verübeln."

„Ja, gut. Ich fürchte, sie hat nicht viel Zeit damit verbracht, es mir gegenüber zu verteidigen. Sie ist in dieser Nacht gegangen und war seitdem nicht mehr zu Hause."

Ginger drehte sich zu ihm um. „Wo ist sie?"

Basil zuckte mit den Schultern. „Wohin auch immer sie vorher verschwunden ist, vermute ich."

Eher, *mit wem auch immer*, korrigierte Ginger gedanklich. Mrs. Reed war schließlich eine Verfechterin der Frauengesundheit, ein Euphemismus für Geburtenkontrolle.

„Es tut mir leid."

„Es braucht Ihnen nicht leid zu tun", sagte Basil. „Ich bin derjenige, dem es leidtut. Ich hätte sie nicht zurückkommen lassen dürfen. Das war das letzte Mal. Ich reiche die Scheidung ein."

Ginger spürte, wie ihr der Atem stockte. Basil war wieder frei, doch die Nachricht begeisterte sie nicht. Wenn es darauf ankam, war sie immer noch seine zweite Wahl gewesen. Alles, was sie zustande brachte, war ein schwach klingendes „Ich verstehe".

BASIL BRACHTE den Wagen zum Stehen und zog an der Handbremse. Ginger öffnete den Türgriff und atmete die frische, nach Themse duftende Luft ein. Vögel krächzten laut und suchten nach Essensresten.

„Bitte", sagte Basil und berührte sie sanft am Arm. „Ich weiß, dass ich mich absolut danebenbenommen habe, und ich erwarte nicht, dass Sie mir heute verzeihen. Aber werden Sie es versuchen? Versuchen, mir zu verzeihen?"

Ginger stieß die Wagentür einen Spalt breit auf. „Es gibt nichts zu verzeihen, Basil. Es war Ihr gutes Recht, das zu tun, was Sie getan haben, und ich nehme es Ihnen nicht übel." Sie schloss die Wagentür vor seinen Augen etwas fester als nötig.

Kapitel Zweiundzwanzig

Die Spannung, die den geringen Abstand zwischen ihnen erfüllte, als sie nebeneinander liefen, war so groß, dass Ginger nicht glaubte, dass ihre Worte sie durchdringen konnten. Sie überlegte krampfhaft, was sie sagen sollte. Basil hatte ihr Herz zerrissen, es schwer verletzt, und sie fühlte einen Schmerz, wie sie ihn seit Daniels Tod nicht mehr empfunden hatte. Damals, in jenem trüben Herbst 1918, hatte sie sich geschworen, dass sie es nie wieder riskieren würde, ihr Herz an jemanden zu verschenken. Und mit Basil hatte sie es nicht getan. Noch nicht. Warum also war sie so verärgert, dass er das Ehrenhafte getan und seiner Ehe eine zweite Chance gegeben hatte?

„Inspector Reed", sagte sie.

Aber Basil war jetzt ganz bei der Sache. „Als Sie gestern mit Miss Higgins hier unten waren, haben Sie dabei etwas erfahren?"

Ginger seufzte innerlich. „Wir haben die zweite

Leiche identifiziert. Er war ein Hafenarbeiter namens Evan Jones."

Basil warf ihr einen Seitenblick zu. „Wie haben Sie das geschafft?"

„Haley hatte Fotos gemacht."

„Ich verstehe. Wer hat sie identifiziert?"

„Marvin Elliott".

Basil lief langsamer und runzelte die Stirn. „Einer von den Jungs von der SS *Rosa*? Die beiden scheinen öfters aufzutauchen."

„Ja, nun, Marvin arbeitet hier, und ich muss gestehen, dass ich mich dabei nicht ganz wohl fühle."

„Es sind harte Kerle, die in den Docks arbeiten."

„Er ist ein zäher Bursche", sagte Ginger. Sie glaubte, dass das stimmte, aber sie machte sich trotzdem Sorgen um ihn. In den Docks gab es alle möglichen schlechten Einflüsse: Gewalt, Drogen, Prostitution.

„Glauben Sie, Sie könnten ihn wiederfinden?" fragte Basil.

„Warum wollen Sie mit Marvin sprechen?"

Basil zuckte mit den Schultern, als er ein silbernes Zigarettenetui aus seiner Tasche zog. „Das wäre ein guter Anfang." Er zündete die Zigarette an, inhalierte und ließ dann den Rauch aus dem Mundwinkel gegenüber von Ginger ab.

Ginger suchte die Docks nach Marvins vertrauter Gestalt ab. Männer manövrierten große Kräne, um Plattformen mit schweren Produkten von den Schiffen zu hieven. „Er hat dort drüben gearbeitet und Zuckersäcke vom Dock zu diesem Lagerhaus getragen." Zumindest hoffte sie, dass es das war, was er transportiert hatte. Ihr Herz zog sich zusammen bei dem Gedanken, dass die Säcke, auf denen das Wort „Zucker" stand, in Wirklichkeit mit einer nicht ganz so harmlosen Substanz gefüllt gewesen sein könnten. Etwas, für das Marvin ins Gefängnis kommen könnte. Ginger zeigte auf ein Backsteingebäude, bei dem die Dachziegel fehlten und lose Ziegel auf den Boden gefallen waren. Die Fenster waren undurchsichtig vor Schmutz, und die Holzrahmen waren trocken und gesplittert.

Basil studierte das Lagerhaus und runzelte die Stirn. „Das ist eines von Sabinis."

Ein dicker Mann in einem guten Anzug verließ das Gebäude und sprach wütend mit einem der Arbeiter. Ginger berührte Basils Ellbogen.

„Das ist Lorenzo Bugini", sagte sie leise. „Auch bekannt als 'Bugs'."

Basil starrte sie an. „Woher wissen Sie das?"

„Marvin hat es mir erzählt. Ich habe ihn das erste Mal im Pinocchio's gesehen, an dem Abend, als wir beide dort waren."

Basil blinzelte. „Ja, ich erinnere mich an ihn. Er war mit Sabini befreundet."

„Haley glaubt, er gehöre zu Charles Sabinis Bande."

„Das passt. Das Pinocchio's und mehrere andere Nachtclubs in der Gegend gehören Sabini."

Ginger sah ihn an. „Sie wussten das und Sie hatten sich trotzdem entschieden, dort zu essen? Ich habe es erst danach erfahren."

Basil nahm einen letzten Zug von seiner Zigarette,

bevor er den Rest auf den Steg fallen ließ und den mit seinem Stiefel durch die Ritzen schob. „Die Morde in der Leichenhalle sind nicht die einzigen Verbrechen, die über meinen Schreibtisch gelaufen sind, Lady Gold. Der Yard ist an allem interessiert, was mit Charles Sabini zu tun hat. Und das ist eine ganze Menge, glauben Sie mir."

Ginger fragte sich, ob Emelia gewusst hatte, dass ihre Verabredung zum Abendessen mit Basil auch ein Vorwand für ihn war, um das Haus auszuspionieren.

„Wenn Sabinis Männer hier sind", sagte Basil, „dann ist der Ärger nicht mehr weit."

Ginger suchte das Gebiet erneut nach Marvin ab. Ihn nicht zu finden, konnte eine gute oder eine schlechte Nachricht sein. Ihr Blick ging zurück zum Lagerhaus, als sich eine Tür öffnete und Marvins schlaksige Gestalt hervortrat.

Oh, Herr, hab' Gnade.

„Da ist er", sagte Ginger. Sie hob ihre Hand zum Gruß. „Marvin!"

Marvin blieb stehen, seine Augen huschten zu Ginger und Basil, danach zu Bugs Bugini. Er senkte den Blick und trabte in die entgegengesetzte Richtung davon, so als hätte er Ginger nicht gesehen oder gehört. Er verschwand zwischen den Gebäuden.

„Das ist kein gutes Zeichen", sagte Ginger seufzend. „Sollen wir ihm nachgehen?"

Basil schüttelte den Kopf. „Ich lasse ihn später von meinen Männern abholen. Bleiben Sie bitte hier."

Basil ging zu Gingers Verdruss zu Sabinis Handlanger Bugs hinüber. Was um alles in der Welt sollte er zu dem großen Mann sagen? Sie hatte nicht die Absicht, an Ort und Stelle zu bleiben und eilte dem Chefinspektor hinterher.

Basil zeigte seinen Ausweis vor.

„Ich konnte auf eine Meile erkennen, dass Sie ein Bulle sind. Ich verstoße gegen kein Gesetz." Er lächelte Ginger an. „Hallo, schöne Frau."

Basil warf dem unverschämten Schläger einen finsteren Blick zu und blickte dann zu Ginger. Seine Augen flackerten, als ob er verärgert wäre und noch etwas anderes. Besorgt? *Um sie.*

Um sie brauchte er sich keine Sorgen zu machen. Sie wusste, wie sie sich selbst verteidigen konnte - sie hatte im Krieg Selbstverteidigungstaktiken gelernt. Außerdem hatte sie ihre Remington. Sie drückte eine Handfläche gegen ihre Handtasche und fühlte sich durch das Gewicht und den Umriss ihrer Pistole beruhigt.

„Was haben Sie in den Docks zu suchen?" fragte Basil.

Bugs zündete sich einen Zigarettenstummel an und blies den Rauch aus seinen Nasenlöchern. „Nicht, dass es Sie etwas angehen würde, *aber* mein Boss hat mit West Indies Imports zu tun. Zucker, Kaffee und dergleichen."

„Und dergleichen?" fragte Basil. „Andere Arten von Stimulanzien?"

„Ich weiß, worauf Sie hinauswollen, und wir handeln nicht mit illegalen Dingen. Wenn es Ihnen nichts ausmacht, ich muss jetzt arbeiten."

Bugs zog an seiner Zigarette und stolzierte dann mit arrogantem Selbstbewusstsein über den Hof.

Basil kniff misstrauisch die Augen zusammen, als er den Mann mit einer übertriebenen Angeberei davongehen sah. „Ich weiß nicht, wessen er schuldig ist, aber er ist auf jeden Fall an etwas schuldig."

Bugs fuhr in einem nagelneuen kirschroten Maserati davon, und Basil notierte sich das Kennzeichen in seinem Notizbuch.

„Wir haben drei Opfer, die alle mit Sabinis Ställen in Verbindung gebracht werden, zwei durch den Boden unter den Fingernägeln und eines durch Ihre persönliche Entdeckung", fasste Basil zusammen.

Ginger dachte an das erste Opfer, Angus Green, den Mann, den sie vielleicht hätte retten können. „Mr. Green hatte Kokain in seinem Körper."

„Zweifellos schmuggelt Sabini mehr als Zucker und Kaffee nach England. Kokain. Wenn sich herausstellt, dass Ihr junger Freund Marvin Elliot darin verwickelt ist, könnte er ins Gefängnis kommen."

Gingers Herz krampfte sich zusammen. Wegen Drogenschmuggels oder schlimmer noch, wegen Mordes.

Basil setzte seine Überlegungen fort. „Die Drogen werden von irgendwoher importiert, wahrscheinlich aus Mittelamerika. Sie werden in diesem Gebäude gelagert, bevor sie transportiert werden. Aber wohin?"

„Ich würde wetten, dass etwas davon zu den Saffron Stables geht", sagte Ginger. „Können Sie einen Durchsuchungsbefehl bekommen?"

Basil schüttelte den Kopf. „Alles, was ich habe, ist eine Theorie. Ich brauche Beweise, bevor ein Richter es wagen würde, sich mit der italienischen Mafia anzulegen."

Ginger erschauderte bei dieser Andeutung. Charles Sabinis Einfluss reichte weit, sogar bis in das britische Justizsystem.

Kapitel Dreiundzwanzig

Emelias erneutes Verlassen ihres Ehemannes und Basils jüngste Entschuldigung ratterten laut in Gingers Kopf. Selbst das Rumpeln des Motors des Austin 7 konnte sie nicht übertönen. Der stille Raum saß wie ein Medizinball zwischen ihr und Basil, und sie wünschte sich, es gäbe etwas anderes, das ihn füllen könnte. Zum Beispiel Musik. Ginger fragte sich, ob eines Tages ein Radio in das Armaturenbrett eines Autos eingebaut werden könnte. Wäre das nicht herrlich, wenn man die goldene Stimme der Bluessängerin Bessie Smith oder den unbeschwerten Ohrwurm Eddie Cantor genießen könnte, um sich während der Fahrt zu unterhalten? Sie konnte „No, No, Nora" jetzt in ihrem Kopf hören.

„Worüber denken Sie nach?" fragte Basil.

„Wie schön es wäre, wenn Autos mit Radios ausgestattet wären."

„Wozu denn das? Sie können doch nicht aufstehen und tanzen."

„Nein, aber man kann mit dem Fuß wippen und mitsingen. Und die BBC bietet mehr als nur Musik. Nachrichten, Meinungsbeiträge, Hörspiele. Haben Sie sich *Danger* angehört?"

„Ich fürchte, das habe ich verpasst."

„Wirklich? Das allererste Hörspiel der Welt kam aus London! Ich dachte, jeder in der Stadt hätte die Ohren gespitzt."

„Ich nicht. Ich kann mir nicht vorstellen, dass ein Radiogerät jemals klein genug sein wird, um in das Armaturenbrett eines Autos zu passen."

Basil hatte nicht ganz unrecht. Gingers neues Radiogerät war zu kastenförmig und zu groß, um jemals in ein Auto zu passen.

Je weiter nördlich der Stadt sie fuhren, desto holpriger wurde die Straße. Zum ersten Mal empfand Ginger einen Anflug von Mitleid für Haley. Der Beifahrer auf einer ziemlich langen Reise zu sein, war alles andere als lustig.

London war eine wachsende Metropole, und die Dörfer begannen, ineinander überzugehen. Sie waren durch grüne Weideflächen mit Schaf- und Rinderherden verbunden.

Basil fand problemlos die Kehre zu der langen Einfahrt. War er schon einmal bei den Saffron Stables gewesen? Fred erschien, als das Auto die gepflasterte Einfahrt hinaufknirschte.

„Er ist der Wächter", sagte Ginger. „Er hat auch Haley und mich gegrüßt, als wir zu Besuch waren. Nicht die freundliche Sorte."

Fred war stämmig und muskulös, und sah stark genug aus, um ein Pferd zu heben. Nicht gerade jemand, mit dem man sich gerne prügeln würde. Ginger hoffte, dass Basil in seiner mürrischen Stimmung keine Dummheiten machen würde.

„He!" sagte Fred. „Das ist Privatbesitz."

Basil zeigte seinen Ausweis vor. „Ich bin Chefinspektor Basil Reed von Scotland Yard. Ich bin in einer polizeilichen Angelegenheit hier, Mr. Roach."

Basil kannte den Namen des Mannes. Er *war* schon einmal hier gewesen.

„Richtig", sagte Mr. Roach. „Aber was ist mit ihr? Sie war schon einmal hier und hat ihre Nase in Dinge gesteckt, die sie nichts angehen."

„Das ist Lady Gold. Sie ist eine Beraterin. Es wäre ratsam, ihr etwas Respekt zu erweisen."

Fred knurrte daraufhin nur.

„Was ist Ihr Beruf?" fragte Basil.

Fred grinste mit schiefem Mund. „Helfende Hand."

„Wie bei der Sicherheit?"

„Genau."

„Wissen Sie, wo sich Miss Jane Ellery aufhält?"

„Was wollen Sie von ihr?"

„Bitte beantworten Sie meine Frage."

Der selbstgefällige Ausdruck auf Freds Gesicht glitt zum ersten Mal ab. „Ich weiß es nicht. Normalerweise ist sie jetzt schon hier."

„Wann haben Sie sie das letzte Mal gesehen?" fragte Basil.

„Gestern. Sie war wie immer hier und hat sich um das Pferd gekümmert."

„Das Pferd? Nicht Pferde?"

„Der Chef hat sie extra für ein Pferd eingesetzt."

„Silver Bullet?" sagte Ginger.

Fred kramte eine Zigarette aus seiner Tasche. Er nickte und zündete die Zigarette an.

„Wer ist jetzt bei Silver Bullet?" fragte Ginger. Sie bemerkte ein anderes Auto auf dem Hof. Nicht auffällig genug, um zu Sabini zu gehören. Ein viertüriger Vauxhall Kington Tourer, ein Modell aus dem letzten Jahr, mit Schlammspritzern übersät, als hätte er viel Zeit auf Landstraßen verbracht.

Rauch quoll aus Freds Nasenlöchern. „Der Tierarzt. Also, warum fragen Sie nach Miss Ellery?"

Basil warf einen Blick auf Ginger, bevor er die Erklärung abgab. „Ich fürchte, es gibt schlechte Nachrichten, Mr. Roach. Die Leiche von Miss Ellery wurde gestern entdeckt."

Fred blinzelte langsam, während ihm die Farbe aus dem Gesicht wich. „Tot?"

Basil nickte. „Es tut mir leid. Können Sie mir etwas über Miss Ellery sagen? Stand sie Charles Sabini nahe? Oder einem Mann, der als Bugs bekannt ist?"

Die Rührung, die kurz hinter Freds Augen aufgetaucht war, verschwand, als sich der Ausdruck des Mannes verhärtete. „Ich weiß nichts. Ich kann Ihnen nicht helfen."

Der Wachmann hatte Angst, dachte Ginger. Er wollte nicht Sabinis nächstes Opfer sein.

Basils Kiefermuskeln spannten sich an, als er Fred anschaute. „Macht es Ihnen etwas aus, wenn wir reingehen und mit dem Tierarzt sprechen?" Basil öffnete subtil seine Hand, um Fred an seinen offiziellen Polizeiausweis zu erinnern. Es war keine Frage. Basil war nur höflich.

Fred zuckte die Achseln. „Tun Sie sich keinen Zwang an."

Basil und Ginger gingen zu den Stalltüren, hinter denen Fred im Schlamm stand und seine Zigarette rauchte. Basil drehte sich um, um ihm eine letzte Frage zu stellen.

„Mr. Roach, haben Sie oder jemand, der in diesem Stall verkehrt, Kokain gekauft, verkauft oder konsumiert?"

Der rechte Mundwinkel von Fred hob sich wieder. „Natürlich nicht. Das wäre illegal."

Ginger und Basil gingen hinein. Wieder überfiel der Geruch von Pferdeschweiß, Mist und Heu Gingers Sinne. Alle Boxen waren mit Pferden belegt, und diesmal waren auch einige Stallburschen unterwegs.

„Er lügt", sagte Basil und schaute über seine Schulter zu den Stalltüren.

„Offensichtlich." Ginger hielt inne und streichelte den Araber. „Aber er schien aufrichtig schockiert zu sein, als er von Miss Ellerys Tod erfuhr."

Einer der Stallburschen mit blondem Haar, das unter einer flachen Mütze hervorlugte, sah Scout Elliot sehr ähnlich. Der Gedanke an den jungen Waisen erinnerte Ginger daran, dass sie bald nach ihm sehen musste. Sie lächelte den Stallburschen an, und zu ihrer Überraschung lächelte er zurück. Dann, als hätte er sich selbst ertappt, huschte er mit seinem Futtersack Hafer davon.

Ginger führte Basil nach der Box des Arabers zum Stall von Silver Bullet. Basils Gesichtsausdruck wechselte von Gleichgültigkeit zu Ehrfurcht, als er das majestätische Tier betrachtete.

Er pfiff. „Das ist ein ganz schönes Tier."

Ginger stimmte zu. „Ist er nicht wunderschön?"

„Ich habe noch nie so ein glänzendes Fell gesehen", bekannte Basil. „Es sieht wirklich silbern aus."

Ein Mann mit dichtem grauem Haar und einem dazu passenden Schnurrbart hockte neben Silver Bullets Hinterbeinen und untersuchte mit flinken Fingern dessen Gelenke. Er stand auf, als er die beiden sah, und die Falten in seiner rauen Haut vertieften sich zu einem Stirnrunzeln.

„Herr Sabini hat heute keine Besucher erwähnt", sagte er. Er hatte einen schottischen Akzent, der das „R" jeweils stark rollte.

„Ich bin Chief Inspector Reed von Scotland Yard", sagte Basil, „und das ist Lady Gold. Und Sie sind?"

„Dr. Douglas Selkirk." Sein Blick wanderte zu Ginger, und seine Augen musterten sie mit Interesse. „Ich kann verstehen, warum sich eine Dame für gute Rennpferde interessiert, Sir, aber ich bin ratlos, warum der Yard Sie geschickt hat."

„Die Leiche von Miss Jane Ellery wurde gestern entdeckt."

Ginger beobachtete aufmerksam den Gesichtsausdruck des Tierarztes. Seine Augen flackerten vor Rührung. Von Verlust oder Schuld, Ginger konnte sich nicht sicher sein. Er strich sich über seinen dicken Schnurrbart. „Es tut mir furchtbar leid, das zu hören. Sie war ein feines Mädchen."

„Wie gut kannten Sie sie?" fragte Basil.

„Persönlich? Nein, gar nicht. Beruflich haben sich unsere Wege gekreuzt."

„Wer wird sich jetzt um Silver Bullet kümmern?" fragte Ginger.

„Ich nehme an, das werde ich", sagte Dr. Selkirk. „Zumindest für den Moment. Die größere Frage ist, wer Silver Bullet reiten wird."

„Miss Ellery war ein Jockey?" fragte Basil und seine Stimme verriet seine Überraschung. „Mir war nicht bekannt, dass Frauen diese Rolle spielen?"

„Das tun sie nicht", sagte der Tierarzt. „Auf der Rennbahn war sie als John Ellroy bekannt."

„Sie hat sich als Mann ausgegeben?" sagte Basil und der Tierarzt bestätigte:

„Das stimmt."

„Selbst wenn sie gewinnen sollte, würde die Bekanntgabe ihres Geschlechts nicht zum Verfall des Preises führen?"

Dr. Selkirk strich sich über seinen Schnurrbart, der so dicht war, dass er eine Auszeichnung verdienen würde. „In den meisten Fällen", murmelte er, „nehme ich das an."

„Aber Herr Sabini ist nicht ,die meisten' Fälle?"

„Sie sind ein erschreckend guter Detektiv, Chief Inspector."

Hatte Miss Ellerys Täuschung sie das Leben gekostet, fragte sich Ginger. „Ich nehme an, Mr. Sabini ist immer noch scharf darauf, den Gold Cup zu gewinnen", fügte sie hinzu.

Dr. Selkirk nickte. „In der Tat, das ist er."

Ginger erklärte Basil das neue Rennen. „Es wird in Cheltenham ausgetragen."

„Ich weiß, dass die Verwendung von Drogen zur Verbesserung von Rennpferden ein größer werdendes Problem darstellt", sagte Basil.

Die Lippen von Dr. Selkirk zuckten. „Das habe ich auch schon gehört."

„Haben Sie Silver Bullet oder einem anderen Pferd in diesen Ställen jemals Drogen verabreicht?"

Die Lippen des Tierarztes zuckten erneut. „Natürlich nicht. Das wäre illegal."

Basil reagierte missmutig auf den nachgeplapperten Satz.

Dr. Selkirk führte Silver Bullet zu einer langen, ovalen Tränke. „Wenn es Ihnen nichts ausmacht", sagte er steif. „Ich habe noch zu tun."

Basil zog seinen Hut. „Danke für Ihre Zeit, Dr. Selkirk."

„Ich frage mich, wer Silver Bullet jetzt reiten wird", sagte Ginger, als sie weggingen.

Die Tür zur Sattelkammer stand offen, und Ginger entdeckte den Jungen, der sie an Scout erinnerte. Er schaute aus der Tür, als ob er nach ihr Ausschau halten würde. Sie sahen sich in die Augen, und mit einer Neigung des Kopfes gab der Junge ihr ein Zeichen, hereinzukommen.

„Nur Sie, Madame", sagte er.

Ginger warf einen Blick auf Basil, der den Austausch beobachtet hatte. Er nickte und gab ihr zu verstehen, dass er warten würde.

„Hallo", sagte Ginger, sobald sie drin war. „Ich bin Lady Gold."

„Ich weiß. Ich habe Sie gestern reden hören, als Sie hier waren."

„Und Ihr Name ist?"

„Milroy".

„Gibt es etwas, das Sie mir sagen möchten, Mr. Milroy?"

Die Augen des Stallburschen wurden an den Rändern rot. „Ich habe gehört, wie Sie dem Arzt gesagt haben, dass Miss Ellery tot ist."

„Das ist wahr."

Eine Träne löste sich aus dem Auge des Jungen, und er wischte sich hektisch mit dem Ärmel seines schmutzigen Hemdes über die Augen.

„Waren Sie miteinander befreundet?" fragte Ginger sanft.

„Ja, Madam."

„Es tut mir leid um Ihren Verlust und dass Sie es auf diese Weise erfahren mussten."

„Sie wurde umgebracht, nicht wahr?"

„Wie kommen Sie darauf?"

„Der Chef war gestern Morgen hier. Ich habe sie streiten hören."

„Worüber haben sie gestritten?"

Milroy blickte sich um, als ob das Sattel- und Zaumzeug ihr Gespräch hören könnte.

Ginger ermutigte ihn weiter. „Sie können es mir sagen, Milroy. Ich will Ihnen helfen."

Milroy beugte sich vor und senkte seine Stimme. „Miss Ellery mochte die Spritzen nicht, die Doc Selkirk Silver Bullet gab. Sie wollte, dass er aufhört. Der Boss sagte nein. Silver Bullet sei sein Pferd; er könne mit ihm machen, was er wolle. Und was er mochte, war zu gewinnen."

„Wer ist der Boss, Milroy?"

„Oh, ich kann seinen Namen nicht sagen, Madam. Ich habe schon zu viel gesagt."

„Ist es Mr. Sabini?"

Milroys Augen verfinsterten sich vor Angst. Er drängte sich an ihr vorbei zur Tür und stieß sie auf. Ein überraschter Basil sprang aus dem Weg.

„Sie haben zugehört?" fragte Ginger.

Basil zuckte mit den Schultern. „Ich versuchte es."

„Der Junge ist zu Tode erschrocken."

„Sie können mir die Einzelheiten auf dem Rückweg in die Leichenhalle erzählen."

Die Rückfahrt verlief zügig, denn Ginger und Basil hatten ihre persönlichen Themen professionell überwunden und sich auf den aktuellen Fall konzentriert.

„Das trägt ganz klar die Handschrift von Sabini", sagte Basil.

„Glauben Sie, dass er für die Schießereien verantwortlich ist?"

„Nicht persönlich. Sabini würde sich nicht selbst die Hände schmutzig machen."

„Jemand erschießt also die Opfer, und ein anderer bereitet die Leichen vor", sagte Ginger. „Dr. Selkirk?"

„Er hat das medizinische Wissen", sagte Basil. „Ich werde jemanden beauftragen, sein Büro zu untersuchen."

„Eine andere Person oder mehrere Personen transportieren sie zur Leichenhalle, normalerweise zusammen mit den echten Leichen", sagte Ginger und erstellte im Geiste eine Liste aller Personen, die nötig waren, um dieses Verbrechen zu begehen. „Das bedeutet, dass derjenige, der die Leichen abliefert, auch für Sabini arbeitet."

Basil stimmte zu. „Ich habe bereits Männer, die alle bekannten Fahrer überprüfen."

„Und dann übersieht jemand in der Leichenhalle die leeren Anmeldeumschläge."

„Dr. Brennan oder Dr. Gupta", sagte Basil.

„Oder wenn jemand im Nachhinein falsche Papiere vorgelegt hat, könnte es Miss Hanson oder der Hausmeister sein."

Basil sah sie an. „Ich dachte, Sie würden Miss Hanson nicht als Verdächtige in Betracht ziehen."

„Ich möchte das nicht", sagte Ginger, „aber bis wir das Gegenteil bewiesen haben, sollte ich sie auf der Liste lassen."

„Wir haben keine Beweise für gefälschte Dokumente gefunden", wies Basil hin.

„Das liegt daran, dass Haley die Leiche von Angus

Green abgefangen hat, bevor die schuldige Partei die Transaktion abschließen konnte. Die Identität jedes Leichnams wird den Medizinstudenten erst nach Abschluss ihrer Untersuchungen bekannt gegeben. Jemand musste falsche Ausweispapiere vorlegen, um den Verdacht von sich abzuwenden."

Basil starrte sie an. „Wenn Ihre Theorie stimmt, könnte es noch mehr Mordopfer geben als diese drei."

„Ich denke, es ist an der Zeit, die Listen der vermissten Personen zu überprüfen", sagte Ginger.

HALEY WARTETE AUF SIE, als sie in der Leichenhalle ankamen. „Ich habe den Autopsiebericht fertig", begann sie ohne Vorrede. „Das Opfer wurde vor etwa sechs Stunden getötet. Unter den Nägeln befindet sich, wie bei den anderen auch, Erde aus den Saffran Stables. Außerdem Kokainpulver."

Ginger und Basil tauschten einen Blick aus. Eine weitere Verbindung zwischen den Docks und den Ställen.

„Aber keine Betäubungsmittel in ihrem Körper", fuhr Haley fort. „Der toxikologische Bericht ist sauber. Es wurden nirgendwo Pferdehaare gefunden. Miss Ellerys Haar war kurz und sauber, so dass alle Spuren bei der Reinigung der Leiche weggewaschen wurden."

„Die Todesursache?" fragte Basil der Form halber.

Haley bestätigt. „Ein Schuss ins Gehirn. Der Tod trat sofort ein."

„Genau wie die anderen", sagte Basil.

„Ja, aber es gibt Unterschiede. In diesem Fall steckte die Kugel in der Rückseite des Schädels." Haley zeigte das Bleigeschoss mit einer Zange. „Im Gegensatz zu den anderen ist es eine 41er Kurzpatrone. Eine amerikanische. Die ist hier in der Gegend ziemlich ungewöhnlich. Ich habe diese Kugeln schon einmal gesehen."

Ginger runzelte die Stirn. Sie hatte sie auch gesehen.

„Was meinst du?" fragte Basil.

Haleys Blick blieb auf Ginger haften. „Schatz, ich glaube, die stammen von deiner Waffe."

Kapitel Vierundzwanzig

„Fred muss es gestohlen haben." Gingers überraschter Blick wanderte von Haley zu Basil. „Er stieß mit mir zusammen, als Haley und ich die Saffron Stables verließen."

Ginger kramte in ihrer Handtasche und war schockiert, als ihre Finger die Remington berührten. „Sie ist noch da." Sie nahm die kleine versilberte Pistole heraus, hielt sie sich mit behandschuhten Händen vor das Gesicht und schnupperte an der Mündung. „Sie ist vor kurzem abgefeuert worden." Sie untersuchte den Lauf. „Da fehlt eine Patrone."

„Wenn Fred deine Pistole genommen hat", sagte Haley, „wie ist sie dann wieder in deine Handtasche gekommen?"

„Er muss es an denjenigen weitergegeben haben, der hier für sie arbeitet." Ginger fühlte sich verletzt und war verzweifelt. Sie deutete auf einen kleinen Schreibtisch neben dem Telefon. „Normalerweise lasse ich meine Handtasche und meinen Mantel auf dem Stuhl liegen, wenn ich hier bin." Im Nachhinein betrachtet kein kluger Schachzug, dachte Ginger, aber sie hatte immer ein Auge darauf. Es war ihr nicht in den Sinn gekommen, dass ihr Hab und Gut auf dem Schulgelände in Gefahr sein könnte, vor allem nicht in der Leichenhalle. Es war nicht gerade ein belebter Ort.

Haley starrte auf Gingers Handtasche. „Jeder, der in der Leichenhalle war, als du hier warst, hätte sie ersetzen können."

Dr. Brennan, Dr. Gupta. Miss Hanson. Frank Morgan.

Auch Basil zog diese Möglichkeit in Betracht. „Wer auch immer es war, ist das Risiko eingegangen, dass Sie in die Leichenhalle zurückkehren, damit er oder sie die Möglichkeit hat, die Pistole zu ersetzen."

„Aber warum?" fragte Ginger.

„Es könnte so einfach sein, um die Werft auf die falsche Fährte zu locken", sagte Basil. „Es könnte Sabinis Art sein, Sie zu warnen - ihn in Ruhe zu lassen." Er holte eine Papiertüte aus seiner Tasche und hielt sie in die Höhe.

Ginger jammerte. „Nicht mein Remi."

Basil starrte sie streng an und schüttelte die Tasche. „Lassen Sie sie fallen."

Ginger ließ das Remington hineinfallen. „Ich werde sie auf Fingerabdrücke untersuchen lassen", sagte er.

„Sieht nicht gut für dich aus, Ginger", sagte Haley nüchtern.

Ginger stützte eine Hand auf ihre Hüfte. „Das kann doch nicht dein Ernst sein."

Haleys Lippen verzogen sich zu einem verschmitzten Grinsen. „Natürlich nicht."

„Aber mein Ernst", sagte Basil. „Das ist eine schlimme Situation."

Ginger wich zurück. „Wollen Sie mich verhaften?"

Basil ärgerte sich. „Nein. Ich meine, Sie könnten in großer Gefahr sein. Wer auch immer diese Leute umgebracht hat, hat Sie mit hineingezogen." Seine haselnussbraunen Augen verengten sich vor Sorge. „Das ist die italienische *Mafia*, von der wir hier reden, Lady Gold. Das ist eine *ernste Sache*."

Ginger schüttelte den Kopf. „Ich kann einfach nicht glauben, dass Sabini seinen Starjockey umbringen würde."

„Jockey?" sagte Haley.

„Ja", sagte Ginger. „Sie hat sich als Mann ausgegeben."

Haleys Blick wanderte zwischen Ginger und dem Chefinspektor hin und her. „Sie wäre sowieso nicht mehr allzu lange als Jockey unterwegs gewesen."

„Was meinst du?" fragte Basil.

„Miss Ellery ist in Erwartung."

„Eines Babys?" fragte Basil, der offensichtlich Klarheit brauchte.

Haley bestätigte es. „Ja."

„Das ist das Motiv", sagte Ginger. „Er wird sie los, weil sie zu einer doppelten Belastung geworden ist; sie will Silver Bullet nicht betäuben, und sie kann nicht mehr als John Ellery reiten."

Haley schürzte ihre Lippen. „Sie haben die Pferde gedopt?"

Ginger erzählte von ihrer Begegnung mit dem jungen Milroy. „Er sagt, Miss Ellery und Sabini hatten einen heftigen Streit über Silver Bullet. Ich glaube, Sabini wollte, dass sie Kokain spritzt, um die Leistung des Pferdes zu steigern."

„Er will unbedingt den Gold Cup gewinnen", sagte Haley.

„Genau" bestätigte Ginger.

Haley räumte das Labor auf und holte ihren Mantel.

„Ich bringe Sie beide nach Hause", sagte Basil.

Ginger hob ihr Kinn. „Aber ich habe meinen Crossley hier."

„Ich möchte sicherstellen, dass Sie sicher nach Hause kommen. Wir müssen besonders wachsam sein, bis wir diesen Fall gelöst haben. Ich werde meine Männer beauftragen, Ihr Auto morgen früh zum Hartigan House zu bringen."

„Er hat Recht", sagte Haley.

Ginger war dankbar, dass sie ihre Freundin auf dem Heimweg dabeihatte. Falls Haley die Spannung zwischen Ginger und Basil bemerkt hatte, überspielte sie sie gut, indem sie unterwegs Smalltalk begann. Gingers Erleichterung, endlich in Mallowan Court einzubiegen, war nur von kurzer Dauer.

„Die Polizei?" sagte Ginger und deutete auf ein

offenes Auto. Der Fahrer trug den verräterischen Helm eines Polizisten.

Gingers Herz machte einen Sprung, als ihre Fantasie an die schlimmsten Orte ging. Waren sie ausgeraubt worden? Hatte Sabini eine weitere „Nachricht" geschickt?

Die Scheinwerfer von Basils Auto beleuchteten die Szenerie. Ein Wachtmeister öffnete die Tür zum Rücksitz und half dem Beifahrer heraus.

Felicia!

Ginger eilte aus dem Auto und rannte den Bürgersteig entlang. „Officer, was ist passiert?"

„Wir wurden zum North Star Club gerufen. Miss Gold hat eine öffentliche Störung verursacht."

Ach, du meine Güte. Der North Star Club war ein Kabarett, das für seine Burlesque-Tänzerinnen bekannt war.

Felicia riss ihren Arm aus dem Griff des Polizisten. „Lass mich los, du großer Ganove!"

Ginger starrte in die verschwommenen roten Augen ihrer Schwägerin. „Felicia, bist du betrunken?"

„Alles in Ordnung bei euch?" fragte Basil. „Brauchen Sie Hilfe?"

Ginger und Haley nahmen jeweils einen von Felicias Armen. „Uns geht es gut, Chief Inspector", sagte Ginger und hoffte, dass die Demütigung, die sie empfand, nicht an ihrem Gesicht abzulesen war. „Nochmals vielen Dank fürs Nachhausefahren."

Pippins öffnete die Tür und begleitete sie ins Haus. Sein Gesicht blieb stoisch, ganz professionell. Er half ihnen beim Ausziehen ihrer Mäntel. „Brauchen Sie mich noch für etwas anderes, Madam?"

„Danke, Pips", sagte Ginger leise, „aber ich denke, Miss Higgins und ich kommen schon zurecht."

Ginger und Haley kämpften sich mit Felicia die lange Treppe hinauf.

„Lasst mich in Ruhe", murmelte Felicia, als sie versuchte, sich aus ihren Griffen zu befreien.

„Pst", sagte Ginger. „Du weckst noch Ambrosia."

Felicia wimmerte: „Ich darf Großmama nicht enttäuschen."

Ginger tauschte einen Blick mit Haley und schüttelte den Kopf.

„Bringen wir dich ins Bett, Liebes", sagte Ginger. „Du wirst dich morgen früh schrecklich fühlen."

„Ich fühle mich jetzt schrecklich."

„Nicht so laut, Häschen", sagte Haley liebevoll.

„Was in aller Welt ist hier los?" Ambrosia stand am oberen Ende der Treppe wie ein einschüchternder General.

„Oh, oh", sagte Felicia, bevor sie in einen Kicheranfall verfiel. „Erwischt!"

„Ist sie *betrunken*?" sagte Ambrosia.

Ginger und Haley schoben Felicia an der Hausherrin vorbei in Richtung der Schlafzimmer. „Sie hat vielleicht ein bisschen zu viel getrunken", sagte Ginger. „Nichts, was ein paar Stunden Schlaf nicht heilen könnten."

„Großer Gott", Ambrosias Gesicht errötete vor Kummer. „Ich hoffe, es hat niemand bemerkt."

Ginger hielt es nicht für nötig, die Polizeieskorte zu

erwähnen. „Warum gehst du nicht wieder ins Bett, Großmutter", sagte Ginger. „Felicia ist in Sicherheit. Das ist
die Hauptsache. Haley und ich werden sie ins Bett
bringen."

Felicias Zimmer war fast eine Nachbildung des
Zimmers, das sie auf Bray Manor verlassen hatte, deko-
riert mit rosa und weißem Satin. Sie hatte sogar ihre
beiden   rosa   Satin-Nadelkissenstühle   geliefert
bekommen.

Haley half Ginger, sie auf das Bett zu legen, dann zog
Ginger ihr die Schuhe aus und deckte sie mit der Bett-
decke zu. Felicia legte eine Hand auf Gingers Arm.

„Ich danke dir, Ginger. Du bist die *beste* Schwester
auf der ganzen Welt."

Gingers Herz erwärmte sich vor Zuneigung, und sie
strich Felicia eine Strähne des dunklen Haars aus dem
Gesicht. „Gern geschehen."

„Ginger?"

„Ja?"

„Ich fühle mich nicht gut."

„Du siehst ein bisschen grün aus." Sie drehte sich zu
Haley um, als Felicia sich zu übergeben begann.

„Haley!"

Wie im Zeitraffer holte Haley den Mülleimer hervor
und hielt ihn Felicia gerade noch rechtzeitig vor den
Mund.

„Oh, meine Güte!" sagte Ginger, und ihre Gefühle
der Zuneigung wurden durch große Verärgerung ersetzt.
„Ich hoffe, du hast deine Lektion gelernt."

Felicia ließ sich auf ihr Kissen zurückfallen. Ginger

reichte ihr das Glas Wasser, das auf dem Nachttisch stand. „Nimm' einen Schluck."

Felicia setzte sich mühsam auf, nahm einen kleinen Schluck, fiel zurück ins Kissen und schloss die Augen. Innerhalb von Sekunden war sie eingeschlafen.

„Morgen wird sie mir noch mehr leid tun", meinte Haley.

„Mir auch."

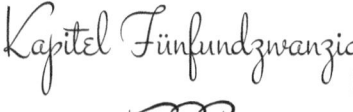

Kapitel Fünfundzwanzig

Wie üblich brachte Pippins beim Frühstück die Morgenzeitung. „Sie sollten vielleicht einen Blick in die Gesellschaftsseiten werfen, Madam", sagte er.

Ginger war plötzlich von Angst erfüllt, ihr Toast fühlte sich im Mund trocken an. Sie blickte über den Tisch zu Haley. „Soll ich es wagen?"

„Möchtest du, dass ich es tue", fragte Haley.

Ginger schob die Zeitung zu Haley, welche die Gesellschaftsseiten aufschlug.

„Hmmm", murmelte sie.

„Was?" forderte Ginger.

„Felicia macht sich wirklich einen Namen."

„Oh, lass' mich das sehen."

Haley faltete das Papier so, dass der Artikel und die dazugehörigen Fotos offen lagen, und schob es über den Tisch.

GOLD-GÜTER GEHEN AUF TAUCHSTATION

Auf dem ersten Bild tanzte Felicia auf einem Tisch in einem Nachtclub, in der einen Hand einen Cocktail, in der anderen eine Perlenkette. Das zweite Bild war eine verschwommene Action-Aufnahme von Felicia, die vom Tisch fiel.

Oh, Herr, hab' Gnade.

Gerade als Ginger sagte: „Hoffentlich sieht Ambrosia das nicht", ertönte Ambrosias Stimme vom Treppenab satz herab.

„*Felicia Gold*!"

Haley zog eine Grimasse. „Zu spät."

Ginger stand vom Tisch auf. „Ich denke, es ist Zeit für uns zu gehen."

„Einverstanden", sagte Haley. „Was steht heute auf deiner Tagesordnung?"

„Ich arbeite den größten Teil des Tages bei Feathers & Flair, und danach werde ich Marvin eine Hose brin-gen, die ich bei St. George's abgeholt habe und die er gut gebrauchen kann."

„Du wirst ihn suchen?" In Haleys Stimme schwang Sorge mit. „Bei den Docks?"

„Nun, ich werde zuerst zu seinem Haus gehen und nach Scout sehen."

„Gut." Haleys Gesichtsausdruck entspannte sich. „Dann kannst du die Hose dort lassen."

Als Ginger nicht sofort antwortete, kniff Haley ihre dunklen Augen zusammen. „Du *wirst* sie dort lassen."

Ginger lächelte. „Natürlich."

. . .

EINE PAAR DAMEN standen am Eingang von Feathers & Flair und warteten darauf, dass die Türen geöffnet würden. Ginger lächelte, erleichtert darüber, dass sich das Interesse an ihrem Geschäft nach einem unglücklichen Vorfall im letzten Monat wieder normalisiert hatte. Der Tod, vor allem ein Mord, erregte mit Sicherheit die Aufmerksamkeit der falschen Kunden - derjenigen, die nichts kaufen - und stieß die anderen ab. Ginger erkannte, dass diese Damen zu der Sorte gehörten, die kauften - ein Trio aus Mutter, Schwester und Tochter.

Ginger klopfte an die Tür und beobachtete durch das Glas, wie Madame Roux von hinter dem Verkaufstisch zur Tür huschte. Sie war mit etwas beschäftigt gewesen, das sie auf dem Tresen versteckt hatte, und hatte es versäumt, die Tür rechtzeitig zu öffnen.

„*Je suis désolée*!", sagte sie lebhaft. „Ich hätte besser auf die Zeit achten sollen."

„Alles ist gut", sagte Ginger. „Es wird heute nicht regnen. Ist es nicht schön, ein bisschen Sonne zu sehen?"

„Ich glaube, der Frühling liegt in der Luft", sagte eine der Kundinnen.

„Ganz recht, Frau Johnson", bejahte Madame Roux. Die Damen schlenderten in den Laden und begannen, die Waren zu durchstöbern.

Madame Roux nahm Ginger den Mantel und das Halstuch ab. Ginger hatte sich dafür entschieden, statt eines Hutes ein seidenes Stirnband zu tragen, eine passende Seidenbluse mit Glockenärmeln sowie einen Rock mit roten und blauen Streifen.

„Kein Boss heute?" fragte Madame Roux.

„Er war gerade mit Lizzie spazieren gegangen, als ich Hartigan House verließ."

Ginger warf einen flüchtigen Blick in den Laden - alles schien in Ordnung zu sein - und verkündete dann fröhlich zu den Kunden: „Bitte sagen Sie einem von uns Bescheid, wenn Sie Hilfe brauchen."

Die Älteste der Gruppe sagte: „Danke, Lady Gold, das werden wir".

Ginger ging gerade zum Verkaufstresen, als Madame Roux ihr von der anderen Seite entgegenkam. Auf dem Tresen lag die Morgenzeitung, aufgeschlagen bis zu den Gesellschaftsseiten, mit Felicias' Schande in der Mitte. Das war es, was Madame Rouxs Aufmerksamkeit erregt hatte. Ihre Managerin schob die Zeitung geschickt unter ein gefaltetes Tuch. Sie errötete vor Verlegenheit und sagte: „Eine neue Bestellung von fabrikgefertigten Kutten ist eingetroffen."

„Wunderbar", sagte Ginger und tat so, als hätte sie die Zeitung nicht gesehen. „Ich werde mal einen Blick darauf werfen."

Sie fand Dorothy und Emma in ein freundliches Gespräch verwickelt.

„Ich war gestern Abend im Kino", sagte Dorothy, „mit meiner Schwester."

„Ohhh, wie aufregend", antwortete Emma. „Welchen Film hast du gesehen?

Der kühne Mr. Squire".

„Mit Jack Buchanan? Er ist so schneidig! Hat er dir gefallen?"

„Ja! Und Sie werden nie erraten, wen wir gesehen haben, als wir in der Warteschlange standen, um hineinzukommen?"

„Euer Hochwürden!"

„Er ging vorbei und winkte, als er mich sah. Er ist so *nett*."

Ginger räusperte sich, und ihre Angestellten schreckten aus ihrem Gespräch auf. „Wie ich höre, ist eine neue Lieferung von Mänteln eingetroffen."

Dorothy wurde im Gesicht so rot, dass Ginger dachte, sie würde verbrennen. Die Verkäuferin eilte zu dem Karton, öffnete ihn schnell und zog ein Exemplar eines modischen französischen Designs mit einem Dessous-Kragen und Godet-Volants mit einer Schleife an der Hüfte heraus.

„Oooh, wie schön", sagte Emma. „Wenn die Fabriken so schnell so schöne Kleider herstellen, werden Näherinnen wie ich arbeitslos."

„Oh, nein", sagte Dorothy. „Es wird immer Leute geben, die ein teures und einzigartiges Kleid wollen, nicht wahr, Lady Gold?"

Ginger neigte den Kopf. „Ich glaube schon."

Der Tag verlief ereignislos mit einem netten Strom von Kunden und einer wünschenswerten Anzahl von Verkäufen. Ginger ließ das Mittagessen ausfallen, damit die anderen gehen konnten, und machte sich dann früh auf den Weg. Nach einem kurzen Imbiss in einem nahegelegenen Restaurant stieg sie in den Crossley und fuhr nach East London. Es dauerte nicht lange, bis sich die wohlhabenden Viertel mit den Gegenden von vermischten, in denen die Armen lebten. Die Straße der Elliot bestand aus heruntergekommenen Reihenhäusern - nicht mehr als Hütten.

Das Auto war ein Blickfang in dieser Straße, und Ginger versuchte, ihn im Auge zu haben, während sie darauf wartete, dass Scout oder Marvin die Tür öffneten.

„Scout? Marvin? Ich bin's, Mrs. Gold." Ginger hatte ihren Titel nicht benutzt, als sie die Cousins zum ersten Mal an Bord der SS *Rosa* traf, als sie von Boston nach Liverpool reiste.

Die Tür öffnete sich, und Scout sah sie mit einem schelmischen Grinsen an. „Hallo, Missus. Wie geht's?" Scout Elliot war ein schmächtiger Junge mit dünnen Armen und Beinen, schiefen Zähnen, die zu groß für seinen Mund zu sein schienen, und stacheligem, schmutzig-blondem Haar.

Er gab ihr ein Zeichen, hereinzukommen. Ginger hatte Scout schon einmal besucht und war daher nicht überrascht über den Schimmelgeruch oder den Stapel von Geschirr in der Spüle. Sie bezweifelte, dass der Holzboden des kleinen Hauses seit dem Krieg je einen Besen gesehen hatte.

„Mir geht es gut, danke, Scout", sagte Ginger und blieb in der Tür stehen, so dass sie sowohl Scout als auch ihr Auto sehen konnte. „Wie geht es dir?"

„Hervorragend, Missus. Besser als je zuvor." Das verwahrloste Kind schnappte nach seinen Hosenträgern. „Sind die neu?", fragte sie.

„Ja, Missus. Marvin hat sie gekauft. Er ist jetzt reich, wissen Sie."

Ginger hielt ihren Gesichtsausdruck ruhig, ein Trick, den sie während ihres Dienstes im Krieg gelernt hatte, aber sie war sofort beunruhigt.

„Na sowas", sagte sie und musterte den kleinen Raum, wobei sie Details wahrnahm, die sie zuerst nicht bemerkt hatte, weil sie sich auf Scout konzentrierte. Glänzende, mannshohe Schuhe. Neue Wachskerzen. Ein Laib frisches Brot.

Es war unmöglich, dass Marvin als Hafenarbeiter genug Geld verdiente, um sich so etwas leisten zu können.

Das bedeutete, dass er es *auf unehrliche Weise* verdient hatte.

Gingers Magen krampfte sich vor Sorge zusammen. „Wo ist Marvin jetzt, Scout?"

„Arbeiten. Bei den Docks. Sobald ich dreizehn bin, werde ich dort einen Job bekommen." Er schnippte wieder mit der Zahnspange. „Dann werde ich auch reich sein."

Scouts Blick landete auf der Hose in Gingers Armen. „Was ist das?"

„Oh, das ist eine Hose, die ich für Marvin gefunden habe. Ich nehme an, er braucht sie nicht mehr, jetzt wo er so viel Geld verdient."

„Ich vermute nicht, Missus."

An einem Haken neben der Tür hing eine alte Tweedjacke und auf dem Regal darüber eine flache Mütze. Wenn Marvin nicht da war, sollten sie auch nicht da sein. Ginger winkte sie heran. „Marvin hat sich einen neuen Mantel und eine neue Mütze gekauft?"

„Ja, Missus. Er sieht darin sehr adrett aus."

„Ich verstehe. Dann hat er nichts dagegen, wenn ich mir die ausleihen würde?"

„Wahrscheinlich nicht. Aber warum wollen Sie solche alten, abgewrackten Dinge, Missus?"

Ginger zuckte spielerisch mit den Schultern. „Ich kann nicht alle meine Geheimnisse preisgeben."

„He, Missus!"

„Ich lasse sie waschen, bevor ich sie zurückbringe."

„Ich glaube nicht, dass Marvin sie zurückhaben will."

„Dann spende ich sie für den Trödelmarkt in der Kirche."

„Gute Idee."

Ginger schnappte sich den Mantel und den Hut. „Ich freue mich, dass es dir gut geht, Scout. Wir sehen uns wieder."

„Okay, Missus. Ade."

Ginger saß nachdenklich im Crossley und starrte auf Marvins alte Kleidung. Sie murmelte etwas, als sie eine Entscheidung traf.

Ginger suchte die Straße ab, um sich zu vergewissern, dass niemand in der Nähe war, und griff dann hinter ihren Rücken, um die Knöpfe ihres Rocks zu öffnen. Sie schob diesen hervor und ihre Hüften unbeholfen unter das große Lenkrad, wobei sie am Bund ihrer Strumpf-bänder und am Saum ihrer französischen Perugia-Absätze hängen blieb. Sie hätte diese zuerst ausziehen sollen; jetzt lagen sie falschrum auf dem Boden.

Bevor jemand an das Fenster klopfen und sie in ihren Strümpfen erwischen konnte, zog Ginger schnell die

Hose an, die sie mit einiger Mühe über ihre Seiden-strümpfe zog. Als sie sie endlich anhatte, war Ginger ganz schön ins Schwitzen gekommen.

Dann legte Ginger trotz ihres Versprechens gegen-über Haley den Gang ein und fuhr zu den Docks.

Kapitel Sechsundzwanzig

Der Geruch von Marvins Jacke ließ Gingers Nase zucken, und der raue Kragen kratzte in ihrem Nacken. Es war gut möglich, dass sich Läuse in den Fasern eingenistet hatten, aber daran konnte Ginger im Moment nicht denken. Ihr roter Bob passte gut in die flache Mütze, und die Hosenbeine waren lang genug, um die kleinen Schleifen an ihren Pumps zu verbergen. Sie lümmelte und veränderte ihren Gang zu dem eines unbeholfenen und schlaksigen Jungen - eine weitere Fähigkeit, die sie im Krieg erworben hatte.

Es gab viele Verstecke: Kistenstapel, Fässer, Reihen von Pferdewagen. Ginger hielt Ausschau nach Pferdeäpfeln. Sie wollte nicht ihre Schuhe ruinieren.

Trotz ihrer Verkleidung fühlte sich Ginger unwohl, wenn sie allein an den Docks entlangging, vor allem ohne ihre Remington. Wenigstens fiel sie mit Marvins Aufmachung nicht so sehr auf. Sie musste Marvin finden und verschwinden. Der Junge steckte in Schwierigkeiten, daran gab es keinen Zweifel. Ginger hoffte nur, dass sie nicht zu spät kam, um ihn zu retten.

In diesem Moment entdeckte sie Marvin, der aus dem heruntergekommenen Backsteingebäude schlich, in dem Bugs seine schändlichen Geschäfte abwickelte. Ginger traute sich nicht, ihn zu rufen, also beschleunigte sie ihr Tempo und folgte ihm. Ginger hielt ihr Kinn gesenkt, schaute sich das Gebäude an und behielt Marvin im Auge. Was war da drinnen los? Wurden dort die Leichen aus der Leichenhalle hingerichtet?

Im Gebäude ging das Licht aus, und es war ärgerlich für sie, dass sie die beiden Männer, die es verließen, nicht erkennen konnte, denn sie stiegen in ein Auto und fuhren davon.

Als sie Marvin einholte, rief Ginger ihn leise. Marvin drehte sich beim Klang ihrer Stimme um, und bei ihrem Anblick fiel ihm die Kinnlade herunter. Er schaute sich verstohlen um, um sicherzugehen, dass ihn niemand beobachtete, und gesellte sich zu ihr hinter einen geparkten Lastwagen.

„Mrs. Gold! Was machen Sie denn hier?" Er zog verwirrt die Stirn in Falten. „Warum tragen Sie meinen Mantel und meine Mütze?"

„Ich habe dich gesucht."

„Warum?"

„Weil ich glaube, dass du in Schwierigkeiten steckst." Ginger hielt seinem Blick stand. „Ich weiß, dass du in Schwierigkeiten steckst. Marvin, komm mit mir nach Hause, und wir werden es klären."

„Ich kann nicht mit Ihnen kommen, Missus. Sie müssen gehen."

„Nicht ohne dich."

„Bitte, Missus", flehte Marvin. „Es ist gefährlich."

„Ich weiß, dass es so ist, Marvin. Ich weiß es. Deshalb musst du mit mir kommen. *Jetzt*."

„Es ist zu spät." Marvins Gesicht verzog sich vor Bedauern. In diesem Moment erblickte Ginger das Kind in ihm. „Ich habe etwas Dummes getan."

„Marvin ..."

Etwas schloss sich hinter Marvins Augen. „Hören Sie auf, sich so einzumischen, Missus. Lassen Sie mich einfach in Ruhe!"

Marvin drehte sich auf dem Absatz um und eilte davon.

In Gingers Kehle bildete sich ein Kloß. Hart und scharf. Sie fühlte sich, als hätte Marvin sie geohrfeigt.

„Was hast du getan, Marvin?", flüsterte sie. Es gab viele bedürftige Kinder auf den Straßen Londons. Ginger wusste, dass sie nicht alle retten konnte, aber sie hatte gehofft, dass sie die Elliot-Cousins retten konnte. Sie fühlte sich traurig, als sie sah, wie Marvin aus ihrem Blickfeld verschwand. Das Gefühl, dass er ihr durch die Finger gleiten würde, überwältigte sie.

Nachdem ihr Auftrag gescheitert war, schlich Ginger die Docks entlang zurück zu ihrem Auto. Sie behielt ihre Rolle als junger Mann bei. Sie wurde langsamer, als sie an dem Sabini-Gebäude vorbeikam, und ließ ihren Blick umherschweifen, bevor sie sich hinter einem Stapel Kisten versteckte. Wenn sie nur einen kurzen Blick hineinwerfen könnte, würde sie vielleicht herausfinden, was dort vor sich ging.

Die Fenster waren zu staubig und voller Spinnweben, um ins Innere zu sehen. Da sie sich nicht an die Vordertür wagte, die begehbar war, suchte sie nach einem anderen Eingang. Ein zerbrochenes Fenster befand sich auf der Rückseite eines stinkenden Müllhaufens. Mit ihren Handschuhen schlug Ginger die ausgefransten Ränder des Glases weg. Eine leere Kiste diente ihr als Hebel, und sie zwängte sich über die Schwelle ins Innere.

Das Haus war ausgeräumt worden. Ein Raum nach dem anderen war leer, bis auf ein paar Trümmerteile. Ginger hatte erwartet, die Büros mit Schreibtischen, Stühlen, Aktenschränken und vielleicht sogar einer toten Pflanze gefüllt vorzufinden. Auch der Lagerbereich war ausgeräumt worden. Wo waren all die Säcke mit Zucker und Kaffee? Ginger suchte die Gegend nach Hinweisen ab.

Das Gebäude war erschreckend kalt und kein einziger Kamin brannte. Ein kurzer Blick auf die nächstgelegene Feuerstelle deutete darauf hin, dass in letzter Zeit ein Feuer angezündet worden war. Ginger fand eine Schachtel mit Streichhölzern und zündete schnell eines an. Die Dämmerung war hereingebrochen und hatte die Welt in Dunkelheit getaucht.

Ein knochenknackendes Geräusch ließ Ginger die Nackenhaare zu Berge stehen. War da jemand? Sie hatte nicht vor zu rufen. Vielleicht war es nur das alte Gebäude, das sich setzte.

Als ein Streichholz erlosch, zündete Ginger ein anderes an.

Ihr Blick fiel auf eine kleine Menge weißer Substanz auf dem Holzboden. Sie ging in die Hocke, um sie genauer zu untersuchen. Es war eine Art Pulver. Sie tauchte ihren Finger hinein, roch daran und rollte es zwischen ihren Fingern. Kein Zucker. Kokain? Sie hatte gehört, dass Kokain in Form von weißem Pulver nach England kam. Sie wischte den Boden mit einem Taschentuch auf, faltete es mit dem Pulver darin und steckte es in ihre Tasche.

Es war Zeit zu gehen. Ginger zündete ein weiteres Streichholz an und machte sich auf den Weg zum Vordereingang. Jetzt, wo es dunkel war, brauchte sie keine akrobatischen Kunststücke mehr zu vollbringen, um aus dem Fenster zu klettern.

Bei ihrem letzten Streichholz sah Ginger die Drähte im Hauptkorridor. Normale Telefondrähte wurden außer Sichtweite und an den Außenwänden entlang verlegt, also muss dies etwas anderes sein. Da sie wusste, dass sie mit ihrem Streichholz nicht mehr viel Zeit hatte, beschleunigte sie ihr Tempo. Wenn sie nur ihre Handtasche gehabt hätte, hätte sie ihre Taschenlampe zur Hand gehabt.

Die Drähte führten in die Mitte des Gebäudes und endeten an einem bedrohlich aussehenden schwarzen Kasten. Daran war ein Ziffernblatt angebracht.

Gingers Puls schlug hoch. Eine Bombe? War das das Geräusch, das sie vorhin gehört hatte? Der beginnende

Timer? Sie musste sich tief bücken, um die Zahlen zu sehen. Eine Minute und drei Sekunden!

Die Flamme ihres Streichholzes verbrannte ihre Fingerspitzen, und sie ließ es auf den Boden fallen.

Raus hier.

Raus hier.

Raus!

Ginger tastete sich in der Dunkelheit wie ein Blinder durch den Gang und bewegte sich so schnell wie möglich. Ihr Atem ging schnell. Ihr Herz klopfte in ihren Ohren.

Ginger war abgebogen, bevor sie die Bombe fand, aber wo?

Der Schweiß rann ihr den Nacken hinunter. Ihre Hände wurden klebrig. Sie musste ruhig bleiben, sonst würde sie dort sterben.

Sie kam zu einer Unterbrechung im Korridor. Auf dem Weg hierher war sie nach rechts abgebogen, also musste sie nach links gehen, um hinauszukommen. *Richtig?*

Los. Los. Los.

Ein Licht blitzte in den Fenstern auf. Die Taschenlampe von jemandem? Sie sprintete auf den Lichtstrahl zu. Die Tür musste dort irgendwo sein.

Dann strahlte diese auf.

Ein Fackelschein in ihrem Gesicht blendete sie. Wer war es? Der Mörder aus der Leichenhalle?

„Ginger!"

Ihr fiel beim Klang von Basils Stimme fast in Ohnmacht.

„Bombe!", rief sie.

Basil ergriff ihre Hand, und sie rannten los.

Fünf Schritte.

Eine laute Explosion, und Ginger spürte, wie ihre Füße den Boden verließen und sie durch die Luft geschleudert wurde.

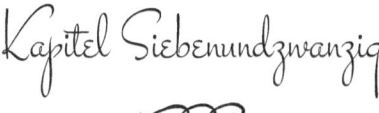

Kapitel Siebenundzwanzig

Ginger! Ginger!

Ginger stöhnte, als ihr das Bewusstsein dämmerte, die Augenlider öffneten sich und sie sah das verschwommene Gesicht eines Mannes. Sie spürte, dass sie ihn kannte.

„Ginger? Geht es dir gut?"

Ginger wurde allmählich bewusst, dass sie auf dem Boden lag. Sie hatte die Explosion überlebt, aber war sie verletzt? Sie wackelte mit den Fingern sowie den Zehen und bewegte ihren Kopf.

„Ginger!"

Basils Stimme war laut neben ihrem Ohr. Sie spürte die Wärme seiner Hand auf ihrer Schulter.

„Basil?"

Er lag neben ihr auf dem Boden. „Gott sei Dank! Ich dachte, Sie wären tot."

„Bin ich nicht."

Ginger bewegte sich, und Basil half ihr, sich aufzusetzen. Sie untersuchte alle ihre Gliedmaßen und Gelenke. „Ich glaube nicht, dass etwas gebrochen ist, aber ich bin sicher, dass ich das morgen spüren werde." Ihr Hut fehlte, und ihre Füße waren nackt.

„Meine Perugias", wimmerte sie.

Basils Stirn legte sich in Falten. „Ihre was?"

„Meine Schuhe."

Basil kam auf die Beine, humpelte umher, während er seine eigenen Blessuren und blauen Flecken abtastete, und suchte dann die Gegend ab. Er fand erst den einen, dann den anderen Schuh und reichte das Paar dann Ginger. Sie stöhnte auf. „Das ist eine Sauerei." Sie schlüpfte in die schlammigen und zerkratzten Pumps, und Basil half ihr aufzustehen. Sie schwankte, als eine Welle der Übelkeit über sie hereinbrach.

„Wollen Sie sich setzen?" fragte Basil.

„Nein, ich komme schon zurecht. Ich brauche nur einen Moment."

Ginger wurde auf die hellen Scheinwerfer der Polizeifahrzeuge aufmerksam. „Was ist passiert?"

„Wir haben einen Tipp bekommen, dass die Drogen aus dem Sabini-Gebäude verschwinden würden, aber es sieht so aus, als kämen wir zu spät." Basil blickte stirnrunzelnd auf das Gebäude, das nun in Flammen stand und zu Boden stürzte. „Verdammter Spitzel in der Met. Sabini ist immer einen Schritt voraus. Unsere Beweise sind in Rauch aufgegangen."

Ginger erinnerte sich an das Tuch in ihrer Tasche. „Ich habe eine weiße, pudrige Substanz auf dem Boden gefunden und sie mit Marvins Taschentuch aufge-

wischt." Sie reichte es Basil. „Ich fürchte, das Taschentuch ist nicht das sauberste."

„Das ist fantastisch, Ginger!" Basil holte eine Papiertüte aus seiner Tasche und legte das Taschentuch
vorsichtig hinein. „Vielleicht haben wir ja doch etwas
über Sabini." Er musterte sie. „Wollen Sie mir verraten,
warum Sie so angezogen sind?"

Ginger fühlte sich plötzlich unwohl. Sie war es
gewohnt, sich von ihrer besten Seite zu zeigen, besonders
in Basils Gegenwart. „Ich bin hierhergekommen, um
Marvin zu suchen. Ich wollte nicht die Aufmerksamkeit
auf mich lenken."

Ein Lächeln entfaltete sich auf Basils Lippen. „Sie
verblüffen mich immer wieder, Lady Gold."

Basils zärtlicher Blick blieb auf Ginger haften, und sie
schüttelte sich unbehaglich. „Woher wussten Sie, dass ich
hier bin?"

„Haley hat angerufen. Sie hatte das starke Gefühl,
dass Sie zu den Docks gefahren sein könnten, und als sie
Sie weder in Ihrem Laden, noch zu Hause, noch in der
medizinischen Fakultät finden konnte, machte sie sich
Sorgen. Als ich ankam, sah ich eine Bewegung im
Gebäude und dachte, Sie wären hineingegangen, um sich
umzuschauen."

Basil packte Ginger an den Schultern und schaute ihr
tief in die Augen. Im Mondlicht konnte Ginger seine
innere Unruhe sehen und seine Ängste um sie verspüren.

„Ich war so kurz davor, Sie zu verlieren", sagte er leise.
Der Abstand zwischen ihnen verringerte sich. Der
Widerschein der Flammen flackerte in Basils sanftem

Blick. Gingers Herz begann zu klopfen. Wollte er sie tatsächlich küssen? Würde sie es ihm erlauben?

„Chief Inspector Reed! Haben Sie den Übeltäter gefasst?"

Ginger stöhnte auf. Die donnernde Stimme gehörte zu Superintendent Morris, dessen Gestalt sich mit der schweren Schwerfälligkeit eines Bären näherte. Groß und breitschultrig, wirkte der Mantel des Superintendenten unangenehm klein, aber Ginger bezweifelte sehr, dass das der Grund für die tiefen Miesepeterfalten im dicken Gesicht des Mannes war.

„Wurde dieser Mann verhaftet?", fragte der Kommissar.

„Superintendent Morris", sagte Basil. „Das ist Lady Gold."

Dem Bären fiel die Kinnlade herunter, und Ginger musste fast schmunzeln. Es kam nicht oft vor, dass Superintendent Morris sprachlos war.

„So, so, Lady Gold! Warum, um Himmels willen, sind Sie so gekleidet?"

„Ich habe mich ein wenig umgehört", erklärte Ginger.

„Auf wessen Veranlassung?", knurrte der Kommissar. „Sie mischen sich einfach in polizeiliche Angelegenheiten ein - schon *wieder*."

Es war nicht das erste Mal, dass Ginger mit dem Superintendenten aneinandergeriet und sich mit ihm überwarf. Sie stützte eine Hand auf ihre Hüfte, fühlte den frischen Bluterguss dort und ließ die Arme auf die

Seite sinken. „Ich bin privat beauftragt", verkündete sie mit einem Anflug von Trotz.

„Darf ich davon ausgehen, dass Sie kein Recht haben, dieses Gebäude zu betreten?" Morris winkte zu den brennenden Überresten hinter ihm. „Ich sollte Sie verhaften lassen!"

Basil hielt eine Handfläche hoch. „Lady Gold hat vielleicht den Beweis gefunden, den wir brauchen, um zu beweisen, dass Kokain nach England geschmuggelt wurde. Vielleicht wäre es das Beste, wenn wir zusammenarbeiten."

Morris grunzte und stieß dann einen warnenden Finger in die Luft. „Ich warne Sie, Lady Gold. Wenn Sie die Grenze noch einmal überschreiten, werde ich nicht zögern, Sie ins Gefängnis zu werfen."

Der große Mann knurrte Basil an und stürzte davon.

Basil blickte Ginger verlegen an. „Er bellt nur und beißt nicht."

Sergeant Scott eilte herbei. „Da gibt es etwas, das Sie sich ansehen müssen."

Ginger suchte die Umgebung nach der flachen Mütze ab, die sie sich von Marvin geliehen hatte. Basil, der ihrem Blick folgte, sah sie zuerst. Er ging in die Hocke, um die Kappe für sie aufzuheben.

„Constable", rief er einem vorbeikommenden Beamten zu. „Würden Sie Lady Gold bitte zu ihrem Auto begleiten?"

„Ja, Sir."

„Und folgen Sie ihr nach Hause, damit sie dort sicher ankommt."

„Ja, Sir!"

„Ginger?" sagte Basil und neigte sein Kinn.

Gingers Gefühle waren völlig durcheinander. Sie schluckte und richtete sich so weit auf, wie es ihr geprellter Körper es zuließ. „Mir geht es gut", sagte sie, während sie abtrat. „Ich komme morgen und gebe eine Erklärung ab."

Pippins hob nur eine Augenbraue, als Ginger durch die Balkontür des Morgenzimmers humpelte. Es war der nächstgelegene Eingang zum hinteren Garten, wo die Garage der Crossleys stand.

„Soll Lizzie Ihnen ein Bad einlassen?"

„Danke, Pips. Das wäre schön."

Ambrosia schien immer in der Nähe zu sein, wenn man hoffte, sich ungesehen in sein Schlafzimmer schleichen zu können, und das war auch jetzt nicht anders. Sie klopfte bestimmt mit ihrem Gehstock auf die Marmorfliesen.

„Ginger, was in aller Welt? Warum bist du wie ein Gärtner gekleidet?"

„Es ist nichts, Großmutter."

Ambrosias weiche Wangen zitterten. „Es ist nicht 'nichts'. Sind die Kratzer in deinem Gesicht echt?"

Gingers Hand fasste nach ihrer Wange, wo das Pochen auf der Heimfahrt ernsthaft begonnen hatte.

„Gütiger Gott, sieh dir den Dreck an deinen Händen an." Ambrosias Stimme wurde lauter. „Musstest du dich zur Arbeit zwingen, weil du kein Geld mehr hast?"

„Großmutter! Spekulationen sind unnötig. Ich erkläre es dir, wenn ich die Gelegenheit hatte, mich zu waschen."

Ginger überließ es Ambrosia, sie anzustarren, und zog sich mit Hilfe des Geländers die Treppe hinauf. Sie hörte, wie Ambrosia verärgert murmelte: „Nicht genug, dass Felicia ein Spektakel aus sich gemacht hat, jetzt kommst du auch noch dazu."

Die Tür zu Gingers Schlafzimmer war offen - sie ließ sie immer für Boss offen - und so trat sie müde ein und stieß einen langen Seufzer aus. Boss' Kopf hob sich von seiner Position am Fußende des Bettes, wo er sich zusammengerollt hatte, und ein angenehmes Nickerchen hielt.

„Oh, Bossy", sagte Ginger. „Du bist eine einzige Augenweide." Sie nahm ihren Welpen in die Arme und drückte ihr Kinn an seinen warmen Hals. „Du riechst gut. Hat Lizzie dich gebadet?" Sie setzte ihn auf dem Bett ab und begann, sich selbst zu entkleiden. „Tut mir leid, ich weiß, dass ich schrecklich rieche, aber das werde ich jetzt ändern." Sie schnupperte an ihrem Kragen und zuckte zurück. Sie konnte nicht glauben, dass sie Basil so nahe an sich herangelassen hatte, während sie Marvins Kleidung trug!

Ginger zog sich aus, bedeckte sich mit einem Satin-Morgenmantel und warf die schmutzigen Sachen in den Wäschekorb. Lizzie könnte später Fragen zu den Kleidern stellen, aber Ginger hatte keine Lust, sich jetzt damit zu befassen.

Ginger saß an ihrem Schminktisch und betrachtete ihr Spiegelbild. Ein dunkler Bluterguss hatte sich auf ihrer Wange gebildet, zusammen mit einigen unschönen Kratzern. Das Make-up würde sie vielleicht verdecken, aber nicht genug, um bei Feathers & Flair aufzutreten. Sie würde morgen früh anrufen und Madame Roux eine Entschuldigung vorlegen müssen, warum sie nicht kommen konnte. Ginger war dankbar, dass ihre Filialleiterin in der Lage war, die Dinge selbst zu regeln.

Lizzie klopfte an die Tür und steckte ihren Kopf hinein. „Das Bad ist fertig, Madam."

„Danke, Lizzie."

Die Bedienstete runzelte die Stirn, als sie sich den Zustand ihrer Herrin ansah. „Geht es Ihnen gut, Madam? Brauchen Sie meine Hilfe? Vielleicht einen Arzt?"

Lizzie waren Gingers abenteuerliche Eskapaden nicht fremd, und Ginger hatte gelegentlich die Hilfe ihres Dienstmädchens beim Baden benötigt.

„Mir geht's gut, Lizzie. Ich komme allein zurecht."

„Sehr wohl, Madam", sagte Lizzie. Sie knickste, bevor sie sich zurückzog.

Ginger fragte sich, ob Haley zu Hause war. Die jüngsten Ereignisse waren diskussionsbedürftig. „Bossy, geh und such Haley, okay?" Der kleine Hund sprang auf den Boden und starrte sein Frauchen an, wobei sein Schwanzstummel eifrig wedelte. „Geh und such Haley!"

Boss flitzte aus dem Zimmer, was Ginger ein Lächeln ins Gesicht zauberte. „Au." Ihre Handfläche berührte ihre Wange. Es tat weh, zu lächeln.

Eine gelbe Matte lag auf den schwarz-weißen Fliesen des Badezimmerbodens vor einer weißen Porzellan-Krallenfuß-Badewanne. Ginger seufzte, als sie ihren schmerzenden Körper in das warme und einladende Wasser gleiten ließ. Nachdem sie sich mit Seife abgeschrubbt hatte, lehnte sie sich zurück, um sich zu entspannen und ihren Gedanken freien Lauf zu lassen.

Marvin Elliot steckte bis über beide Ohren in Schwierigkeiten.

Charles Sabini, ein mächtiger Mann auf der falschen Seite des Gesetzes, war der Typ, der eine große Reichweite und einen scheinbar unüberwindbaren Schutzwall hatte.

Basils Frustration über seine Unfähigkeit, die illegalen Aktivitäten der Mafia zu durchdringen und zu unterbinden, war offensichtlich. Der Mafiaführer schreckte nicht davor zurück, sein eigenes Eigentum zu zerstören, um dem Gesetz zu entgehen. Drogen waren in England ein wachsendes Problem, nicht nur bei Rennpferden. Laut Haley nahm die Zahl der Todesfälle durch eine Überdosis von Drogen bei Menschen zu.

Als Ginger in Gedanken die Entdeckung der Bombe Revue passieren ließ, raste ihr Herz. Sie atmete panisch, als sie in ihren Gedanken den Moment wiederholte, in dem sie durch die Dunkelheit tappte, sich verloren fühlte und wusste, dass das Gebäude jeden Moment in die Luft gehen würde.

Basil dachte, Sabini hätte seine Männer beauftragt, das Gebäude in die Luft zu sprengen, um Beweise für den Drogenhandel zu vernichten. Irgendwie hatte Sabini erfahren, dass Scotland Yard eine Razzia vorbereitete. Basil vermutete, dass Scotland Yard einen Spitzel hatte;

Ginger glaubte, dass es mehr als einen gab. Da sie während des Krieges Bombenangriffe miterlebt hatte, weckte die ganze Erfahrung an den Docks unangenehme Erinnerungen in Ginger. Wenigstens hatte sie sich dieses Mal keine Knochen gebrochen.

Und dann war da noch der Fast-Kuss. Dieser Moment wirbelte in Gingers Kopf immer und immer wieder herum.

Sie tauchte unter, seufzte in das Badewasser und ließ Blasen an der Oberfläche steigen.

Kapitel Achtundzwanzig

Boss kratzte an der Badezimmertür, als Ginger sich gerade abtrocknete. Sie öffnete diese und es blies ihrem Haustier einen Schwall Dampf entgegen.

„Wo ist Haley?"

Boss legte den Kopf schief, seine spitzen Ohren zuckten.

„Nein, Haley? Oh je", sagte Ginger, „ich frage mich, wo sie ist."

Ginger zog sich für das Abendessen an und schminkte sich ihre geprellte Wange, um Ambrosias Nachfragen abzuwehren.

Die Musik von Art Landry und seinem Orchester drang durch den Gang, und Ginger lächelte bei dem Bild von Felicia, die mit einem unsichtbaren Partner auf der anderen Seite ihrer Tür Walzer tanzte.

„Felicia, Liebling?" Ginger klopfte.

Die Musik wurde leiser, und Felicias Stimme winkte: „Komm rein."

Ein Hauch von rosa und cremefarbenem Dekor begrüßte Ginger, als sie eintrat. Felicia hatte kürzlich ein Parfüm aufgesprüht, einen angenehmen Gardenienduft.

„Wie ich sehe, geht es dir besser", sagte Ginger.

Felicia starrte auf Gingers Wange. „Besser als dir..."

Ginger neigte sich steif, um in den Spiegel von Felicias Schminktisch zu blicken. „Verflixt. Es ist immer noch ziemlich auffällig."

„Hat dich jemand geschlagen? Nein, sag mir nicht, du hast den Crossley demoliert? Oh je, ich habe dieses Auto geliebt!"

„Nichts von alledem. Ich bin gefallen."

Felicia legte den Kopf schief und kniff die Augen zusammen. „Du bist gestürzt. Das heißt, du hast das Gleichgewicht verloren und bist umgekippt."

„Das war mehr als das. Jetzt sei nicht wie Großmutter und quäle mich zu Tode."

„Die arme Großmutter. Ich dachte, sie würde mich heute Morgen umbringen, als sie mir die Zeitung mit diesen schrecklichen Fotos praktisch in den Hals schob. Als ob mein Mund nicht schon so trocken wäre. Ich habe fast den ganzen Krug Wasser in einem Zug ausgetrunken."

„Fühlst du dich nicht einmal ein klein wenig reumütig?" fragte Ginger.

„Natürlich bin ich das. Es ist mir furchtbar peinlich. Und ich schäme mich. Aber bitte sag Großmama nicht, dass ich das gesagt habe."

„Alles, was du mir sagst, ist streng vertraulich, Felicia. Ich bin auf deiner Seite."

Felicia schmollte, als sie sich in einen rosa- und cremefarbenen Stuhl fallen ließ. „Was soll ich jetzt tun? Ich traue mich nicht mehr, in die Öffentlichkeit zu gehen. Ich werde wohl einen dieser dummen Männer heiraten müssen, die Großmama für mich ausgesucht hat."

Mit Tränen in den blauen Augenwinkeln sah Felicia *wirklich* reumütig aus. „Es wird alles gut, Liebes", sagte Ginger freundlich. „Alle werden dich vergessen, wenn der nächste Skandal ansteht."

Felicia wurde hellhörig. „Ich hoffe, jemand macht heute Abend etwas Skandalöses."

„Ich bin sicher, dass wird irgendeiner", sagte Ginger. Ihr Mund verzog sich fast zu einem Lächeln, aber sie konnte sich gerade noch rechtzeitig zurückhalten und sich einen kleinen Schmerz ersparen.

Ein Buch, das auf Felicias Nachttisch lag, fiel Ginger ins Auge. Sie hielt Felicia den Einband mit einem ungläubigen Blick entgegen. „*Verheiratete Liebe*?"

Felicia schob abwehrend ihr Kinn hoch. „Na und? Es ist eine Schande, wie viele Frauen selbst in der heutigen Zeit in die Ehe gehen, ohne zu wissen, was in der Hochzeitsnacht passiert. Dr. Stopes erweist der weiblichen Spezies einen großen Dienst."

Ginger stimmte dem nicht zu. Sie hatte Dr. Stopes gelesen - Ginger war sich ziemlich sicher, dass das jede Frau in England getan hatte, zumindest in der Oberschicht - als das Buch veröffentlicht wurde. Die Exemplare waren aus den Regalen gerissen worden, zum Entsetzen der konservativen Leute, die noch im viktorianischen Zeitalter feststeckten. In Amerika verboten, hatte sich Ginger ein Exemplar unter falschem Namen zuschicken lassen. Dennoch hoffte sie, dass ihre ledige Schwägerin die Informationen, die sie aus ihrer Zusammenarbeit mit Mrs. Reed und Dr. Stopes gewonnen hatte, für die *Zukunft* nutzen würde.

Felicia fuhr mit ihren Lobreden fort. „Dr. Stopes ist eine moderne Frau. Eine wahre Feministin. Sie hat sogar ihren eigenen Namen behalten, als sie heiratete."

Wiederverheiratet, korrigierte Ginger gedanklich. Dr. Stopes war auch geschieden worden, aber Ginger würde sie dafür nicht verurteilen. Niemand wusste, was hinter verschlossenen Türen vor sich ging, außer den beiden Menschen, die dahinterstanden.

„Sie wissen, dass Dr. Stopes auch ein Verfechter der Eugenik ist?" fragte Ginger.

„Nur so können wir den Frauen die Möglichkeit der Geburtenkontrolle bieten."

„Die Option in ihrer ‚Utopie' wäre nur für die Elite".

Felicia rümpfte die Nase. „Was meinst du?"

„Dr. Stopes ist der Meinung, dass diejenigen in unserer Gesellschaft, die als unerwünscht oder schwachsinnig gelten, sterilisiert werden sollten, sogar mit Gewalt, um sozusagen den Bestand zu stärken. Ihr Ziel ist die Reinigung der Rasse."

„Oh, nun, hauptsächlich in der Theorie, vermute ich", sagte Felicia mit einer gewissen Unsicherheit. „Nicht als Faustregel. Sie kümmert sich wirklich um die Gesundheit der Frauen."

„Wussten Sie, dass der Ausdruck ‚Daumenregel' von einem antiquierten Gesetz stammt, das besagte, dass ein Mann seine Frau schlagen durfte, solange die Peitsche nicht dicker als sein Daumen war?"

„Bist du nicht ein Spielverderber?", platzte Felicia heraus.

Ginger legte das Buch von Dr. Stopes zurück auf den Nachttisch. „Wenn du dich als moderne Frau bezeichnen willst, musst du diese Dinge wissen."

Felicia ärgerte sich. „Ich nehme an, du hast recht."

Ginger lächelte und ertrug das Unbehagen in ihrem Gesicht. „Übrigens, hast du Haley gesehen?"

„Sie war vorhin in der Nähe. Sie hat nach dir gesucht. Sie sah ziemlich ernst aus."

„Ernster als sonst?" fragte Ginger.

Felicia grinste. „Vielleicht nicht."

„Ich werde sie suchen gehen. Ich sehe dich beim Abendessen."

„Danke, dass du vorbeigekommen bist, Ginger. Ich fühle mich wirklich besser."

Boss folgte Ginger die Treppe hinunter und sie betrat die große Eingangshalle, als es an der Haustür läutete.

„Wer könnte das sein, Bossy?"

Gingers Gedanken wanderten direkt zu Basil. Würde er schon zu ihr kommen? Vielleicht ging es um den Fall und nicht um den Beinahe-Kuss.

Sie öffnete die Tür und war schockiert, als sie die Person sah, die dort stand - ganz sicher nicht Basil Reed.

„Lady Gold. Ich bin hier."

Oh, Herr, hab' Gnade! Ginger hatte völlig vergessen, dass Matilda Hanson heute einziehen sollte. Sie erholte sich schnell.

„Miss Hanson! Ich habe mich schon gefragt, wann Sie eintreffen werden. Kommen Sie herein." Ginger spähte um Miss Hanson herum zu dem wartenden Taxi.

„Der Fahrer sagte, er würde mir helfen, meine Sachen hineinzutragen", sagte Miss Hanson.

„Natürlich. Mein Butler und mein Chauffeur können helfen."

Als Pippins ihre Stimmen in der Eingangshalle hörte, eilte er zu ihnen. Ginger gab ihm Anweisungen für Clement und fragte nach Grace.

Als Grace erschien, wies Ginger sie an, Miss Hanson in das Gästezimmer zu bringen. „Sie wird für einige Zeit unser Gast sein, also helfen Sie ihr bitte, sich einzuleben und sich um ihre Bedürfnisse zu kümmern."

Grace knickste. „Ja, Madam."

Miss Hanson war ganz überwältigt von all der Aufmerksamkeit. „Sie sind wirklich sehr freundlich, Lady Gold." Sie tupfte sich die Tränen ab. „Ich sollte Sie nicht mit meinen Problemen belästigen."

„Unfug. Gehen Sie mit Grace mit. Sie kommen gerade noch rechtzeitig zum Abendessen." Sie wandte sich um.

„Pippins", sagte Ginger, als der Butler mit zwei Koffern in der Hand aus dem Taxi kam. „Haben Sie Miss Higgins gesehen?"

„Sie war heute Nachmittag kurz da, Madam. Ich glaube, sie hat Ihr Arbeitszimmer besucht."

„Danke, Pips."

Clement folgte Pippins die Treppe hinauf, beide Hände voller Sachen von Miss Hanson. Ginger hoffte, dass Ambrosia sich beim Abendessen benehmen würde.

Boss folgte Ginger in den Flur und wimmerte, damit sie die grüne Tür für die Bediensteten öffnete und ihm in die Küche folgte, wo sich sein Futternapf befand. „Du willst einen Snack, was?" Sie schob die Küchentür gerade so weit auf, dass sie einen Blick auf Mrs. Beasley und Lizzie werfen konnte, die mit den Vorbereitungen für das Abendessen beschäftigt waren.

Ginger entfernte sich unbemerkt von ihrem Personal und ging in ihr Arbeitszimmer. Pips hatte hervorragende Arbeit geleistet und einen Stuhl für sie gefunden, der ihr passte und sie nicht jedes Mal auf den Boden von zu werfen drohte, wenn sie sich darin umdrehte. Das Arbeitszimmer ihres Vaters tröstete sie mit einem Gefühl seiner Anwesenheit. Der Raum war maskulin mit dunkelbrauner Vertäfelung gestaltet. Ein türkischer Teppich lag vor dem Kamin, in dem Kohlen glühten. Als ständige Erinnerung hing das alte Gemälde von George Hartigan als jungem Mann an der Wand.

„Ich vermisse dich, Papa", flüsterte Ginger.

Boss kratzte an der Tür und stieß sie auf.

„Hier, Bossy." Ginger tätschelte ihren Schoß.

Sie streichelte sein Kinn, und er kraulte ihren Nacken, indem er seine feuchte Nase an ihr Ohr drückte, als würde er ihr etwas zuflüstern. Er erinnerte sie an etwas.

Haley.

Ginger nahm den Hörer ab und wählte die Leichenhalle an. Die Telefonistin ließ es eine ganze Weile klingeln, aber es ging niemand ran. Besorgnis breitete sich in Ginger aus wie klebrige Tinte. Haley war immer entweder in der Schule oder im Hartigan House. Ihr Studium hielt sie zu sehr auf Trab für ein soziales Leben, nicht dass Haley an einem solchen überhaupt interessiert wäre.

Ginger bat darum, mit dem Empfang der medizinischen Fakultät verbunden zu werden. Hoffentlich war Miss Knight noch da und nahm ab. Es klingelte mehrmals, und Ginger wollte gerade auflegen, als eine keuchende Miss Knight antwortete.

„Miss Knight, hier ist Lady Gold. Ich bin auf der Suche nach Miss Higgins. Ist sie zufällig in einer späten Vorlesung?"

„Ich fürchte, alle Professoren sind für heute gegangen."

„Haben Sie Miss Higgins gesehen?"

„Ich glaube, ich habe sie heute Nachmittag weggehen sehen. Kann ich noch etwas für Sie tun?"

Gingers Herz sank. „Nein, danke, Miss Knight."

Ginger hob Boss von ihrem Schoß und setzte ihn auf den Boden. „Ich muss gehen, Bossy, und ich fürchte, du kannst dieses Mal nicht mitkommen."

Ginger nahm ihren Mantel und ging durch die Hintertür hinaus, wo sie Mrs. Beasley begegnete.

„Miss Higgins und ich werden zu spät zum Abendessen kommen. Wir haben einen Gast. Eine Miss Hanson."

„Ja, Madam."

Als Ginger ihren Crossley aus der Garage fuhr, entschuldigte sie sich leise bei Miss Hanson dafür, dass sie sie mit Felicia und Ambrosia allein gelassen hatte.

Kapitel Neunundzwanzig

Ginger kam an der medizinischen Fakultät an, als der Hausmeister Frank Morgan gerade die Eingangstür abschloss.

„Bitte, Mr. Morgan, darf ich eintreten? Ich bin auf der Suche nach Miss Higgins. Haben Sie sie gesehen?"

Mr. Morgan schaute finster drein. „Welche ist das? Es gibt hier eine Menge junger Frauen. Ich weiß nicht, wie sie heißen."

„Etwa so groß wie ich, dunkles lockiges Haar, das im Nacken hochgesteckt ist."

„Das Mädchen, das viel Zeit im Keller verbringt?"

„Ja", sagte Ginger.

„Ich kann mich nicht erinnern, sie in letzter Zeit gesehen zu haben."

„Darf ich mir nachsehen? Es ist ziemlich wichtig."

Der Hausmeister schnaufte besiegt. „Wenn Sie wollen."

Ginger war sich nicht sicher, ob sie sich mit einem

Mann, der weiterhin auf der Liste der Verdächtigen stand, in das Gebäude einschließen lassen sollte. Soweit sie wusste, war die Person, die auf dieser Seite des Leichenschmuggelgeschäfts arbeitete, kein Mörder, aber man konnte niemandem trauen, der mit der Mafia zu tun hatte.

„Ich brauche nur ein paar Minuten", sagte sie.

Mr. Morgan lehnte seinen korpulenten Körper gegen den Stiel seines Besens. „Ich werde warten."

Ginger zögerte. „Wozu?"

„Damit ich die Tür hinter Ihnen abschließen kann."

Ginger eilte die Treppe zur Leichenhalle hinunter. Sie bezweifelte, dass Haley dort sein würde, aber hoffentlich hatte sie einen Hinweis hinterlassen, wohin sie gegangen war. Ginger hatte es so eilig, dass sie fast mit Sean Brennan zusammenstieß, als er gerade die Leichenhalle verließ.

„Oh! Sie haben mich erschreckt", japste sie. *Was hatte Dr. Brennan dort zu suchen*? Hoffentlich nicht eine weitere Leiche einschmuggeln.

„Lady Gold?"

„Ich suche nach Miss Higgins."

„Ich fürchte, sie ist nicht hier."

„Wissen Sie, wo sie ist? Haben Sie sie in letzter Zeit gesehen?" Ginger hörte die Sorge in ihrer Stimme.

„Nein, das weiß ich nicht. Ich glaube, sie ist heute Nachmittag gegangen und nicht zurückgekommen." Dr. Brennan versperrte den Eingang zur Leichenhalle, als wolle er sie absichtlich daran hindern, hineinzugehen. Er beobachtete Ginger auf berechnende Weise, und Gingers

Unbehagen wuchs. Sie war allein in diesem dunklen Gebäude mit zwei Männern, die nach allem, was sie wusste, auch zusammenarbeiten konnten. Sie hatte nicht einmal ihre Pistole, um sie zu schützen.

„Kann ich Ihnen bei irgendetwas helfen?" fragte Dr. Brennan. Er legte den Kopf schief und grinste schief. Ginger verstand seine doppelte Bedeutung.

Ginger spielte mit und sah ihn kokett unter ihren Wimpern hervor an. „Haley, Miss Higgins, hat mich gebeten, etwas für sie abzuholen, dass sie zurückgelassen hat, da ich sowieso in der Gegend sein würde."

„Was ist das? Vielleicht kann ich dir bei der Suche helfen?"

„Nein, es ist alles in Ordnung. Es ist eine persönliche Angelegenheit. Eine Frauensache."

Das hat gewirkt. Das tat es normalerweise bei Männern. Sean Brennan zupfte an seiner Weste und trat zur Seite. „Ich bin in meinem Büro, falls Sie mich brauchen." Er fügte ein Zwinkern hinzu und stolzierte den Korridor hinunter.

In der Leichenhalle schaltete Ginger das elektrische Licht ein, ließ ihre Handtasche auf den Schreibtisch fallen und sah sich im Raum um. Die weißen Bodenfliesen, die Waschbecken und die Operationstische waren alle sauber geschrubbt und desinfiziert. Ginger konnte das Bleichmittel riechen, was bedeutete, dass Frank Morgan vor kurzem hier gewesen war. Ginger spürte Panik aufsteigen. Hier gab es nichts, was darauf hinwies, wo Haley hingegangen war. Alles war tadellos und an seinem Platz.

Außer...

An einer der Wände befand sich eine Reihe von Aktenschränken, in denen alle Unterlagen der Verstorbenen aufbewahrt wurden. Der hinterste hatte eine Schublade, die leicht hervorstand. Hatte Haley in ihrer Eile vergessen, sie ganz zu schließen? Ginger beeilte sich, sie zu untersuchen. Wenn sie noch länger brauchte, würde Mr. Morgan hinter ihr her sein.

Eine lange Reihe gelber Aktenordner hing fein säuberlich in grünen Bügeln. Nur ein Ordner ganz hinten ragte heraus und war nicht mehr an seinem Platz. Ginger kramte die Akte hervor und öffnete sie. Ihr Herz machte einen Sprung.

Sie klappte die Schublade zu und steckte die Mappe in ihre Handtasche. Sie musste Basil anrufen.

Über das Telefon in der Leichenhalle wählte sie die Vermittlung von Scotland Yard an. Sie sprach leise, als der Polizist, der das Telefon bediente, abnahm. „Chief Inspector Reed, bitte."

„Es tut mir leid, er ist nicht da. Möchten Sie mit jemand anderem sprechen?"

„Nein, danke." Sie legte den Hörer auf und schreckte auf, als die Tür aufsprang.

Die Glatze des Hausmeisters glitzerte unter den hellen Lichtern der Leichenhalle. „Was machen Sie da?"

„Oh, Mr. Morgan. Tut mir leid, dass es so lange gedauert hat", Ginger hängte sich ihre Handtasche über die Schulter. „Das war Miss Higgins am Telefon. Es sieht so aus, als hätten wir unsere Drähte verwechselt. Ich kann jetzt gehen."

Mr. Morgan schnaubte misstrauisch - Ginger hoffte, dass er nicht mitbekam, dass das Telefon nicht geklingelt hatte - aber er begleitete Ginger ohne Zwischenfälle zum Haupttor.

DAS HUPEN der wütenden Autofahrer ignorierend, fuhr Ginger direkt zu Basil Reeds geräumigem Stadthaus. Konnten sie nicht sehen, dass sie in Eile war? Hier konnte es um Leben und Tod gehen! Der Wagen hielt ruckartig an und sie rannte zur Haustür.

Sie holte tief Luft und klopfte. Als niemand sofort antwortete, klopfte sie noch dringender. Warum hatte Basil keinen Butler?

Die Tür öffnete sich, und der Schock auf Basils Gesicht, Ginger zu sehen, war offensichtlich.

„Ginger? Was machst du denn hier... machen Sie denn hier?"

Gingers Augen ruhten auf Basils Lippen, und die Erinnerung an ihren Beinahe-Kuss machte sie irgendwie unfähig zu antworten.

Als ob er seine Unhöflichkeit bemerkte, öffnete er die Tür und winkte sie herein. „Es tut mir leid, ich bin nur überrascht, Sie zu sehen. Es ist kalt draußen, kommen Sie rein."

Basils Wohnzimmer war mit dunklem Holz sowie hellen Möbeln gemütlich eingerichtet, und im steinernen Herd glühte leise Kohle. Auf dem Couchtisch stand eine Vase mit Blumen - ein Beweis für die Handschrift einer Frau. Hatte Emelia sie gekauft, bevor sie so überstürzt abgereist war? Wollte Emelia dem Raum einfach einen Hauch von Weiblichkeit verleihen, oder waren sie ein Geschenk von Basil?

Ginger zog es vor, aufzustehen und hielt ihm die Akte hin. „Ich kann Haley nirgendwo finden. Ich mache mir Sorgen, dass sie in Schwierigkeiten steckt. Das hier habe ich in der Leichenhalle gefunden."

Basil blätterte in den Papieren und runzelte die Stirn. „Ich bin gleich wieder da."

Um ihre Nerven unter Kontrolle zu halten, schritt Ginger durch den Raum. Ihr Blick fiel auf ein auffälliges Gemälde, das an der Wand hing. Wie Gingers Vater war auch Basil ein Fan von Waterhouse. Ginger blieb stehen und betrachtete ein Exemplar von *Destiny*. Eine brünette Frau in einem leuchtend roten Kleid, die über den Rand eines Kelches blickt, sah Emelia Reed unheimlich ähnlich. Der nautische Hintergrund gab der Figur ein Gefühl der Unruhe. Das dunkle Rot ihrer Lippen und die Sehnsucht in ihren melancholischen Augen erweckten Gefühle von enttäuschtem Ehrgeiz und gezähmtem Verlangen. Es war, als hätte der Maler Emelia Reed selbst getroffen, so genau hatte er sie eingefangen.

Ginger wandte ihren Blick von dem Gemälde ab und ging zu dem Beistelltisch, auf dem ein kleiner Stapel von Flugblättern lag. Sie nahm das Oberste in die Hand. *Ein Brief an arbeitende Mütter - wie man gesunde Kinder bekommt und schwächende Schwangerschaften vermeidet.* Dr. Stopes' Anweisungen für die verarmten Arbeiterklassen zur Geburtenkontrolle. War es das, was Felicia neulich mit Mrs. Reed und Dr. Stopes gemacht hatte? Flugblätter verteilen?

Ginger legte die Broschüre in den Stapel zurück, gerade als Basil zurückkam. Es war offensichtlich, wofür Basil sich Zeit genommen hatte: An seinem linken Arm war ein Pistolenhalter befestigt. Der Anblick der Waffe beruhigte und erschreckte sie zugleich. Basil war kein Waffenträger, also musste er glauben, dass Haley in Gefahr war. Ginger wünschte sich, sie hätte ihre eigene Pistole, aber die war immer noch als Beweismittel eingeschlossen.

„Sie sagten, er sei Ihr Nachbar?" fragte Ginger.

Basil presste die Lippen fest zusammen. „Er ist es."

Dr. Alan Watts war der Mann, der in der Akte genannt wurde. Darin befand sich eine Schablone zur Leichenregistrierung, die dazu diente, eine falsche Identifizierung für die nicht registrierten Leichen zu erstellen. Sie war bis auf das Fehlen eines kleinen offiziellen Stempels identisch mit der echten Vorlage. Die Akte enthielt Kopien vieler falscher Dokumente, die über ein halbes Jahr zurückreichten. Ginger ahnte, dass jedes dieser Dokumente mit der Akte einer vermissten Person in Verbindung gebracht werden konnte.

„Ich glaube, Haley hat versucht, das zu verstecken, bevor sie entführt wurde", sagte Ginger. „Der Aktenschrank in der Leichenhalle war schief."

Basil sah sie feierlich an. „Mal sehen, was Dr. Watts zu sagen hat."

. . .

Dr. und Mrs. Watts wohnten fünf Häuser weiter auf derselben Straßenseite. Basil klopfte an die Holztür. Im Wohnzimmer brannte Licht, und Ginger beobachtete durch die Gardinen, wie eine schattenhafte Gestalt aufstand und den Raum verließ.

Dr. Watts öffnete die Tür. Seine Schultern sackten zusammen, als er Basil und Ginger dort stehen sah.

„Chefinspektor, Lady Gold. Das ist unerwartet."

„Ich fürchte, das ist kein Freundschaftsbesuch, Dr. Watts", sagte Basil. „Dürfen wir reinkommen?"

Kaum hatte Ginger die Tür hinter sich geschlossen, platzte sie heraus. „Wo ist Miss Higgins?"

Dr. Watts' wässrige Augen rundeten sich. „Woher soll ich das wissen?" Er schlurfte ins Wohnzimmer und ließ sich in einen Stuhl fallen. Rauch quoll aus einer angezündeten Pfeife, die in einem kupfernen Aschenbecher auf einem Tisch in der Nähe lag.

„Dr. Watts", sagte Basil mit ernster Miene. „Wir wissen, dass Sie für die Mordopfer der Sabini-Bande falsche Papiere ausgestellt haben. Sie wissen, dass Sie sich damit der Beihilfe schuldig gemacht haben."

Dr. Watts nahm seine Pfeife in die Hand, paffte am Stiel und starrte ins Feuer. Sein Nachdenken führte ihn zu einem Geständnis.

„Ich habe es für Annie getan. Ich konnte es nicht ertragen, sie in einem Krankenhaus abzugeben. Um zu Hause zu bleiben, brauchte sie eine spezielle, private Pflege. So etwas kostet eine Stange Geld. Professoren an Schulen für Frauen bekommen nicht so viel Geld."

„Hat jemand mit Ihnen gearbeitet?" fragte Basil. „Dr. Gupta oder Dr. Brennan?"

Dr. Watts schüttelte den Kopf und stotterte: „Nein, das war nur ich. Als Annie plötzlich ins Krankenhaus musste, habe ich eine Einlieferung verpasst."

„Angus Green?" sagte Ginger.

„Ja. Ich hatte mich zu diesem Zeitpunkt bereits verabschiedet, aber ich dachte, ich könnte immer noch auftauchen, wenn die Leichenbestellungen fällig waren", seufzte er. „Aber Annie brauchte mich, und ich habe sie immer wieder verpasst."

„Dr. Watts", sagte Ginger eindringlich. „Haley ist verschwunden. Wir glauben, Sabinis Männer könnten sie haben."

„*Nein.*" Dr. Watts' Gesichtsausdruck verdüsterte sich, und Angst blitzte in seinen Augen auf. „Warum sollten sie *sie* mitnehmen? Was hat sie denn mit all dem zu tun?"

„Sie hat sich eingemischt", sagte Ginger. „Sie hat etwas herausgefunden, was sie nicht wissen sollte."

„Haben Sie eine Ahnung, wohin sie Haley gebracht haben könnten?" sagte Basil. „Bitte, denken Sie nach!"

„Ich weiß es nicht! Vielleicht Saffron Stables." Er bedeckte sein Gesicht mit den Händen. „Großer Gott, was habe ich getan?"

„Dr. Watts?" Basil drängte.

Die dickliche Haut von Dr. Watts' müdem Gesicht wurde von Bedauern gezeichnet. „Dort bereiten sie die Leichen vor. Dr. Selkirk balsamiert sie ein."

Kapitel Dreißig

Der Austin 7 brauste durch die Straßen von Mayfair, als sie in den Norden von London fuhren. Basils Fahrstil gegenüber wurde mehr gehupt und die Fäuste geschüttelt als Ginger es normalerweise erntete. Sie begann zu verstehen, wie sich Haley fühlen musste, wenn sie mit ihr fuhr, denn Ginger war nun diejenige, die an ihrem Seitengriff hing.

„Glauben Sie, dass Dr. Watts hier bleibt, um verhaftet zu werden?" fragte Ginger. Sie und Basil waren aufgebrochen, ohne sich die Zeit zu nehmen, den Yard anzurufen. Das Leben von Haley stand auf dem Spiel.

Basil hielt das Lenkrad fest umklammert, seine Augen auf die Straße gerichtet. „Ohne Annie wird er nirgendwo hingehen."

Noch ein Mann, der seiner Frau treu ergeben ist, dachte Ginger. Sie musste diese Eigenschaft bewundern - selbst bei Basil, der Emelia nach ihren manchmal langwierigen Affären immer zurücknahm. Er sagte, dass er sich dieses Mal von ihr scheiden lassen würde, aber würde er das wirklich tun? Wenn Emelia weinend und reumütig zurückkäme, würde er sie dann abweisen?

Die Landstraßen waren durch den jüngsten Regen mit Schlaglöchern übersät, und die Stoßdämpfer selbst der besten Autos reichten nicht aus, um die Bodenwellen und Furchen zu auszugleichen. Wenigstens hatte der Austin aufblasbare Reifen. Kleine Ortschaften, deren Kirchtürme in den Himmel ragten, und nahegelegene Viehweiden, rauschten vorbei und veranlassten Ginger, den Tacho zu überprüfen. Basil fuhr mit *fünfzig* Meilen pro Stunde!

Gingers Herz klopfte gegen ihre Brust, als sie sich den Saffron Stables näherten. Würden sie rechtzeitig ankommen, um Haley zu retten?

Basil hielt den Wagen ruckartig an, er und Ginger sprangen heraus.

Wie immer versperrte Fred den Weg. Er hielt eine Handfläche vor. „Heute keine Besucher."

Basil zeigt seinen Ausweis vor. „Polizeiarbeit".

Fred blieb ungerührt. „Zeigen Sie mir einen richterlichen Beschluss."

Gingers Herz sank. Sie hatten keinen Durchsuchungsbefehl, und bis sie einen Richter gefunden hatten und mit einem solchen zurückkehrten, konnte Haley schon tot sein.

Basil zückte seine Pistole. „Sir, bitte gehen Sie hinein."

Fred hatte zwar nicht alle Tassen im Schrank, aber er

verstand genug, um die Drohung mit einer Kugel zu erkennen. Er hob seine Hände und trat ein.

Ginger schloss die Türen, dann suchte sie nach einem Seil. Zum Glück gab es reichlich davon.

„Weißt du, wie man einen Knoten bindet?" fragte Basil.

Ginger warf ihm einen abschätzigen Blick zu, während sie Freds Hände fachmännisch hinter seinem Rücken fesselte. „Auf den Boden", wies sie ihn an und fesselte ihm dann die Knöchel. Zum Schluss band sie ihm ihr Taschentuch als Knebel um den Mund am Nacken zu. „Das kannst du behalten."

Im Stall war es still, und kein einziger Stallbursche oder Trainer war zu sehen. Auch die Pferde waren verschwunden.

Basil hielt seine Pistole in Bereitschaft. „Sabini hat alles ausgeräumt."

„Haley!" rief Ginger. Sie gingen zum Stall von Silver Bullet, aber der war leer.

„Sie haben ihr bestes Pferd verlegt", sagte Ginger mit wachsender Verzweiflung. „Sie verlegen den Betrieb. Haley ist nicht hier."

Sie öffneten jede Tür und durchsuchten jeden Winkel und fanden nur Reste von Dingen, die man normalerweise in einem Stall findet, wie Futter, Zaumzeug und Sättel sowie Pflegeausrüstung.

„Lassen Sie uns die Nebengebäude durchsuchen", sagte Basil. Eine Tür an der Rückseite der Ställe führte zu einem Übungsplatz und dahinter zu einem weiteren Schuppen.

Sie stapften durch den Schlamm. Ginger zog eine Grimasse, als der kalte Schlamm an ihren italienischen Ferragamo-Schuhen entlanglief. Ein weiteres Paar geliebter Schuhe war ruiniert. Unter normalen Umständen wäre Ginger entsetzt gewesen, aber im Moment waren ihr die Schuhe völlig egal.

Eine kleine Spur gabelte sich auf der anderen Seite des Schuppens. Blutspritzer bemalten die hölzerne Außenwand.

„Ich glaube, wir haben die Hinrichtungsstätte gefunden", flüsterte Basil.

An Gingers Knien sammelte sich etwas, das sich wie Eiswasser anfühlte; ihre Sicht trübte sich ein. Es war nicht der Anblick von Blut, der sie fast ohnmächtig werden ließ, sondern der Gedanke, dass es *Haleys* Blut sein könnte.

Ginger drehte sich um, um Basil zur Tür zu folgen, aber ihr Schuh hatte andere Pläne. Der Schuh steckte fest im Dreck, so dass Ginger gegen die blutbespritzte Wand fiel.

Ein kleiner Schmerzensschrei entglitt ihren Lippen.

Basil eilte zu ihr. „Alles in Ordnung?"

„Mein Schuh", zeigte sie auf den trotzigen Ferragamo. „Ich glaube, ich habe mir den Knöchel verstaucht."

Schnell rettete Basil den Schuh und zog ihn ihr wieder an den Fuß an. „Halten Sie sich an mir fest", bot er an.

Ginger testete den Fuß, und der Schmerz schoss ihr Bein hinauf. Sie verlagerte so viel Gewicht wie möglich auf ihren heilen Fuß. Basil stützte sie mit einem Arm, in der anderen Hand hielt er seine Pistole bereit.

Als sie an der Tür ankamen, zog Basil an dieser, und sie schwang auf. Drinnen befanden sich eine mit Wasser gefüllte Pferdetränke und ein behelfsmäßiger Autopsietisch mit einem Tablett mit Einbalsamierungsgeräten. Waren sie zu spät dran?

„Haley?" Es kam wie ein trockenes Flüstern heraus.

„Miss Higgins?" rief Basil laut. Ein dumpfes Geräusch kam von unter den Dielen. Ein rostiger Metallring ragte aus einer der Dielen, und Basil zog eilig daran. „Es ist eine Tür!" Er klappte die schwere Tür auf und gab einen feuchten, dunklen Keller frei. Ginger kroch über den schmutzigen Boden - ohne einen einzigen Gedanken an ihre Seidenstrümpfe oder ihr Molyneux-Kleid zu verschwenden - und schaute hinein. Eine Gestalt lag wie eine Kugel zusammengerollt, Hände und Füße gefesselt, mit einem Tuch um den Mund.

„Haley!"

Basil legte seine Pistole auf den Boden, stieg die wackelige Leiter hinunter, um Haley zu erreichen, und machte sich daran, ihre Fesseln und den Knebel zu lösen.

Ginger rief ihrer Freundin zu: „Haley, geht es dir gut?"

Haley sah auf und wimmerte. Ginger konnte Angst und Verletzlichkeit in Haleys Augen sehen, und das schockierte sie. Sie hatte ihre Freundin noch nie als etwas anderes als stark und sicher erlebt.

„Bitte, holt mich hier raus."

„Ich habe Sie", sagte Basil. „Lassen Sie uns gehen."

Basil half Haley aus dem Keller, und sie brach auf dem schmutzigen Boden der Scheune zusammen. Ginger kroch zu ihr und untersuchte sie. „Was haben sie mit dir gemacht, Haley? Ist etwas gebrochen?"

„Nein. Es ist soweit alles in Ordnung. Ich muss nur wieder zu Atem kommen."

„Wie sind Sie hierhergekommen?" fragte Basil.

Mit einer zitternden Hand strich sich Haley die losen Locken aus dem Gesicht. „Ich habe auf den Bus gewartet. Jemand kam von hinten und hielt mir ein Tuch vor den Mund. Ich habe sofort das Chloroform gerochen, aber es wirkte zu schnell." Sie nickte in Richtung des Kellers. „Das nächste, was ich wusste, war, dass ich dort unten war."

„Wir sollten gehen", sagte Basil. Er beugte sich hinunter, um seine Pistole zu holen, aber bevor er sie greifen konnte, donnerte eine andere Stimme durch den Raum.

„Bleiben Sie stehen, Mister, oder die Lady kriegt es ab."

Ginger drehte sich zu der Stimme um, und das Blut sank ihr in den Adern. Die Gestalt von Lorenzo „Bugs" Bugini stand in der Tür.

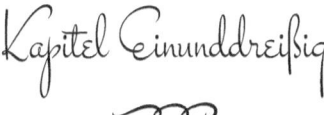

Kapitel Einunddreißig

„Hände hoch, wo ich Sie sehen kann", befahl Bugs.

Ginger sah kein Mitleid oder Einfühlungsvermögen in Bugs' seelenlosen Augen und erkannte, dass es sinnlos wäre, ihn davon zu überzeugen, sie gehen zu lassen. Basils Gesichtsausdruck machte deutlich, dass er zu demselben Schluss gekommen war. Immer noch auf dem Boden sitzend, hob Ginger ihre Hände.

„Das ist also der Plan", sagte Basil und hielt ihn hin. „Jemand wird zu einer Belastung für Ihren Boss, Sie erschießen ihn, Selkirk säubert ihn und balsamiert ihn ein, und Watts fälscht die Akten, um sie als Leichen auszuweisen."

Bug gluckste. „Du hältst dich für einen schlauen Kerl, was?"

Basil zuckte mit den Schultern. „Ich weiß, dass du gehängt wirst, weil du Sabinis Drecksarbeit gemacht hast."

„Ich bin derjenige mit dem Revolver, Bulle. Ich

denke, du solltest derjenige sein, der sich Sorgen um seinen Tod macht. Du und deine beiden Freundinnen." Er fuchtelte mit dem Revolver an der Kellertür herum. „Und jetzt ab ins Loch."

„Wir alle?" sagte Ginger verblüfft. „Es ist kaum Platz für einen."

„Los jetzt, oder ich bringe Sie nach draußen und mache dem ein Ende."

Ginger fragte sich, warum er das nicht tat. Vielleicht war es ihm nicht erlaubt, eine so wichtige Entscheidung zu treffen, ohne seinen Chef zu fragen. Andererseits würden sie, übereinandergestapelt, sicher ersticken, während sie warteten. Vielleicht hatte Bugs das auch herausgefunden. Das sparte ihm Kugeln.

Basils Pistole blieb unerreichbar auf dem Boden liegen. Wenn sie eine Ablenkung schaffen könnte, vielleicht...

Ginger versuchte aufzustehen. „Au!"

Haley griff nach ihr. „Was ist los?"

„Ich bin mit dem Knöchel umgeknickt."

Bugs warf ihnen einen misstrauischen Blick zu und fuchtelte mit seinem Revolver herum, was Basil genug Zeit gab, nach seiner Pistole zu greifen.

Zwei Schüsse ertönten, und beide Männer fielen zu Boden.

Die Zeit schien auf unerklärliche Weise stehen zu bleiben, und in der plötzlichen Stille hörte Ginger ihren Puls in den Ohren dröhnen.

Basil lag auf dem Boden. Ein roter Fleck blühte auf seinem Hemd. Bugs lag ebenfalls regungslos auf dem

Boden, eine Blutlache sickerte aus seiner Brust auf den Boden.

Nein! „Basil!" Ginger sprang dem Chefinspektor zur Seite.

Basil starrte sie mit glasigen Augen an. „Ich bin getroffen worden."

Blut sickerte aus Basils Bauch. Ginger nahm ihren Schal ab und drückte ihn auf die Wunde, um den Blutfluss zu stoppen.

Haley eilte herbei und kniete sich neben die beiden. „Chief Inspector Reed, bleiben Sie wach. Können Sie das für mich tun?"

Sie sah Ginger an. „Du musst Hilfe suchen."

„Mein Knöchel ist umgeknickt! Ich habe das nicht vorgetäuscht."

In diesem Moment erinnerte sich Ginger an Bugs. Er lag auf einem Haufen, unbeweglich. „Ist er tot?"

Haley trat zu dem gefallenen Körper des Italieners und überprüfte seinen Puls. „Ja." Sie sah Ginger an. „Lasse Basil nicht einschlafen. Ich komme zurück, so schnell ich kann."

Ginger dachte an die Zeit zurück, als sie während des Krieges mit den Verwundeten und Sterbenden allein gelassen worden war. Sie wusste, dass sie Basil zum Reden bringen musste.

„Das war sehr mutig von dir, Basil."

Er sprach langsam: „Ich habe nur meine Pflicht getan".

Ginger hielt ihren Druck auf die Wunde aufrecht. „Tut es sehr weh?"

Basil grunzte. „Ich bin schon mal angeschossen worden."

„Im Krieg. Ich erinnere mich."

„Vorzeitig entlassen."

„Ja." Ginger wusste das. Basil hatte deswegen sehr unter seiner Scham gelitten. Er hatte ihr einmal gestanden, dass dies der Grund war, warum er in den Staatsdienst gegangen war. Um sein vermeintliches Versagen als Soldat auszugleichen.

„Meine Milz verloren", fügte Basil hinzu.

Das bedeutete, dass er anfälliger für Infektionen war. Ginger schob Basils Hemd beiseite und riskierte einen Blick auf die frische Wunde. Die Kugel war ganz in der Nähe der Narbe von seiner letzten Operation eingedrungen. Sie drückte ihren Schal gegen seine Haut. Der Blutfluss schien sich zu verlangsamen.

„Gut, dass man eine Milz nicht zweimal verlieren kann."

„Ginger, wenn ich..."

„Pst! Du gehst nirgendwo hin."

„Aber wenn..."

Ginger legte einen Finger an seine Lippen. Sie wollte nicht hören, was er jetzt sagen wollte. Wollte er, dass sie Emelia eine Nachricht überbrachte? Wollte er ein Geständnis ablegen? Es spielte keine Rolle, was es war, denn Ginger weigerte sich, auf die Idee zu kommen, dass Basil seine Botschaften nicht selbst überbringen könnte.

All die Wut und der Groll, die sie Basil entgegengebracht hatte, verflüchtigten sich mit dem Schrecken, ihn zu verlieren. Auf der Stelle war ihre Vergebung plötzlich vollkommen. Es sei denn, er würde sterben. *Das* würde sie sich nie verzeihen.

In der Ferne heulten die Sirenen und wurden mit jeder Sekunde lauter. Bald würde der Krankenwagen hier sein.

„Du wirst wieder gesund, Basil, und dann fährst du in den Urlaub! Ich bestehe darauf. Irgendwo, wo es sicher und warm ist, mit Palmen und salziger Seeluft."

Basil rang sich ein Lächeln ab. „Klingt reizvoll. Wirst du auch da sein?"

Ginger hielt den Atem an. War er bereit, Emelia zu vergessen? *Wirklich*?

Im Leben dreht es sich oft um zweite Chancen. Hier war eine, die ihr angeboten wurde.

„Wenn du es willst", sagte sie leise. „Das werde ich."

Sein Lächeln vertiefte sich. „Ja, das will ich."

Kapitel Zweiunddreißig

Es war für Ginger ein Leichtes, sich als Scouts gesetzlicher Vormund zur Verfügung zu stellen. Sergeant Scott informierte sie über die geplante Verhaftung von Marvin. Mit Tränen in den Augen wartete Ginger neben ihrem Crossley, um der Polizei aus dem Weg zu gehen.

Sergeant Scott klopfte an die Tür des Hauses der Elliots. „Polizei."

Gingers Magen krampfte sich zusammen, als sich die Tür nicht öffnete. Sergeant Scott hämmerte. Der Sergeant hatte Männer auf der Straße und in der Seitengasse postiert, falls Marvin Elliot versuchen sollte zu fliehen.

„Polizei! Marvin Elliot, mach auf, oder wir brechen die Tür auf!"

Sergeant Scott gab dem Constable neben ihm ein Zeichen, und dieser hob gerade sein Bein, bereit, die Tür einzutreten, als sie sich einen Spalt öffnete. Von Gingers Position aus konnte sie Scout sehen, dessen

Augen vor Schreck weit aufgerissen und rot vor Tränen waren. Ihr Herz krampfte sich zusammen vor mütterlicher Sehnsucht und dem Wunsch, den jungen Mann zu retten.

Der Sergeant und der Constable stürmten herein und drängten sich an Scout vorbei. Ginger konnte nicht länger warten. Mit Hilfe eines von Ambrosias ausrangierten Gehstöcken humpelte sie zur Tür.

„Scout, ich bin hier."

Scout warf sich in ihre Arme und weinte. „Er ist weg, und er kommt nicht wieder."

Tränen brannten hinter Gingers Augen, als sie Scout in den Arm nahm, dessen knochige Schultern sich in seinem Kummer wölbten. „Ruhig, ruhig, Scout. Alles wird wieder gut." Gingers Stimme zitterte, ihr Herz brach für diese kleine Familie.

Sergeant Scott tauchte auf, sein Constable auf den Fersen, und bestätigte, was Scout erklärt hatte. „Er ist nicht hier." Die Beamten rannten nach draußen, und Sergeant Scott rief seinen Männern Befehle zu. Eine Fahndung nach Marvin Elliot wurde eingeleitet.

„Er hat mich verlassen, Missus. Ich bin jetzt allein."

„Du bist nicht allein, Scout", sagte Ginger sanft und zog ihn weg. „Du hast mich. Und jetzt lass uns deine Sachen packen."

Scout schüttelte den Kopf. „Ich kann Ihre Wohltätigkeit nicht annehmen, Missus."

Selbst diese Tragödie konnte den Stolz des Jungen nicht erschüttern. „Es wird keine Wohltätigkeit sein. Es ist ein Job. Du wirst Mrs. Beasley in der Küche helfen, und Mr. Clement im Garten. Auf dem Dachboden steht ein bequemes Bett für dich bereit."

Wegen Gingers kaputtem Knöchel hatte sie Clement als Chauffeur gebraucht. Sie steckte ihren Kopf nach draußen und gab ihm ein Zeichen, den Koffer hereinzubringen. Scout besaß nicht viele persönliche Gegenstände, und Ginger wollte ihm das, was er besaß, nicht wegnehmen. Er trug so ziemlich die gesamte Kleidung, die er besaß, sein Bettzeug war fadenscheinig und, wie Ginger vermutete, voller Bettwanzen. Sie würde für saubere Sachen sorgen.

„Deine Aufgaben in Hartigan House erfordern eine angemessene Uniform, die ich Dir natürlich zur Verfügung stellen werde. Sie besteht aus Hemden, Hosen, Schuhen, einem Hut und einer Jacke. Du brauchst all diese Dinge nicht. Alle Mitarbeiter haben Betten und Bettzeug. Gibt es irgendetwas, das einen persönlichen Wert hat?"

Scout hob ein gerahmtes Foto von sich selbst auf, als er noch viel jünger war. Marvin und ein älterer Mann, von dem Ginger annahm, dass er ihr Onkel war, standen hinter ihm. Scout hatte keine Gegenstände aus seiner Kindheit, weder Teddybär noch Holzpferd.

„Das war's dann wohl, Missus."

Clement trug den leeren Koffer und legte ihn zurück in den Kofferraum des Crossley. Ginger setzte sich zu Scout auf den Rücksitz und legte ihm eine Handfläche auf den Unterarm, in der Hoffnung, ihm etwas Mut zu machen.

„Sieh das als ein neues Abenteuer, Scout. Es gibt noch viel zu lernen und zu erleben in der Welt."

„Was ist mit Marvin? Was wird mit ihm passieren?"

Ginger seufzte, und ihr Körper spannte sich vor Sorge an. „Ich weiß es nicht, Scout. Wir können nur für ihn beten und auf das Beste hoffen."

GINGER STÜTZTE sich mit einer Hand auf den Spazierstock und hielt mit der anderen die schmutzige Hand von Scout. Er war fast zu alt für eine solche Beziehung, und an jedem anderen Tag hätte er sein zahniges Lächeln aufgesetzt und seine Hand weggezogen. Aber heute hielt er die angebotene Hand fest.

Die meisten Mitarbeiter waren in der Küche oder im Speisesaal, und Ginger bat Lizzie, alle zusammenzurufen. Pippins, Clement, Mrs. Beasley, Grace, Lizzie und Ambrosias Dienstmädchen, Langley. Scout blickte nervös auf.

„Guten Tag zusammen", begann Ginger, „ich möchte euch das neueste Mitglied unseres Haushalts vorstellen. Das ist Mr. Scout Elliot. Er wird in der Küche und im Garten mithelfen und sich auch sonst nützlich machen können. Er wird jeden Wochentag am Vormittag für zwei Stunden nicht zur Verfügung stehen, um die Schule zu besuchen."

Scout blickte überrascht auf. „Was?"

„Das ist Teil der Vereinbarung, Scout", sagte Ginger streng. „Jeder, der in Hartigan House lebt und arbeitet, muss ein gewisses Maß an Bildung haben."

„Es wird dir gefallen, Scout", sagte Lizzie. Sie und Scout hatten sich bei einer anderen Gelegenheit kennengelernt, als Scout und Marvin angeheuert worden waren, um bei einer einmaligen Veranstaltung im Hartigan House zu helfen. „Besser als die Schornsteine zu putzen."

„Ja", murmelte Scout. „Da hast du wohl recht."

Boss tapste in diesem Moment in den Raum, sein scharfes Gehör und seine natürliche Neugierde hatten ihn auf die Geschehnisse aufmerksam gemacht.

„Boss!" sagte Scout und ließ sich auf ein Knie fallen. Der Terrier rannte zu seinem Freund und leckte ihm zur Begrüßung das Gesicht ab. Zum ersten Mal seit mehreren Tagen lächelte Ginger mit aufrichtiger Freude. Sie warf einen Blick auf Lizzie.

„Lizzie, Mr. Elliot steht auch zur Verfügung, um mit Boss auszuhelfen."

Lizzie grinste. „Ja, Madam."

„Würden Sie Mr. Elliot in sein Zimmer bringen und ihm die Personaltoilette zeigen?"

Lizzie knickste. „Natürlich."

„Scout", sagte Ginger. „Ich sehe dich später. In deinem Zimmer findest du saubere Kleider. Bitte nimm das Bad in Anspruch."

„Oh, muss ich das, Missus?"

„Ja, sicherlich."

Als Ginger beobachtete, wie Lizzie und Scout über die Treppe der Bediensteten verschwanden, überkam sie ein Gefühl der Freude und Zufriedenheit.

„Das ist alles", sagte sie zu allen, die noch da waren. Dann rief sie nach Pippins, als sich der Raum leerte.

„Ja, Madam?", fragte der Butler.

„Wo kann ich Miss Gold und Lady Gold finden?"

„Ich glaube, sie sind im Salon."

„Beide? Zusammen?" Das war eine hoffnungsvolle Nachricht.

Pippins neigte den Kopf. „Ja, gnädige Frau."

„Was ist mit Miss Hanson?"

„Ich glaube, sie ist in der Bibliothek."

Mit dem Gehstock machte sich Ginger auf den Weg in den Salon. Sie war froh, Ambrosia und Felicia zusammen anzutreffen. Der Salon war erst kürzlich renoviert worden und in Elfenbein-, Grau- und Mintgrüntönen gehalten. An den tapezierten Wänden hingen prachtvolle Gemälde, darunter Porträts von Gingers Eltern. Die hohen Fenster waren mit blassrosa Gardinen verhängt, die den Raum mit warmem, natürlichem Licht durchfluteten.

Ein Flügel stand majestätisch in einer Ecke, und Felicia spielte darauf, während Ambrosia zuhörte. Es schien, als hätten die beiden eine Art Waffenstillstand geschlossen.

„Hallo, Großmutter, Felicia", sagte Ginger, als sie eintrat.

Felicia hielt in ihrem Spiel inne, um sie zu begrüßen. „Hallo, Ginger. Du siehst aus, als hättest du Neuigkeiten."

„Die habe ich." Ginger zögerte, nicht sicher, wie sie anfangen sollte.

„Dann erzähl!", forderte Ambrosia sie auf. "Lass dich nicht bitten."

„Ich habe ein Waisenkind aufgenommen. Ein elfjähriger Junge. Du wirst ihn bald kennenlernen. Lizzie kümmert sich gerade um ihn."

Ambrosia glühte. „Du hast einen Waisen bei dir aufgenommen?"

„Ja, danach sieht es aus."

Ambrosia klopfte mit ihrem Stock auf den Boden. „Erst eine gefallene Frau und jetzt ein Waisenkind. Das ist kein Zuhause, sondern eine Herberge!"

„Nun, es ist meine Herberge", sagte Ginger tapfer. „Falls du dich erinnerst."

Ambrosia knirschte mit den Zähnen, als sie sich in ihren Stuhl zurückfallen ließ. „Ich nehme an, wir stehen auch in Ihrer Schuld." Sie und Felicia waren zusammen mit einem Großteil ihres Personals bei Ginger eingezogen, nachdem unglückliche Ereignisse sie gezwungen hatten, ihr Haus in Hertfordshire zu verlassen.

Ginger seufzte. Ambrosia hatte sich noch nicht davon erholt, dass eine unverheiratete Frau, die schwanger war, nur den Gang hinunter von ihr schlief, und nun hatte die Enkelin auch noch ein Kind der untersten Klasse in den Haushalt aufgenommen. Sie ging zu ihrer Großmutter hinüber und küsste sie sanft auf die Stirn. „Ich weiß, es ist viel, woran man sich gewöhnen muss, Großmutter, aber es wird schon gut gehen. Ich verspreche es."

„Wenn du das sagst." Ambrosia stand auf und atmete müde aus. „Kannst du Langley bitten, mir eine Tasse Tee in mein Zimmer zu bringen? Ich muss mich hinlegen."

Kapitel Dreiunddreißig

~~~~~

Manchmal triumphiert das Gute nicht über das Böse.

Die Bemühungen von Scotland Yard, Sabini zu fassen und anzuklagen, blieben erfolglos. Basil beschwerte sich darüber, dass Sabinis Mafia weit in die Justiz hineinreichte, und es so war, als würde man einen Fisch mit bloßen Händen fangen, wenn man ihn wegen irgendetwas festnageln wollte. Dies bewahrheitete sich auch weiterhin.

Erschwerend kam hinzu, dass alle Beweise für Sabinis Drogenhandel bei dem Brand vernichtet wurden und seine Untergebenen, wie Marvin Elliot, die Schuld auf sich nehmen mussten. Die Leiche von Lorenzo Bugini wurde vom Tatort entfernt, aber nur seine Fingerabdrücke wurden zusammen mit denen von Dr. Selkirk unter denen der Opfer gefunden. Immerhin wurde Dr. Selkirk festgenommen und nachträglich der Beihilfe zum Mord angeklagt. In seinem Geständnis gab Dr. Selkirk

Auskunft darüber, warum Sabini die letzten drei Opfer töten ließ. (Leider waren es noch viel mehr gewesen.)

Jane Ellery hatte sich geweigert, Sabinis Pferde mit Kokain zu spritzen. Sie hatten sich über diese Frage erbittert gestritten, „wie es nur Liebende können". Miss Ellery war zum Zeitpunkt ihres Todes schwanger, aber es gab keine Möglichkeit herauszufinden, ob Charles Sabini das gewusst hatte.

Evan Jones war beim Diebstahl von Kokain aus dem Lagerhaus erwischt worden. Er wurde als Warnung für andere mit klebrigen Fingern getötet.

Angus Green war leider kokainabhängig geworden. Er hatte bei Sabini anschreiben lassen. Als sein Vater ihm das Taschengeld strich, hatte er Schulden, die er nicht zurückzahlen konnte, obwohl er seinen Vater mehrmals um Hilfe gebeten hatte. Eine traurige Situation.

DER LEICHNAM von Angus Green war zur Beerdigung freigegeben worden, und die Trauernden hatten sich auf dem Friedhof der Pfarrkirche in Battersea versammelt. Die Luft war frisch, mit düsteren Stratuswolken, aber wenigstens regnete es nicht. Während sie bei der Prozession sangen, führte der Pfarrer sie zu der Grabstätte hinter der Kirche. Ein Flötist spielte eine melancholische Melodie, während die Träger den Sarg trugen und ihn unbeholfen auf das Gras neben dem Erdloch stellten.

Es folgte eine wunderschöne Acapella-Darbietung von *Amazing Grace,* dann wurde es still. Der Priester, der ein weißes Gewand über seinem schwarzen Pastorenanzug trug, hielt eine Predigt, in der er die guten Seiten des Lebens von Angus Green hervorhob und mit Worten des Trostes endete. Er wandte sich an die Gruppe der Trauernden. „Lasst uns gemeinsam den dreiundzwanzigsten Psalm beten."

„Der Herr ist mein Hirte, mir wird nichts mangeln.

Er weidet mich auf einer grünen Aue und führet mich zum stillen Wasser.

Er erquickt meine Seele; er führt mich auf rechter Straße um seines Namens willen.

Und ob ich schon wanderte im finsteren Tal, fürchte ich kein Unglück; denn du bist bei mir, dein Stecken und dein Stab trösten mich.

Du bereitest vor mir einen Tisch im Angesicht meiner Feinde; du salbst mein Haupt mit Öl; mein Becher fließt über.

Gutes und Barmherzigkeit werden mir folgen mein Leben lang, und ich werde bleiben im Hause des Herrn immerdar.

Amen."

Ohne ein Wort zu sagen, löste sich die Menge auf und ging zurück zum Pfarrhaus, um sich zu erfrischen.

Ginger kannte außer Felicia und Haley, dem Vater des Verstorbenen und seinem Bruder niemanden, der anwesend war, und beschloss daher, sich zu entschuldigen und früher zu gehen. Außerdem wurde Ginger im Hartigan House gebraucht. Sie hatte eine Überraschung für Scout.

Obwohl Gingers Knöchel so weit verheilt war, dass sie keinen Stock mehr brauchte, ging sie mit besonderer Vorsicht über das braune, trockene Gras.

„Mr. Green", sagte sie zum Vater und nickte dem verbliebenen Sohn anerkennend zu. „Erlauben Sie mir, Ihnen beiden noch einmal mein Beileid auszusprechen."

„Ich danke Ihnen, Lady Gold. Und wir stehen in Ihrer Schuld für die Arbeit, die Sie im Namen unserer Familie geleistet haben."

„Ich habe gerne geholfen."

„Sie werden feststellen, dass Sie bald einen Scheck mit der Post erhalten werden", fuhr Herr James Green feierlich fort. „Außerdem werden wir unsere Leute über Ihre Dienste informieren, falls sich eine Empfehlung ergibt. Wenn Sie uns nun entschuldigen würden."

„Natürlich."

Clement wartete im Crossley auf Ginger, Felicia und Haley. Ginger musste zugeben, dass es seine Vorteile hatte, einen Chauffeur zur Hand zu haben.

„Ein trauriges Ende", sagte Ginger, als sie sich auf dem Rücksitz niedergelassen hatten.

Felicia tupfte sich die Augen mit einem Seidentaschentuch ab. „Angus hatte es nicht verdient, so zu sterben."

Ginger tätschelte Felicia den Arm. „In der Tat, nein."

„Wenigstens haben sie einen Schlussstrich gezogen", sagte Haley vom Beifahrersitz aus. „Wie furchtbar für sie, wenn Angus weiterhin auf unbestimmte Zeit als vermisst gelten würde."

Ginger stimmte zu. „Zweifellos ist der Yard damit

beschäftigt, die Leichenakten mit der Liste der vermissten Personen abzugleichen."

„Was wird mit Dr. Watts geschehen?" fragte Haley. Ihr Gesicht wurde bleich, wenn sie von ihm sprach. Sein krimineller Betrug war ein Schandfleck für die medizinische Fakultät und alle, die mit ihr verbunden waren. Haley hatte ihm vertraut und ihn bewundert.

„Da er mit den Morden nichts zu tun hatte, bezweifle ich, dass er gehängt wird", sagte Ginger, „aber er wird wahrscheinlich für den Rest seines Lebens im Gefängnis sitzen."

Haley kniff die Augen zusammen. „Ich kann es einfach nicht glauben. Er hat so viel für die Wissenschaft getan, insbesondere für die forensische Pathologie, und er hat sich so sehr für die Ausbildung von Frauen eingesetzt."

„Die Krankheit seiner Frau hat ihn verwundbar gemacht", stellte Ginger fest.

Dr. Watts war sechs Monate zuvor von einem von Sabinis Männern angesprochen worden, als Mrs. Watts begann, zu Hause gepflegt zu werden. Die Vollzeitpflege war mit Kosten verbunden, und Dr. Watts dachte, er hätte sich auf eine einmalige Sache eingelassen.

Aber die Leichen kamen immer wieder, und Dr. Watts konnte Sabini nicht widersprechen, weil der seiner Frau drohte, sie zu verletzen. Er brach unter Tränen der Scham zusammen und gab zu, dass er Gingers Pistole in ihre Handtasche zurückgelegt hatte, nachdem Fred sie gestohlen hatte, und Bugs hatte sie benutzt, um Jane Ellery zu töten.

„Er tut mir leid", sagte Ginger aufrichtig.

NACH DER BEERDIGUNG suchte Ginger den jungen Scout auf und brachte ihn zu den ehemaligen Stallungen von Hartigan House. „Ich war etwas jünger als du, als ich nach Amerika zog", sagte sie, „aber ich erinnere mich an all die Pferde, die mein Vater besaß. Wunderschöne Tiere mit glänzendem Haar, prächtigen langen Schweifen und übermütigen Augen."

„Pferde sind großartig."

„Dem stimme ich zu. Diese Ställe stehen seit vielen Jahren leer, aber jetzt nicht mehr."

Scouts verschmitztes Gesicht hellte sich auf. „Haben Sie ein Pferd, Missus?"

„In der Tat."

Ginger öffnete die Stalltür und wurde von dem Duft empfangen: frisches Heu, Pferdeatem, frischer Mist. Scout starrte auf das prächtige Tier, das vor ihnen stand. Dessen seidig-helles Haar schimmerte im Sonnenlicht, das durch die Fenster hereinfiel.

„Verflixt!" murmelte Scout.

„Es ist eine besondere Pferderasse, die Akhal-Teke genannt wird."

Ginger hatte Pippins gebeten, Nachforschungen anzustellen, und es stellte sich heraus, dass Sabini nicht der einzige Pferdehalter mit einem Akahl-Teke war. Ginger hatte einige Zeit vor der Schießerei bei Saffron Stables einen Kauf vereinbart, und das Tier war gerade an diesem Morgen angekommen. Clement erwies sich nicht nur als Experte für Gärten, sondern auch für Pferde, und Ginger hatte ihn zu ihrem Stallmeister ernannt.

„Er ist ganz neu im Haushalt, genau wie du, Scout. Ich dachte, du möchtest vielleicht helfen, ihn zu versorgen."

Scouts Augen füllten sich. „Sind Sie sicher, Missus?"

„Das bin ich. Ich denke, ihr beide werdet gute Freunde werden."

Scout streichelte die seidige Flanke des Pferdes. „Wie ist sein Name, Missus?"

„Ich weiß es nicht. Was meinst du, wie sollen wir ihn nennen?"

„Er ist so strahlend, wie Gold. Wie wär's mit Goldmine, Missus."

„Ich liebe ihn, Scout! Ein perfekter Name."

Es war eine Woche her, dass Basil Lorenzo „Bugs" Bugini getötet hatte, aber danach war so viel passiert, dass es sich für Ginger viel länger anfühlte.

Sie besuchte Basil jeden Tag im Krankenhaus, und obwohl sie nie über den Beinahe-Kuss oder den imaginären „Urlaub" sprachen, war ihr Band der Freundschaft eindeutig gewachsen. Ginger war einfach nur erleichtert, dass Basil überlebt hatte. Die Ärzte hatten berichtet, dass seine Wunde gut heilte und er bald aus dem Krankenhaus entlassen werden würde. Obwohl es sich um eine ähnliche Verletzung handelte, war sie nicht annähernd so schwer wie die, die er sich im Krieg zugezogen hatte.

Ginger fragte sich, ob sie miteinander etwas Ernsteres

anstreben würden, sobald Basil wieder auf den Beinen war und sich die Dinge normalisierten. Sie brauchten Zeit, um einander kennenzulernen, wohl mehr als nur Kollegen. Es hatte diese Krise gebraucht, um Ginger zu bestätigen, dass es das war, was sie wollte. Basil hatte um eine zweite Chance gebeten, und sie wollte das auch.

Ginger erzählte Basil begeistert von Goldmine und wie sich Scout eingelebt hatte.

Ihr Herz klopfte voller Erwartung, als sie das Krankenhaus betrat. Die Tür zu seinem Zimmer war leicht geöffnet, und Ginger hörte Stimmen, als sie sich näherte.

Sie erstarrte, als sie einen Blick hineinwarf.

Emelia Reed saß bei ihm und hielt seine Hand, Tränen liefen ihr über die Wangen. Basil betrachtete sie mit Zuneigung und Mitgefühl.

Ginger trat außer Sichtweite, drückte sich gegen die Wand und keuchte, als hätte man ihr einen Schlag in den Magen versetzt. *Es passierte schon wieder.*

Wie Dr. Watts, so war auch Basil seiner Frau treu ergeben.

So wie Daniel ihr zugetan gewesen war.

Wann würde sie es jemals lernen?

Tränen liefen ihr in die Augen, als sie überlegte, was sie tun sollte. Scout, Goldmine und alle Bewohner von Hartigan House waren genug, um ihre Tage und ihr *Herz* auszufüllen. Sie brauchte keine unsichere Romanze.

Gerade als sie sich von der Wand abstoßen wollte, verließ Emelia Reed Basils Zimmer. Sie blickte auf den

Boden, ohne Ginger dort stehen zu sehen. Die Augen der Frau waren geschwollen und rot.

Ginger war hin- und hergerissen. Sollte sie sich weigern, Basil jetzt zu sehen, um ihre eigenen Gefühle zu schützen? Oder sollte sie ihn kühn auffordern, persönliche Dinge zwischen Mann und Frau zu offenbaren? Ginger schob ihre Schultern zurück. Was auch immer geschah, Basil war immer noch ein Freund. Es war ihre Pflicht, ihm die Gelegenheit zu geben, sich zu erklären.

Außerdem musste sie es wissen: Wen liebte Basil Reed?

Ginger würde das Krankenhaus nicht verlassen, bis sie es herausgefunden hatte.

Über die Autorin

Die Kanadisch USA-Today-Bestsellerautorin Lee Strauss hat bereits mehrere Reihen historischer Cosy-Krimis veröffentlicht, darunter auch die viel gepriesene Krimireihe um Ginger Gold. Wenn sie nicht gerade schreibt oder liest, fährt Lee am liebsten Rad oder wandert und schaut hinaus aufs Meer. Sie trinkt gerne Caffè Latte und Rotwein an außergewöhnlichen Orten, dunkle Schokolade mag sie überall. Lee lebt mit ihrem Mann Norm Strauss und einer trägen Katze in Kanada.

Weitere Informationen zu den Büchern von Lee Strauss sowie Links zu ihren Social-Media-Accounts findest du unter leestraussbooks.com.

leestraussbooks@gmail.com
Facebook ~ Ein Fall für Ginger Gold
Instagram ~ Lee Strauss Autorin

Mehr von Lee Strauss

Von Shop Lee Strauss Books

leestraussbooks.com

Ein Fall für Ginger Gold (Ein 1920er-jahre cosy-krimi)

Mord auf der SS Rosa

Mord auf Hartigan House

Mord auf Bray Manor

Mord auf Feathers & Flair

Mord im Leichenhaus

Mord in Kensington Gardens

GEFÄHRLICHE ZETTEL:

Vom Jungen zum Mann im Dritten Reich

AUF ENGLISCH

Ginger Gold Mystery series (cozy 1920s historical)

Cozy. Charming. Filled with Bright Young Things. This Jazz Age murder mystery will entertain and delight you with its 1920s flair and pizzazz!

Murder on the SS Rosa

Murder at Hartigan House

Murder at Bray Manor

Murder at Feathers & Flair

Murder at the Mortuary

Murder at Kensington Gardens

Murder at St. George's Church

The Wedding of Ginger & Basil

Murder Aboard the Flying Scotsman

Murder at the Boat Club

Murder on Eaton Square

Murder by Plum Pudding

Murder on Fleet Street

Murder at Brighton Beach

Murder in Hyde Park

Murder at the Royal Albert Hall

Murder in Belgravia

Murder on Mallowan Court

Murder at the Savoy

Murder at the Circus

**LADY GOLD INVESTIGATES (Ginger Gold companion
short stories)**

Volume 1

Volume 2

Volume 3

Volume 4

HIGGINS & HAWKE MYSTERY SERIES (Cozy 1930s historical)

The 1930s meets Rizzoli & Isles in this friendship depression era cozy mystery series.

Death at the Tavern

Death on the Tower

Death on Hanover

Death by Dancing

THE ROSA REED MYSTERIES

(1950s cozy historical)

Murder at High Tide

Murder on the Boardwalk

Murder at the Bomb Shelter

Murder on Location

Murder and Rock 'n Roll

Murder at the Races

Murder at the Dude Ranch

Murder in London

Murder at the Fiesta

Murder at the Weddings

A NURSERY RHYME MYSTERY SERIES(mystery/sci fi)

Marlow finds himself teamed up with intelligent and savvy Sage Farrell, a girl so far out of his league he feels blinded in her presence - literally - damned glasses! Together they work to find the identity of @gingerbreadman. Can they stop the killer before he strikes again?

Gingerbread Man

Life Is but a Dream

Hickory Dickory Dock

Twinkle Little Star

LIGHT & LOVE (sweet romance)

Set in the dazzling charm of Europe, follow Katja, Gabriella, Eva, Anna and Belle as they find strength, hope and love.

Love Song

Your Love is Sweet

In Light of Us

Lying in Starlight

PLAYING WITH MATCHES (WW2 history/romance)

A sobering but hopeful journey about how one young German boy copes with the war and propaganda. Based on true events.

A Piece of Blue String (companion short story)

THE CLOCKWISE COLLECTION (YA time travel romance)

Casey Donovan has issues: hair, height and uncontrollable trips to the 19th century! And now this ~ she's accidentally taken Nate Mackenzie, the cutest boy in the school, back in time. Awkward.

Clockwise

Clockwiser

Like Clockwork

Counter Clockwise

Clockwork Crazy

Clocked (companion novella)

Standalones

Seaweed

Love, Tink